NATHAN ENGLANDER

Dinner am Mittelpunkt der Erde

Zum Buch:

Was braucht es, damit endlich Frieden herrscht zwischen Israelis und Palästinensern?
Der gefeierte jüdisch-amerikanische Schriftsteller Nathan Englander erzählt drei unwahrscheinliche Liebesgeschichten, die auf raffinierte Weise ineinander verschlungen sind und um diese zentrale Frage kreisen. Ein Mossadspion, der schon seit zwölf Jahren in einem geheimen Gefängnis eingekerkert ist, und sein Wärter. Ein General, der als Einziger von diesem Gefangenen weiß, aber seit Jahren im Koma liegt, und seine innigste Vertraute. Und ein Mann und eine Frau, die sich leidenschaftlich lieben, aber ebenso leidenschaftlich für ihr jeweiliges Land kämpfen – er ist Palästinenser, sie Israelin. Von Long Island über Berlin, Paris und Capri bis nach Israel und zum Gazastreifen, dem Mittelpunkt des so lange schon schwelenden Konflikts, führt dieser fesselnde und intensive Roman, der mit melancholischem Witz von Loyalität und Verrat, von Gewalt und Rache erzählt und von der schönsten aller Utopien träumt.

»Superb: ein Werk von psychologischer Präzision und moralischer Kraft, mit einer Unmittelbarkeit, die zeitlose menschliche Wahrheiten wie auch die Absurditäten der heutigen Zeit einfängt.« *Colson Whitehead*

Zum Autor:

Nathan Englander wurde 1970 in New York geboren und wuchs in einer jüdischen Gemeinde in Long Island auf. Er studierte in Jerusalem und in New York Englische Literatur und Jüdische Geschichte und lebt mit Frau und Tochter in Brooklyn. Zu seinen Werken gehören der Roman »Das Ministerium für besondere Fälle« und der Erzählband »Worüber wir reden, wenn wir über Anne Frank reden«, der mit dem Frank O'Connor Short Story Award ausgezeichnet wurde und auf der Shortlist des Pulitzerpreises stand.

Zum Übersetzer:

Werner Löcher-Lawrence, geb. 1956, studierte Journalismus, Literatur und Philosophie und ist der Übersetzer von u.a. Nathan Hill, Hilary Mantel, Hisham Matar, Louis Sachar und Meg Wolitzer.

NATHAN ENGLANDER

Dinner am Mittelpunkt der Erde

Roman

Aus dem Amerikanischen
von Werner Löcher-Lawrence

Luchterhand

Für Nicole Aragi

Da ist Akkumulation. Da ist Verantwortung.
Und darüber hinaus herrscht Unruhe.
Es herrscht große Unruhe.

JULIAN BARNES

2014 | An der Grenze des Gazastreifens, auf israelischer Seite

Es geht nie um dich. Weder beim Angriff noch beim Gegenangriff. Weder bei den drei entführten Jungen, ganz sicher tot, noch bei dem im Wald ermordeten Kind, bei lebendigem Leib verbrannt.

Du sitzt still auf einem Stuhl vor deiner gemieteten Hütte und wartest auf das Klicken des Wasserkessels, das dir sagt, dass dein Teewasser kocht. Du bewegst einen Fuß, und als sie dich sieht, nimmt die kleine Echse die Farbe des Sandes an.

Weiter im Inland wühlen sich die Soldaten durch das Hügelland im Süden von Hebron. Sie kriechen herum, suchen die Toten, drehen jeden Stein um. Und hier, hinter den Zäunen, kaufen die Bewohner des Gazastreifens die Märkte leer. Pflichtbewusst drehen sie die Wasserhähne auf, füllen Eimer und Schüsseln.

Noch ist es Tag, noch ist es hell. Und du weißt, mit Einbruch der Dunkelheit werden die Raketen aus Olivenhainen und Dachmarkisen hervorkreischen, aus Krankenhausparkplätzen und Pick-up-Ladeflächen. Die Menschen entlang der Küste ziehen an sichere Orte in immer nördlichere Städte, hinaus aus der Reichweite der Raketen.

Und du, du bleibst auf deinem Stuhl sitzen, nippst an deinem Tee und beobachtest die über dich wegziehenden feurigen Schweife. Dann kommen die Sirenen und das Krachen und Blitzen der Gegenmaßnahmen, wenn die Geschützbatterien ihre Ziele unter Beschuss nehmen. Du bist so nahe dran, dass deine einzige Sorge ihre Unfähigkeit ist – dass die Kämpfer hier oder dort zu kurz zielen. Bisher ist das Knattern und Dröhnen noch nichts anderes als der Lärm zweier Nationen, die sich in den unvermeidbaren Krieg hineinsteigern.

Dieses Mal, wie jedes Mal, wenn die Kämpfe beginnen, wird es schlimmer sein als zuvor. Der neue Kampf ist immer der schlimmste, der gewalttätigste, der ungezügeltste, es ist eine fortwährende Eskalation. Das ist die einzige Regel.

Und wenn die Invasion kommt? Niemand weiß, wie und wann oder auch nur, ob das Blutvergießen jemals ein Ende haben wird. Nur, dass beide Seiten um Gerechtigkeit kämpfen, sich im Namen der gerade Getöteten umbringen, denen zur Ehre, die starben, weil sie die Tode derer gerächt haben, die vor ihnen Rache übend starben.

Und weil das alles so ist, weißt du, dass deine Gedanken unziemlich sind. Deine Sorgen haben keine Bedeutung.

Wird dein Junge vermisst? Verbrennt er bei lebendigem Leib? Nein. Nein, er nicht. Und wenn da nicht dein Soldaten-Sohn neben seinem Panzer an der Grenze schläft oder dein maskierter Kämpfer unterlegen und ungeschützt die Kassam-Raketen abfeuert, die durch die Nacht heulen, erwarten wir von dir, dass du nicht haderst und nicht trauerst. Kümmere dich um deine täglichen Enttäuschungen, deine unbefriedigten Erwartungen und privaten Katastrophen und schäme dich dafür.

Natürlich weißt du das alles und akzeptierst es. Wenigstens sagst du dir das, als ein dir unbekannter Vogel nahe an deinem Ohr vorbeifliegt, seinen Gleitflug beendet und mit den Flügeln pumpt.

In der Stille, die der Vogel durchbricht, hörst du, wie sich im Flug Feder an Feder reibt – ein Wunder. Drehst den Kopf und folgst seinem Weg, beschattest die Augen gegen die Sonne.

Du sitzt vor deiner winzigen Hütte, blinzelst und denkst über deine stupende Dummheit, deine brutale Sturheit nach und wie sehr es dir widerstrebt, dein eigenes so einzigartiges, beständiges Sehnen aufzugeben.

Als das Wasser zu brodeln beginnt und der Kessel sein Klicken hören lässt, stehst du auf und sagst dir: Du bist nicht wichtig. Lass endlich los. Lass *ihn* endlich los.

Aber die Aufforderung wirkt nicht, und wie es scheint, wirst du dein wahrhaft hoffnungsloses Unternehmen weiter vorantreiben. Bis der richtige Moment da ist, bis du das geheime Zeichen deines Geliebten bekommst, wirst du angesichts der endlosen drohenden Ungewissheiten daran festhalten.

Und was das stumme Sich-in-die-Dinge-Fügen betrifft, das dieser, das jeder Krieg verlangt, so hast du beschlossen, dass es einen Verlust gibt, der zu groß ist für dich. Ein Opfer, das du nicht bringen willst. Eine persönliche Entbehrung, die du nicht erträgst und nicht länger akzeptierst. Lass die Soldaten ihr Soldatenhandwerk tun und die Zivilisten ihre Lasten tragen. Du, du machst da nicht mehr mit. Du wirst es nicht länger erdulden, dein gebrochenes Herz.

2014 | Ein geheimes Gefängnis in der Wüste Negev

Obwohl sie beide jeden Millimeter der Zelle kennen, jeden Kratzer in den Betonsteinen, jeden produktionsbedingten Fleck in den Kacheln, deutet der Wärter über seine Schulter zur über der Tür befestigten Kamera in ihrer dunklen, aufbruchsicheren Halbkugel im Casinostil, die so harmlos aussieht wie eine große Glasmurmel.

An der gegenüberliegenden Wand ist eine zweite, identische Kamera, direkt über dem Kopfende des schmalen Betts des Häftlings. Sie zielt auf die Plexiglastür von Toilette und Dusche und deckt auch das dünne Metallregal mit seinen Büchern, dem Kaugummi und den englischsprachigen Zeitschriften ab (die zu groß dafür sind). Das Regal zeigt, welche Privilegien dem Häftling über die Jahre von seinem Wärter zugestanden wurden.

Eine dritte Kamera ist über das schießschartenähnliche Fenster geschraubt und beobachtet, aus anderem Blickwinkel, die beiden anderen Kameras, die ihrerseits zu ihm hinsehen. Das Bett steht an der Wand gegenüber vom Fenster, an der als einziger kein Überwachungsinstrument hängt. Der Wärter hat schon immer das Gefühl, dass die Wand ungenutzt blieb, weil eine vierte Kamera den Overkill übertrieben hätte – allein schon die Fensterkamera mit ihrem Fischauge in Vogelperspektive erfasst jeden einzelnen Winkel der Zelle. Zusammen zeichnen die Einheiten jede Bewegung des Häftlings in dreifacher Form auf. Lediglich im Bad, dem einzigen toten Winkel der Kamera über der Tür, wird er nur zweifach aufgenommen.

Aufgenommen, mit Zeit und Datum versehen, ergänzt durch die Nummer der Kamera und den Spitznamen der Zelle, *The Peach Pit*, den der Wärter nur deswegen wählte, weil er gerade zu Hause war, einen Joint rauchte und die hebräischen Untertitel einer *Beverly-Hills-90210*-Wiederholung las, als der Anruf mit dem Jobangebot kam.

Der Wärter deutet auf die Kamera über der Tür und erklärt dem Häftling, wie es aussieht, wenn es in der Zelle stockdunkel ist und sich der Häftling wünscht, er wäre mit seinen Gedanken allein. Wenn er sich wünscht, es könnte für ihn nichts als Nacht sein, tief und rein.

Es ist ein Schock für den Häftling, da die Kameras und das, was der Wärter durch sie sieht, in ihren nun schon zwölf gemeinsamen Jahren das Einzige sind, worüber sie in ihren suchenden, tastenden, absolut endlosen Gesprächen nie geredet haben.

Der Häftling neigt den Kopf zur Seite und sieht den Wärter zweifelnd an, denn er weiß, dass der nicht ohne Grund plötzlich damit herauskommt. Und der Wärter weiß auch ein paar Dinge. Er weiß, dass er nicht so gebildet ist wie sein von sich so eingenommener verdammter Häftling und sein Talent für Metaphern vielleicht nicht das größte ist. Dennoch hat er ernsthaft versucht, eine zu verwenden, um die Dinge abzumildern, um so etwas wie Bilanz zu ziehen über ihre gemeinsame Zeit und das dann als Brücke zu den erschütternden Neuigkeiten zu nutzen – erschütternd selbst für einen verschwundenen, namenlosen Amerikaner in einer Zelle, die es nicht gibt, auf keiner Liste, nirgends.

Ja, es sind ziemlich schlechte Neuigkeiten.

Wenn er ihm mitteilt, wofür er in keiner Weise verantwortlich gemacht werden kann, wird der Wärter gezwungen sein, etwas, das er *fashlot*, Stümpereien, und der Häftling »mildernde Faktoren« nennen würde, hinzuzufügen, die der Geschichte eine bestimmte Einfärbung geben und ihn selbst eher schlecht dastehen lassen, ihn, den zuverlässigen, einzigen Freund des Häftlings. Vielleicht bringt es sogar ihre beiderseits geschätzte Beziehung in Gefahr – wobei ihnen der sehr Stockholm-Syndrom-artige Charakter durchaus bewusst ist –, die Häftling Z einmal als »patty-hearstisch« bezeichnet hat, was der Wärter nachschlagen musste.

Zu seiner Verteidigung, was die Komplikation angeht, die er noch nicht zugegeben hat, sagt sich der Wärter, dass er all die Jahre nur versucht hat, Häftling Z zu beschützen. Das war die eigentliche Definition seines Jobs, er, der Wärter, hatte auf den Häftling aufzupassen, und das in mancher Hinsicht, die Z gar nicht verstehen konnte.

Wie, oh, wie war es dazu gekommen! Der Wärter erinnert sich noch an das erste Mal, als er sich vor seine drei in Plastikgehäuse gehüllten Röhrenmonitore setzte, erinnert sich an ihr Leuchten, sein eigenes kleines Triptychon, um seinen Schützling zu beobachten. Die Bildschirme standen nebeneinander, die beiden äußeren eine Idee schräg, genau auf ihn ausgerichtet, und boten drei verschiedene monochrome Perspektiven auf genau das gleiche Nichts. So wie sie dort standen und er ihr blaugraues Licht auf seinem Gesicht spürte, erinnerten sie ihn daran, wie seine

Mutter, am Meer sitzend, die Sonne mit einem silbernen Pappspiegel unter dem Kinn einfing, er sah sie vor sich, seine Mutter, wie sie sich in einen Liegestuhl sinken ließ und die Ärmel hochkrempelte, ihren sittsamen Rock jedoch anbehielt, dazu die fest an ihre bestrumpften Beine geschnallten Sandalen.

Es war seine Mutter, die ihm damals, 2002, den Gefallen tat, ihn in diese elende Verbindung zu locken. Er hatte ihre Anrufe auf seinem Handy ignoriert, ihr dann aber auf dem Festnetz geantwortet (dem Telefon, für das sie zahlte), als sie ihn mehrmals über den Anrufbeantworter angeschrien hatte, den sie nicht aufgeben wollte, obwohl er sie anflehte, doch stattdessen wie alle anderen die Mailbox zu benutzen.

Sie rief nicht während einer *90210*-Wiederholung an, sondern mitten in einer Sendung, bei der er absolut nicht gestört werden wollte. Er spielte zu Hause bei der englischen Version von *Der Schwächste fliegt!* mit, worin er ziemlich gut war und immer nur bei den supereinfachen Zwischenfragen nicht weiterwusste, in denen es um eindeutig Englisches ging. Sie ließen ihn auf bittere Weise fühlen, dass Geografie keine Gerechtigkeit kannte und er, nur weil er unglücklicherweise in der Achselhöhle der Levante geboren war, am Ende unweigerlich verlieren musste.

Den gleichen Nachteil empfand er bei seiner anderen Lieblingssendung, der englischen Version von *Wer wird Millionär?* Da ging es nicht um eine Million Schekel, sondern um britische Pfund, einen Geldregen, von dem ein Mensch ein ganzes Leben bestreiten konnte. Aber wie sollte er die Dinge lernen, die man passiv im Alltag in sich aufnahm? Bei den einfachen Stegreiffragen ging es nicht um Wissen. Es waren kleine Geschenke, die ins Spiel gemischt wurden, Geschenke für die, die das Glück hatten, zu einer bestimmten Zeit an einem bestimmten Ort geboren worden zu sein. Trotzdem, er bemühte sich aufzuholen.

Er hatte in der Armee viel gelesen, sich weiterzubilden und einen Weg zu finden versucht, in der großen weiten Welt nach oben zu kommen. Sein Plan war es, Israel sehr bald schon möglichst weit hinter sich zu lassen. Was war es noch, was sie damals immer gesagt hatten? »Der Letzte macht das Licht aus.« Der Wärter träumte davon, es nach London oder Manchester zu schaffen, und selbst wenn es Birmingham war, es würde ihm reichen. Dann wollte er in eine dieser Sendungen, wo sie ihn zunächst wegen seines Akzents aufziehen würden, und dann würde er sie alle überraschen, indem er ein hübsches kleines Polster für sein nagelneues englisches Leben gewann.

Als seine Mutter ihn an dem Morgen ans Telefon holte, hörte sie nicht auf zu reden, auch nicht, als der Wärter sie anflehte, doch bitte zu warten, bis die Fragen unterbrochen wurden. Dann, wenn sie wieder jemanden aus der Sendung würfen, sei er ganz Ohr.

»Du landest so oder so im Gefängnis«, sagte seine Mutter und achtete nicht weiter auf seine Einwände. »Aber wenigstens landest du so auf der richtigen Seite der Tür und kannst am Wochenende nach Hause.«

»Wir leben in Israel. Wir lassen selbst Mörder am Wochenende nach Hause. Du kannst ein Dutzend Leute umbringen, und sie lassen dich auf der Hochzeit deiner Kinder tanzen. Damit überzeugst du mich nicht.«

»Es ist ein ganz besonderer Job«, sagte sie. »Streng geheim. Du wirst ein *shushuist* und hast für den Rest deines Lebens eine tolle Vita. Es ist der Premierminister, der dich will. Der General, es kommt von ihm.«

»Der General will *mich*?«

»Dich allein. Und da kannst du dir vorstellen, dass es ein wirklicher Notfall ist, wenn er will, dass ich dich frage. Es ist etwas, mit dem er nicht nach außen gehen kann, und ich sollte eigentlich auch nicht mit dir am Telefon darüber sprechen.«

»Wenn einer dein Telefon abhört, dann er oder seine Faschisten.«

»Oder die Russen«, sagte sie. »Die Amerikaner, die Franzosen oder deine geliebten Engländer. Aber es macht nichts, wenn sie zuhören. Ich habe nichts Falsches gesagt. Rein gar nichts.«

»Du tust es wieder«, sagte er. »Du redest für ihre Protokolle. Ich hasse es, wenn du Dinge sagst, die allein für irgendwelche Spione gedacht sind.«

»Okay«, sagte sie. »Entschuldige«, sagte sie. »Ich weiß. Ich habe einen sehr merkwürdigen Job.«

»Das hast du.«

»Und jetzt habe ich einen merkwürdigen Job für meinen Sohn, der gut bezahlt wird und nicht schwer sein kann.«

»Woher weißt du das?«

»Weil der General dich für einen Idioten hält. Er lächelt, wenn ich Geschichten über dich erzähle, aber ich sehe es ihm an: Er denkt, du bist ein Narr. Wenn es eine komplizierte Sache wäre, würde er nicht auf dich vertrauen. Du bist loyal und kannst den Mund halten, allein darum geht es ihm.«

»Keiner bewahrt ein Geheimnis besser.«

»Und er denkt auch nicht, dass du eine Freundin findest, der du was ins Ohr flüstern könntest, selbst wenn du es wolltest.«

»Sagt *er* das, oder du?«

»Wer ist ›er‹? Damit sind wir durch. Denk nicht mal mehr an seinen Namen im Zusammenhang mit dem Job, wenn dieses Gespräch beendet ist.«

»In Ordnung.«

»Versprich mir, ihn nicht mal zu denken, okay?«

»Ich lege jetzt ernsthaft auf.«

»Nur zu! Es macht nichts. Du gewinnst sowieso nichts.«

»Was?«

»Wenn du ins Fernsehen kämst, würdest du verlieren. Deshalb sehen die Leute sich das an. Zu Hause auf dem Sofa, mit einem Bier auf dem Bauch, wissen alle die Antworten. Unter Beobachtung ist es anders. Du bist keiner, der mit Druck umzugehen weiß.«

»Doch.«

»Dann beweise es. Er kann nicht lange dauern, dieser Job. Ein paar Tage, vielleicht Wochen, höchstens, und er verspricht, dich ein Jahr lang zu bezahlen. Es ist nicht schwerer, als auf ein schlafendes Kind aufzupassen. Sobald sie wissen, was sie mit ihrem Problem machen sollen, kannst du zurück vor den Fernseher. Und solltest du je aufwachen und dir *in diesem Land* eine Zukunft aufbauen wollen, solltest du je aus der Wohnung deiner Mutter ausziehen wollen, hast du einen hübschen, vagen Eintrag in deinem Lebenslauf und die entsprechenden Lohnabrechnungen von der Regierung, und die Leute werden komplett durchdrehen. Nach diesem Job kannst du hochkarätig einsteigen. Sie werden denken, du warst ein Top-Killer, ein Kampfschwimmer. Sie werden dich für einen Helden halten, auch wenn der General nur will, dass du einen Stuhl warm hältst. Und denke daran, es ist *nicht* der General, der dich bittet. Denke nie wieder an ihn, wenn ich auflege. Du hast es bereits versprochen! Lass es mich noch mal hören!«

»Ich verspreche es.«
»Was versprichst du?«
»Ich weiß es nicht mehr. So vergessen ist es schon.«
»Gut«, sagte sie.
»Gut«, sagte er. »Sag ihnen, sie sollen anrufen.«
»Das habe ich schon. Und jetzt sieh weiter fern.«

2002 | Paris

Er sollte diese Zeitung nicht anrühren, nicht schon wieder in diesem Restaurant sein. Ganz eindeutig hätte er auf seiner Seite des Flusses bleiben sollen, in der relativen Sicherheit der Rive Gauche in der Nähe seiner Wohnung.

In seinem bemitleidenswerten Zustand ist Z zu dem Schluss gekommen, dass er nie auch nur einen der vielen psychologischen Tests hätte bestehen sollen; es war schon merkwürdig, dass sie ihn überhaupt rekrutiert haben, und geradezu lächerlich, ihn ins Feld zu schicken. Er möchte immer noch glauben, dass das Institut und seine geheimen Systeme von Weisheit geleitet werden, und stellt sich vor, seine Führungsleute kannten seine Schwächen von Beginn an, sahen aber einen Vorteil, der das Risiko wert war.

Jetzt sind sie mit der Wirklichkeit ihrer dummen Entscheidung konfrontiert und werden Z unter großen Kosten neutralisieren müssen.

Seine Erdrosselung, Vergiftung oder sein Ertränken in der Seine werden in den Annalen des israelischen Geheimdienstes nicht mehr sein als das Ausbessern eines Formulars mit ein wenig Tipp-ex. Er ist ein menschlicher Tippfehler, der aus seiner Zeile getilgt werden muss.

Er untersagt sich, diesen Gedanken länger zu folgen.

Offene Sorge, panische Grübeleien, all das wirkt auf die Gesichtsmuskulatur ein, lässt ihn schuldiger und verdächtiger erscheinen und könnte, in einem schwachen Moment, dazu führen, dass er sich vergisst und nervös umsieht. Hätte ihn bis dahin jemand noch nicht entdeckt, der nach einem solchen Hinweis Ausschau hält, hätte er sich sofort verraten.

Er beschließt, sich auf seine Atmung zu konzentrieren, kontrolliert sie, beruhigt sich und atmet bedächtig, natürlich ein und aus. Er bewegt sich von der so deplatziert wirkenden hebräischen Zeitung auf dem Tisch zur Kasse hinüber, hinter der, wie gewöhnlich, dieser riesige, verlotterte Kerl sitzt, der wie ein französisch-jüdischer Kosak aussieht.

Die Bedienungen hingegen sind nicht wie gewöhnlich. Es gibt eine neue Kellnerin, aus Nordafrika, würde er sagen, ebenfalls Jüdin, würde er sagen, die ihm den Rücken zukehrt, während sie sich über die Schüsseln beugt und Hummus, Tabouleh und Labneh auf einen Teller löffelt. Dazu kommt ein weiterer neuer Kellner, muskulös und groß, der ihm bei diesem Besuch die größten Sorgen bereitet.

Als Z ins Restaurant kam, sah er gleich, wie der Mann ihn registrierte, aus der Seitentür trat und etwas merkwürdig Kurzes in sein Telefon schrieb, das längst wieder in seiner Tasche steckt.

So wie der Kellner dort steht, ist für Z klar, dass er seinen neuen Job hasst, dass er womöglich Schauspieler oder Musiker ist und zudem schwul zu sein scheint. Oder vielleicht tut er auch nur so, gibt sich schwul, unglücklich und gekünstelt, um sich in die Legion gleichgesinnter Hugenotten-Kellner einzufügen, die Sänger, Maler oder Regisseure französischer Pseudokunstfilme werden wollen und allesamt die Touristen und touristischen Juden nicht mögen, die sie den ganzen Tag im Marais bedienen müssen. Es ist jetzt *ihr* Viertel (der Schwulen, nicht der Hugenotten), und je eher sie dieses kleine Schtetl-Museum schließen oder zusammenpacken und hinaus zum Flughafen und weiter in den Disneyland Park verfrachten können, desto besser.

Es wäre die perfekte Tarnung, wenn dieser Kellner, der kein Kellner ist, darauf gewartet hat, dass Zs Magen ihn wieder mal verrät. Alles, was er noch tun müsste, wäre, hinauszugehen und einen Sprengcode in ebenjenes Telefon einzugeben. Schon würde türkischer Salat an der Decke kleben und Z auf der Rue des Rosiers verstreut liegen, zu seiner eigenen Pastete zermörsert.

Z spürt, wie ihm der Schweiß ausbricht, und fährt zusammen, als ihn der Kosak an der Kasse freundlich fragt, ob er etwas mitnehmen oder hier essen will.

In seinem schlechten Französisch erklärt Z, dass er sich setzen möchte. Der Manager deutet auf den freien Tisch beim Fenster, den mit der Zeitung. Z nimmt Platz und betrachtet sie neugierig, als hätte er noch nie eine hebräische Zeitung gesehen, nimmt sie und legt sie auf einen der Stühle, aus seinem Blickfeld.

Wer hat sie mitgebracht? Wer hat diese zwei Tage alte Zeitung hergebracht?

Z muss an eine Geschichte denken, über die während des Trainings alle lachten. Eine Geschichte über einen wichtigen Terroristen, den Israel erfolglos zu beseitigen versuchte, wenn er ihnen auch nur knapp entkam. Die Zielperson war wie geplant vergiftet worden, hatte sich nach Wochen in einem Krankenhaus in Damaskus aber wieder erholt.

Alles, was das Opfer über seine eigene Fast-Ermordung wusste, das Einzige, was ihm die Ärzte sicher sagen konnten, war, dass er das Gift nicht über den Mund zu sich genommen, sondern über die Haut absorbiert hatte. Und er wusste auch, dass Israel ihn immer noch tot sehen wollte und ihm aktiv nachstellte.

Und Israel wusste so gut wie alles. Wo er sich in jedem Augenblick befand, mit wem er sich traf und die Hälfte dessen, was er sagte. Israel wusste alles, auch was für Schutzmaßnahmen der Mann ergriff. Wie ein armer König Midas, der Angst hatte, Gold zu machen, hörte der Mann auf, Dinge zu berühren, deren Herkunft unklar war. Bekam er einen Brief, stand der Helfer, dem er am meisten vertraute, damit im Zimmer nebenan und las ihm den Brief durch die Tür vor. Bei allen Lebensmitteln wurde sorgfältig überprüft, woher sie kamen, die Speisen wurden im Haus selbst zubereitet und vorgekostet. Toilettenartikel wurden jedes Mal in einem anderen Geschäft in wechselnden Teilen der Stadt gekauft, und wie schon beim Essen und den Briefen sprang der treue Helfer auch bei Hygiene und Deo ein, fuhr mit dem Right-Guard-Stick zunächst durch die eigene patriotische Achsel, benutzte den ersten minzigen Meter Zahnseide, bevor sein Chef danach griff. Jeden Morgen kaufte er, sein Sekretär, an einem anderen Kiosk die neue Zeitung und schlug seinem furchtlosen Führer beim Lesen die Seiten um.

Z schiebt den Stuhl mit der vergifteten Zeitung ein Stück weiter weg und spürt, wie ihm die Kehle austrocknet. Er prüft seine Fingerspitzen, mit denen er die Druckerschwärze berührt hat, und als die Kellnerin kommt, hält er sie gegen das Licht und sucht nach möglichen Rückständen.

Was Z zum fünfzehnten Mal während der fünfzehn Tage, seit sein Plan implodiert ist (durch eine Explosion) und alles, was ihm lieb und teuer war, verraten wurde, in dieses Restaurant bringt, ist sein schwacher Magen. Er ist nicht im traditionellen Sinn schwach. Die Empfindlichkeit ist eine geistige, kein Merkmal seiner Verdauung.

Unter unerträglichem Druck, im Versuch, sich von seinen selbst angelegten Fesseln zu befreien, stellte Z fest, dass er unbedingt ein paar Seelenspeisen brauchte, die ihn beruhigten und, aus dem Bauch heraus, an sein eigentliches, wahres Ich erinnerten. Wenn man den eigenen, unerwarteten Abtritt erwartet, ist es dann nicht angemessen, ein letztes Lieblingsessen zu sich zu nehmen? Bis es sich tatsächlich als solches erweist?

So bringt Z sein bereits bedrohtes Leben noch stärker in Gefahr, indem er es täglich einer Portion Hummus, etwas gehackter Leber, einem Salat mit geräucherter Aubergine, ein paar Kibbeh und einem dicken Stück salzigem Feta aussetzt. Er wird (und bringt damit die beiden Hälften seines Ichs zusammen) etwas warmes Pita-Brot und ein paar Scheiben Roggenbrot dazu essen – genau das bestellt er eben bei der Kellnerin, die alles in ihr Pad eintippt. Er betrachtet sie und gesteht sich ein, dass er, neben dem Essen, eine zweite schreckliche Schwäche hat. Allzu leicht, und hoffnungslos, verliebt er sich.

Sie ist schön, hat eine dunkle Haut und dunkle Brauen und über ihren perfekt geformten Lippen den winzigsten Hauch eines schwarzen Flaums, die Andeutung eines Bärtchens, und er findet, sie ist die vollkommenste Frau, der er je begegnet ist. Während er die französische Sprache mit seinem Versuch einer Bestellung noch gehörig verstümmelt, schüttelt sie den Kopf und antwortet auf Englisch. Wieder schmilzt er dahin.

»Mein Französisch ist fast so schlecht wie Ihres«, sagt sie mit einem kaum wahrnehmbaren Akzent, der ihn völlig überwältigt. »Auf Englisch geht es besser, für uns beide.«

Und so wagt er einen Vorstoß. »Sind Sie aus Italien?«, fragt er.

»Aus Rom«, sagt sie, wischt den Tisch ab und richtet sein Besteck mit einem Hauch von Neurotik aus. Als sie den Stuhl neben ihm zurechtrückt, nimmt sie die Zeitung und hält sie in die Höhe.

»Das ist nicht meine«, sagt er.

»Wollen Sie sie?«

»Ich halte mich dieser Tage von allen Nachrichten fern. In allen Sprachen.«

»Mein Hebräisch ist noch schlechter als mein Französisch«, sagt sie und legt die Zeitung zurück auf den Stuhl.

»Sind Sie Jüdin?« Z ist eindeutig verliebt.

»Ja«, sagt sie. »Und Sie sind Amerikaner?«

»Manchmal, ja.«

»Und Jude?«

»Das hängt davon ab, wer mich fragt.«

Er geht zurück über den Fluss in die Rue Domat, seine Straße, die eine der ruhigsten im Herzen von Paris ist. Es lässt sich leicht in ihr und aus ihr verschwinden, es gibt zahlreiche Möglichkeiten, das Weite zu suchen (zu Fuß, mit dem Taxi, dem Bus, der Métro, dem Zug, selbst mit einem Boot), und sie ist so verschlafen und speziell, dass einem jede Abweichung gleich auffällt. Es war die perfekte Basis für einen Agenten mit einer einfachen Tarnung, der nicht auffallen wollte.

Schon bevor sich die Dinge zum Schlechten wandelten, gab dieser Ort Z ein Gefühl von Sicherheit. Hielt er da noch nach den Feinden von der Gegenseite Ausschau, so sind es heute die von der eigenen Seite.

Z wischt mit dem Schlüsselanhänger um die kleine Tastatur, hört das Klicken des Schlosses und schlüpft durchs Tor in den Bogengang des Gebäudes. Er nickt der Frau, die den Hof fegt, zu, verschwindet im linken Aufgang und nimmt immer zwei Stufen auf einmal bis zu seiner Wohnung im zweiten Stock.

Er checkt alles, was ihm in seiner Ausbildung beigebracht wurde, dazu das, was ihn seine Erfahrung und ein Leben mit amerikanischen Filmen und Fernsehserien gelehrt haben. Aus seiner Wohnung sieht er in den Hof hinunter, starrt auf das Kopftuch der Concierge, die sich mit ihrem Besen zum hinteren Durchgang vorarbeitet, läuft nach vorn und späht links und rechts die Straße hinunter. Keine Autos, keine Fahrräder, nur der Bettler auf seinem roten Koffer, wo die Straße auf die Rue des Anglais stößt.

Seit dem Tag seines Einzugs wirft Z dem Mann morgens zwei Euro in den Becher, stellt ihm gelegentlich eine Frage und gibt ihm einen Zwanzig-Euro-Schein. Er zieht ihn für den Tag heran, da er ihn als Informanten braucht.

Befriedigt, dass alles wie gewohnt aussieht, zieht sich Z bis aufs Unterzeug aus, legt sich aufs Bett und sieht hinauf zu den groben Holzbalken der Decke. Er sucht nach Mustern, wo keine Muster sind, und verliert sich in den in die Maserung eingewachsenen Astknoten.

Das ist seine Form von Unterhaltung, seit er so brutal auf die Konsequenzen dessen aufmerksam gemacht wurde, was er für Israel getan hat, für Palästina und vor allem für sich selbst. Mittlerweile sieht er sein Tun als Verbrechen aus politischer Leidenschaft, als verzweifelten Reflex, getrieben von seinem gutherzigen Wunsch, richtig zu handeln.

Als Erstes lief er danach durch die Wohnung und zog Fernseher und Radio aus der Steckdose. Ebenso verfuhr er mit dem Kabelanschluss und dem uralten Minitel, das er bei seinem Einzug vorgefunden hatte. Ohne guten Grund holte er auch die Batterie aus dem Wecker und, aus persönlicher, mörderischer Erfahrung, den Akku und die SIM-Karte aus seinem Handy.

Am nächsten Tag kam er verschwitzt und völlig nervös ins Büro, hatte eine alptraumhafte Besprechung mit seinem Chef und Führer, spürte, dass seine Paranoia kein Wahn mehr war, und verstaute seinen Laptop in einer Schublade seines Schreibtischs, wo er auch bleiben sollte.

So ist denn nichts mehr in seiner Wohnung, das ein Signal senden oder empfangen kann, und die Decke anzustarren ist das Letzte, was ihm geblieben ist. Neben einem französischen Roman, der bei seinem Einzug auf dem Nachttisch lag und den er nicht lesen kann.

Während er sich auf die Balken konzentriert und seinen Kopf zu leeren versucht, wandern seine Gedanken zum Ernst der Situation, in der er sich verfangen hat. Mittlerweile haben das Hauptquartier in Tel Aviv und verschiedene Büros rund um die Welt ein Gutteil des von ihm angerichteten Schadens erfasst, haben die Unterlagen durchkämmt, die er beiseitegeschafft, und die Operationen durchleuchtet, die er in den Sand gesetzt hat.

All die wütenden, dem französischen Büro zugeteilten *katsas* werden sich überschlagen, um Z foltern zu können – um herauszufinden, was er ausgeplaudert und wen er verraten hat. Ihn an den Zehen aufzuhängen und darauf zu warten, dass ihm seine Geheimnisse wie loses Wechselgeld aus den Taschen fallen, und ihm anschließend die Gründe seiner völlig haltlosen verräterischen Taten zu entwinden.

Es ist wirklich nicht nötig, etwas aus ihm herauszuprügeln (wenigstens nicht aus seiner Sicht). Z wird von sich aus umfallen. »Ich habe versucht, Unheil auf israelischem Boden zu vermeiden«, wird er sagen. »Es war die tickende Bombe, die so viel des Elends rechtfertigt, das wir entfesseln.« Natürlich wird sie das nicht befriedigen, da seine Bombe hochgegangen ist. Er könnte also auch erklären, dass er versucht hat, das Ergebnis auszugleichen. Unglücklicherweise hat er versucht, es für die Palästinenser auszugleichen. Er wollte seine Sünden wiedergutmachen. Er weiß, dass er damit nicht durchkommt. Seine Feinde zu entschädigen, nun, darum geht es in der Kunst der Spionage ganz gewiss nicht.

Trotzdem, er denkt, ihn zu entführen, nach Israel zu bringen und da zu foltern, ist das Letzte, wozu sie sich entscheiden werden. Z stellt sich vor, dass sie stattdessen darüber streiten, wer von ihnen das Vergnügen haben soll, die sehr reale Angst in seinen Augen zu sehen, wenn er denjenigen erkennt, der geschickt wurde, um ihn mit großer Brutalität zu töten oder vielleicht auch nur unbrauchbar zu machen – ihm mit einem Eispickel oder einer Ahle ins Gehirn zu stechen und ihn umherirren zu lassen, mit etwas aus dem Nasenloch rinnenden Blut, die Augen unterschiedlich hell, verloren im Parc des Buttes-Chaumont.

Was ihm jedoch noch mehr Angst macht als der tatsächliche Moment der Wahrheit, sind all die umherschleichenden Agenten, die er gar nicht sieht. Die versteckten Killer. Und die ihnen helfende Armee der *sayanim*, all die Pariser, die sich für die gute Sache einsetzen und ihre kleineren Rollen spielen. Die Einheimischen, die bereit sind, ein Zimmer zur Verfügung zu stellen oder einen Autoschlüssel herauszulegen, die Freiwilligen, die, wenn dazu aufgefordert, gern die Augen offen halten. Wohin immer er geht, mit jedem Schritt durch diese Stadt gibt er sich diesen nicht identifizierbaren Fremden preis, die fraglos bereits nach ihm suchen.

Dass er keine realistische Lösung sieht, keine mögliche Zukunft durch Rettung oder Flucht, bringt ihn so aus der Fassung, dass er eine Flasche billigen Supermarktsekt aus der Küche holt, in seiner Unterwäsche vorn am Fenster steht, die Rue Domat im Auge behält und ein Glas nach dem anderen hinunterstürzt, bis er betrunken ist.

In dem Versuch, sich seine Trunkenheit für einen schnellen, alptraumgetränkten Schlaf zunutze zu machen, kriecht Z zurück ins Bett. Den Schrecken der möglichen Bedrohungen vermag er jedoch nicht abzustellen und weiß sich nur mit dem Bild der wunderbaren Rückseite der sich über den Hummus beugenden und seinen Teller nachfüllenden Kellnerin zu beruhigen.

Noch bevor sie sich seinem Tisch zuwandte, hatte er sich in sie verliebt. In ihre Hautfarbe, ihre Augen, den dicken Hintern und den vagen Flaum auf ihrer Oberlippe, den sie nicht entfernte.

Z wirft sich im Bett auf die andere Seite und vergräbt das Gesicht im Kissen. Er stellt sich ein unmögliches neues Leben vor, allein sie zwei, die alles Vergangene vergessen und gemeinsam in eine helle, neue Zukunft sehen. Alles Geld, das er für einen solchen Notfall beiseitegeschafft hat, könnte er zusammenkratzen und mit der Kellnerin in eine Wohnung ziehen, hundert Stockwerke hoch. Z kann sie in ihrem gemeinsamen Wohnzimmer sehen, das Dachfenster ist geöffnet, Regen weht herein. Die Augen geschlossen, sich ganz darauf konzentrierend, kann Z es sehen, kann es hören. Da ist die Kellnerin, hochschwanger, die kleinen Brüste riesig geworden. Dann hört er den fetten, übel riechenden Mops, der neben ihr auf dem Sofa schläft und durch die platte Nase schnaubt.

2014 | Ein Krankenhaus bei Tel Aviv

Lauschen wir erst den Geräuschen des dicken, ewig sterbenden Mannes. Dem Piepsen und Surren, dem Zischen, Pumpen, Zischen. Etwas wird justiert, etwas abgesaugt und gesäubert, und schon sind wir wieder vom endlosen elektrischen Rhythmus der Maschinen umgeben.

Ruthi streicht seine Decke glatt und zupft an einer Ecke, als die Nachtschwester kommt.

»Ich mag das nicht«, sagt Ruthi. »Ich mag nicht, wie er aussieht.«

Wie er aussieht? Die Nachtschwester hebt eine Braue und tritt einen Schritt zurück, um ihn zu betrachten, diesen Bär von einem Mann in seinem großen, verstellbaren Krankenhausbett. Sie kann keinerlei Unterschied dazu erkennen, wie er gestern aussah, vorgestern oder in den Wochen, Monaten und Jahren zuvor.

Sie tut ihr Bestes, um sich Ruthi gegenüber respektvoll zu zeigen, die weder Ärztin noch Pflegerin ist, nicht einmal eine Verwandte, sondern eine Art Funktionärin, die sich für den Mann auf der Höhe seiner Macht unentbehrlich gemacht hat und ihm heute noch, auf seinem Tiefststand, Ratschläge in die vom Schlaganfall tauben Ohren flüstert.

Beide Frauen sind von den Söhnen des Generals eingestellt worden, die darauf bestanden, dass ihr Vater, selbst in dieser hervorragenden Klinik, ständig jemanden an seiner Seite hat.

Unter Ruthis Blick schließt die Schwester einen Moment lang die Augen und lauscht dem gleichmäßigen Rhythmus des maschinengetriebenen Atems des Generals, legt den Handrücken an seine Wange und misst seine Temperatur, wie es nur ein wirklich Wissender kann. Keine Veränderung. Was sie Ruthi mit einem Blick mitteilt.

»Und?«, sagt Ruthi und wartet auf so etwas wie eine Diagnose.

Was kann die Schwester zum neuntausendsten Mal sagen, wenn nichts anders ist als sonst und der große General gewachst und poliert daliegt wie ein roter Delicious, wie ein aufgebahrter dicker Lenin? Ihr geliebter dahingegangener, mordlüsterner Führer, dessen Familie ihn nicht sterben lässt?

Was kann sie sagen, um diese unnachgiebige Kämpferin zu beschwichtigen, die, davon ist die Schwester überzeugt, den General Jahr um Jahr allein durch die Kraft ihrer ständigen Erklärungen, dass er gleich sterben wird, am Leben gehalten hat?

»War der Arzt hier?«, fragt die Schwester und hofft, Ruthi so zu beruhigen und aus dem Zimmer zu bekommen.

»Natürlich war er hier«, sagt Ruthi. »Heute war es Brodie, doch was sieht der alte Narr schon? Er führt die Intensivstation, als würde er von der Leichenhalle geschmiert.«

»Hat er nichts gesagt?«

»Denkst du, ich höre auf dieses wandernde Todesurteil?«

Ruthi macht ein finsteres Gesicht und nimmt das Tuch, mit dem sie dem General die Mundwinkel trocken wischt. Sie überprüft Schläuche und Zufuhren, das Hinein und Hinaus, und klopft mit dem Fingernagel auf die winzigen, leuchtenden Digitalanzeigen, als könnte sie so ihre Genauigkeit erhöhen.

Die Nachtschwester, Gott helfe ihr, hätte diese ganze Geschichte schon vor langer Zeit beendet. Sie ist sicher, dass weiter unten viele Leute auf den General warten. Im Jenseits dürfte er einige Rechnungen zu begleichen haben, und seine toten Feinde werden dort längst ihre Schwerter schärfen.

Immer noch nicht befriedigt, lehnt sich Ruthi über das Seitengitter des Betts und drückt dem General ihre Lippen auf die Stirn. »Ich sage dir, für mich fühlt er sich fiebrig an.«

»Vielleicht ist nur dir etwas kalt. Das Zimmer war heute Nacht …«

»Mit dem Zimmer ist alles in Ordnung. Mit ihm stimmt etwas nicht. Aber das soll dich nicht beunruhigen, du weißt, dass ich hier nicht weggehe.«

»Meine Schicht …«

»Vergiss deine Schicht. Geh nach Hause.«

»Hör mal, Ruthi«, sagt die Schwester, »wenn du noch länger hier herumsitzt, verpasst du den Bus nach Jerusalem. Leg dir das Telefon unters Kissen. Ich schreibe dir, sobald auch nur ein Augenlid zuckt. Acht Jahre in dem Bett. Ohne ein Wort. Ohne eine Bewegung.«

»Aber die Augen, wenn sie offen sind … und der Zeigefinger, wenn sein Sohn mit ihm spricht, oder wenn ich lese …«

»Ja, ja. Er ist fit für den Tel-Aviv-Marathon. Ich melde ihn an.«

Ruthi zieht beleidigt die Brauen zusammen. »Etwas ändert sich, und keiner sieht es. Die Ärzte sind blind dafür, du bist blind dafür.«

Es ist deutlich vom Gesicht der Schwester abzulesen, dass sie keine Veränderung entdecken kann. »Du bist müde, das sehe ich.«

»Ich bin nicht müde«, sagt Ruthi und versucht es auf sanfte Weise. »Ehrlich. Geh nach Hause. Schlaf einmal eine zusätzliche Nacht. Ich habe morgen meinen freien Tag, da komme ich leicht durch die Woche.«

Ruthi tritt einen Schritt vor und tätschelt ihr freundlich die Hand. Und die tatsächlich alles registrierende Schwester denkt bei der Berührung, ja, Ruthi ist ausgekühlt.

Wie der Rest Israels hatte Ruthi ihn fast ihr ganzes Leben aus der Ferne betrachtet. In den letzten Jahren, die er unter uns weilte, als er aktiv regierte und führte, noch herumstampfte und kämpfte, hatte sie dann mehr als alle das Privileg, an seiner Seite zu dienen, bevor das zum buchstäblichen Inbegriff ihrer Tage wurde.

Dort an seinem Bett sah sie zwar nie eine quantifizierbare Veränderung seines warmen, grauen, anscheinend leeren Ichs, konnte jedoch immer sagen, wenn sich seine Seele in ihre Richtung wandte. Erklären ließ es sich nicht. Sie spürte, wenn sich sein Geist rührte, an die schimmernde Oberfläche schwamm und herausspähte. Während der Körper, der ihn in sich bewahrte, still dahinvegetierte.

Wenn seine besorgten Söhne oder die Ärzte sie fragten, gelegentlich ein Reporter, der sich noch an ihn erinnerte, sie dazu zu bringen versuchte, etwas preiszugeben, verwendete sie das Bild des Wassers nicht, redete auch nicht von seiner Seele wie von einem Mann, der sich im

Wald verlaufen hat. Sie sagte ihnen, dass er plötzlich den Raum erfüllte und ebenso schnell wieder verschwand. Ein hereinströmendes Bewusstsein, wie ein durchziehender Sturm.

Wenn das nicht reichte, und das tat es nie, kehrte sie zu den Geschichten zurück, mit denen sie groß geworden war, erzählte, wie König Saul die Hexe von En-Dor besucht hatte und Elija vor der Höhle von Schimon bar Jochai erschienen war. Was sie damit sagen wollte, war, dass in diesem Land schon seit ewigen Zeiten weit fernere Geister als er zurückkehrten, um Ratschläge zu erteilen. Dass es vor Himmel und Hölle, bevor diese neumodischen christlichen Vorstellungen so en vogue wurden, einen anderen Ort gegeben hatte, an dem sich die Seelen nach Ende des Lebens aufhielten. Die Guten und die Bösen gemeinsam, unverurteilt und immer erreichbar, wenn es um ihren Rat ging.

Und wenn das möglich war, um wie viel wahrscheinlicher war es dann, dass auch der General noch wach und bereit war, wo sich sein Körper doch, o Wunder, noch in dieser Welt befand?

»Es ist eine Zeit großer Gefahr für die Nation«, sagte Ruthi, wenn ihre Sätze unausweichlich zu einem Appell wurden, »und die Juden stehen führungslos am Steuer.« Sie klang verzweifelt. »Alle ziehen weiter, und er ist hier und bereit, sie zu führen.«

Ihre Zuhörer nickten darauf wohlgesonnen, höflich oder mit verständlichem Desinteresse, und oft enthielt dieses Nicken eine Geringschätzung, auf die Ruthi furchtlos einging.

»Die Antworten sind da«, sagte sie. »*In ihm*. Es muss doch einen Experten geben, der weiß, wie er ihn fragen und verstehen kann.«

Sie konnte sehen, wie die Leute sie ansahen; noch eine traurige Seele. Sie behandelten sie, als wäre sie nur ein Geist dort in dem Zimmer.

Es war ein Lehrstück über die Verschiebung von Machtverhältnissen. Als der General noch hinter seinem Schreibtisch im Büro des Ministerpräsidenten saß und sein Lachen durch die geschlossenen Türen schallte, mühten sich die wartenden Staatsoberhäupter um Ruthis Wohlgefallen, schmeichelten und gehorchten ihr, wussten sie doch, mehr noch als die Generäle des Generals und seine Handlanger im Kabinett war es diese Frau, die sich um seine Imbisse und seinen Lippenbalsam kümmerte, die dafür Sorge trug, dass es in seinen Hotels die richtigen Kissen gab und sein Flugzeug nie, nie ohne die neuesten Fotos seiner Enkel an Bord startete – diese Frau verstand es am besten, Israels eigensinnigen, unnachgiebigen Führer dazu zu bringen, auch die Gegenseite zu hören.

Wenn das medizinische Team Ruthi einmal höflich zuhörte, verwies sie Ärzte und Pfleger auf die Bibel, die sie täglich am Bett des Generals las. Sie sollte ihr einziger Leitfaden sein, erklärte sie ihnen.

Sie antworteten ihr dann schwafelnd in der Sprache, die ihr so geläufig geworden war, redeten von In-vivo-Konnektivität und thalamo-kortikalen Funktionen, verwiesen auf die neuesten Untersuchungen und unveröffentlichten Studien, die am Horizont sichtbar würden, als gingen jeden Morgen zusammen mit der Sonne neue Einsichten hinter dem Ozean auf.

Wissenschaftlich betrachtet, war das, was sie im Hinblick auf das Innenleben des Generals für gesetzt und unverrückbar erklärten, mehr noch als Ruthis Religiosität, eine reine Glaubensfrage.

Diese Nacht, mit Ruthi neben sich, ist keine friedliche für den General. Es gibt nur das Krachen eines Schusses, diesen einen Schuss, den einen Sohn. Einen Fiebertraum würden wir es nennen, wenn denn noch von Träumen die Rede sein könnte. Einen einfachen, schrecklichen Alptraum, wenn er denn schliefe.

Aber es ist beides nicht. Der General lebt in der ewigen, allgegenwärtigen Endlosigkeit dieses einen Schusses. Nach all den von ihm abgefeuerten Kugeln, all seinen fortdauernden Kriegen besteht die Existenz des Generals allein aus einem hellen, sonnigen Morgen, da er in seinem Arbeitszimmer die Zeitung liest und dieser Schuss die Stille zerreißt. Dieser eine Schuss, den er nicht abgefeuert hat, ist der, der nun ständig erschallt, eine Kugel aus einer erstklassigen osmanischen Waffe.

»Lily!«, ruft er, doch sie kommt nicht.

Er hat einen Schuss gehört. Er hat diesen Schuss gehört, und er hebt den Blick von der Zeitung, sieht in seine Richtung und schätzt, das Echo der Hügel und Felder seiner Farm einberechnend, Entfernung und Kaliber ein.

Schon kalkuliert er sein Gegenfeuer, überlegt, wie die Kugel von den Luftströmungen abgelenkt und sich senken wird, spürt jedes einzelne Flüstern des Oktoberwinds in seinem Körper.

Er hat bereits überschlagen, wo sich seine Waffen befinden, weiß, über wie viel Munition er verfügt, hat die Leben derer gezählt, für die er hier verantwortlich sein mag. Außerhalb der Sprache findet das statt, außerhalb des Denkens, es fügt sich in einer anderen Bewusstseinsart zusammen. In weniger als einem Moment verarbeitet er all diese Dinge, was ein Talent ist, das ihn in Verbindung mit einer gehörigen Portion Glück (oder einer Art mythischem nationalem Schicksal, mit dem er untrennbar verbunden ist) Situationen hat überleben lassen, die er nicht hätte überleben sollen, weshalb er nun im Herbst 1967 in seinem Arbeitszimmer sitzt, mit seiner Zeitung und einem heißen Pfefferminztee, der langsam abkühlt.

Und einer Schüssel gesalzener Mandeln.

Und einer Schüssel großer Feigen.

Es sind diese Schüsseln, ihr Anblick unter dem Rand seiner Zeitung und die von seinen salzigen Fingern verschmierte Druckerschwärze, die ihm sagen, wo er ist, ihm sagen, dass er einen Schuss gehört hat, aber nicht in Deckung gehen muss, nicht nach seiner Waffe kramen, sich nicht verteidigen oder etwas erobern muss, und so hebt er den Kopf und ruft: »Lily.« Doch Lily kommt nicht.

Das Heben des Kopfes scheint Jahrhunderte zu dauern. Das ist das, was er nicht versteht.

Dieser Schuss, er scheint nie zu verhallen.

2002 | Berlin

Farid weiß, es ist lächerlich, diesen so friedlichen See mit dem Meer zu vergleichen, diese winzigen Segelboote aus Mahagoni oder Teakholz mit der schwimmenden Schüssel, in der er als Junge fischen gelernt hat. Trotzdem, hier abends auf dem Anleger zu sitzen und den Sonnenuntergang über dem Wasser zu beobachten, erinnert ihn an zu Hause. Es ist ein idealisiertes, verträumtes Bild seiner unglücklichen, umkämpften Heimat.

Der Steg liegt hinter einer Villa am Wannsee. Farid ist Mitglied eines kleinen Jachtclubs mit der gerade genannten Flotte klassischer, makelloser Segelboote.

Einer der hochgeschätzten Reize seiner Mitgliedschaft besteht im Recht, hier zu sein. Farid besitzt den Schlüssel zu einem bescheidenen, durch seine Einfachheit inmitten der schmiedeeisernen Zugänge zu den Häusern Am Sandwerder kaum sichtbaren Tor. Dahinter führt ein schmaler Pfad zwischen zwei hoch aufragenden Anwesen hindurch und einen steilen Hang hinab zu dem kleinen Hafen, in dem er seit einiger Zeit häufiger sitzt, als dass er hinaussegelt. Mehrmals in der Woche kommt er abends her.

Vom Freund eines Freundes hat er von diesem Club erfahren, der meinte, er sei »segelnd« groß geworden. Farid musste laut lachen und erwiderte, er sei eher damit beschäftigt gewesen, am Leben zu bleiben.

Er war in eine von Land umgebene und ihr Land liebende Familie in Ramla hineingeboren worden, Flüchtlinge, die es durch die Nakba in den Gazastreifen getrieben hatte. Dort hatten zunächst sein Großvater und dann auch sein Vater ihr Dasein damit bestritten, auf den Fischerbooten anderer Leute zu arbeiten. Sie hatten das Fischen gelernt und irgendwann genug Geld beiseitegelegt, um sich schließlich selbst ein kleines, kaputtes altes Boot zu kaufen.

Auf diesem Boot lernten Farid und sein Bruder, Netze einzuholen und zu flicken, zu navigieren und den Motor zu reparieren. Wollte man ihn wieder in Gang setzen, wenn er nicht mehr wollte, musste man in aller Regel nur wissen, worauf man mit einem Schraubenschlüssel zu schlagen hatte.

Farid lernte auch, wo sich noch Fisch finden ließ, wenn die israelische Marine eine Blockade oder höchste Alarmbereitschaft verkündete und die anerkannte Ein-Meilen-Zone so weit verkleinerte, dass man, da die palästinensischen Boote Seite an Seite ankerten, praktisch von Deck zu Deck bis zurück an Land springen konnte.

Von diesem Boot der Familie war Farid vor fast zehn Jahren draußen auf See über den Bug auf ein anderes, größeres gewechselt. Während die ägyptischen Menschenschmuggler ihre Hände nach ihm ausstreckten, hielt Farids Bruder das Boot stabil und sorgte dafür, dass er nicht im Wasser landete. Es war auch sein Bruder gewesen, der ihm gesagt hatte: »Der große Kampf kommt erst noch. Dafür brauchen wir Geld und eine Strategie. Wir brauchen Stützpunkte im Ausland und Leute, die in einem Anzug gut aussehen.« Farid hatte gelacht und sein Bruder traurig gelächelt. »Du warst noch nie ein Kämpfer«, sagte er. »Das übernehme ich, und du hilfst aus der Ferne.« Nachdem die ägyptischen Schmuggler Farid und sein über die Jahre für diesen Zweck gespartes Geld entgegengenommen hatten, schalteten sie ihre Maschinen auf volle Kraft voraus und richteten den Bug in Richtung Spanien, von wo er es ohne ein Dankeswort für diese Schurken am Ende bis nach Berlin schaffte.

Farid hatte keinen Pfennig in der Tasche, als man ihn für einen Segler hielt. An jenem Abend knurrte ihm der Magen, und sein Rücken schmerzte von der schweren Arbeit, mit der er sich über die Runden brachte, aber er trug den gerade gekauften neuen Anzug, denn er begriff, dass sein Bruder recht hatte. Sein Aussehen würde ihm helfen, wenn er nur die passenden Kleider dazu hatte.

»Nicht segelnd, sondern überlebend«, wiederholte er, und der Freund seines Freundes lachte und boxte ihm scherzhaft gegen die Schulter. Von da an träumte Farid von dem Tag, an dem er sich einen Segler nennen konnte, und es waren seine Träume, die ihn so weit brachten.

Er wusste, er würde einen Weg finden, um über das hinaus, was er zum Leben brauchte, was er nach Hause schicken und zusätzlich für die Sache zur Verfügung stellen sollte, genug Geld zu verdienen, um der Einladung des Freundes seines Freundes schuldlos folgen und dem Jachtclub beitreten zu können. »Es sind nicht mal richtige Jachten«, sagte der Freund seines Freundes, »der Club ist ein ziemlich lausiger Verein, nur ein paar Boote, die kaum größer sind als Mondfische.« Tatsächlich war es eine Oase (die absolut nichts »Lausiges« hatte) an der der Stadt vorgelagerten Seenkette, die sich in den Wald hineinwand, hinter dem der Flughafen und die Autobahn mit den leeren Tribünen aus den Tagen der AVUS lagen.

Farid machte sich einen Namen im Import- und Exportgeschäft und arbeitete sich in die oberen Ränge der Wirtschaft, wenn nicht gar der Gesellschaft vor. Er bewegte, was bewegt werden musste, um Geld zu verdienen. Bewegte alles, womit er seinen Brüdern im Gazastreifen helfen konnte. Und damit sein Geld sich auch selbst vermehrte, investierte er auf den Märkten und an den Börsen dieser Welt, kaufte Aktien, Immobilien, einen Teil eines Bowlingcenters in Manhattan und einen Lebensmittelladen in Blantyre, der samstags so viel Geld einnahm wie die gesamte malawische Regierung.

Inzwischen trug Farid die erstrebten eleganten Anzüge und ging zu teuren Friseuren, was anderen reichen Leuten auffallen mochte. Aber trotz eines Glases dann und wann und einer Frau, wenn eine ihn wollte, trug er immer noch das Zeichen des Gläubigen auf der Stirn und zahlte neben seinen brüderlichen Verpflichtungen jedes Jahr ein Mehrfaches seiner *Zakat*.

Als er sich endlich in Deutschland sicher und deutsch fühlte, auch durch seinen Wohlstand, trat er durch das Tor, ging hinunter zum See und zum Bootshaus und erzählte dem Japaner, der den Club leitete, mit großer Zuversicht, dass er auf dem Wasser aufgewachsen sei.

Wieder einmal gekleidet für die Rolle, die er spielen wollte, log er, was seine Fähigkeiten betraf, und drehte die Hand, um das Gewicht seiner edlen Uhr zu zeigen, als könnte er Takumi so hypnotisieren. Der Japaner ließ sich jedoch nicht beeindrucken, so freundlich und nett er ansonsten auch war.

Alles, was er sagte, war: »Dann segeln Sie mal mit mir hinaus.«

Die beiden nahmen die schnelle Acht-Meter-zwanzig-Soling, das einzige Boot, das dem Club selbst gehörte.

Farid verpatzte seine Testfahrt gründlich. Takumi lächelte nur und feuerte ihn an, half ihm, das Segel zu setzen, nicht von der durchschwingenden Rahe erschlagen zu werden, und ließ auch nicht zu, dass er sie beide ertränkte, als er das Boot, obwohl kaum ein Wind ging, fast zum Kentern brachte. Takumi verkörperte die perfekte Mischung aus japanischer Höflichkeit und kritischem deutschem Schweigen, ganz anders als der offene streitbare Umgangston in Farids wilder Jugend.

Farid mochte diesen Mann, der ihm auf ehrbare Weise zu gestehen erlaubte, dass alles, was er gesagt hatte, erstunken und erlogen war. »Um so besser!«, sagte Takumi. »Ich liebe es, jemandem das Segeln beizubringen.«

Es war mit der ungeschützteste Moment, seit Farid sein Zuhause verlassen hatte.

Abgesehen von dem Umstand, dass sich Takumi ohne jede Ironie den »Commodore« nannte, wenn es um Jachtclub-Angelegenheiten ging, fand Farid in ihm einen ausgezeichneten Lehrer und unproblematischen, großzügigen Menschen.

So fuhren die beiden denn zweimal, manchmal dreimal in der Woche hinaus, und Takumi lobte Farid, er lerne schnell. Farid war nie glücklicher als in dieser Zeit, völlig bei der Sache und bei sich, wenn er mit seinem wunderbaren Begleiter an diesem wunderbaren Ort durchs Wasser schnitt. In seinem japanisch eingefärbten Deutsch lehrte Takumi, der »Commodore« des American International Yacht Club, den mit arabischem Akzent sprechenden Farid das Segeln, auf einem Berliner See.

Vier Jahre später fühlte sich Farid dort am See so wohl und so kompetent wie alle anderen Clubmitglieder.

So wohl, dass er es liebte, dort den Abend zu begrüßen, als gehörten ihm das Ufer und die Villa auf der Anhöhe in seinem Rücken. Wie er sich einst ausgemalt hatte, einmal an diesem Ort zu sitzen, an dem er heute saß, stellte er sich mittlerweile vor, einmal ein Haus wie das hinter ihm sein Eigen zu nennen.

Meistens jedoch war Farid, wenn er dort unten saß, einfach nur er selbst. Es war der einzige Ort, an dem er alles andere zu vergessen vermochte. Früher hatte er gedacht, Meditieren müsse wie ein Gebet ohne Gott sein. Doch wenn er des Abends am Ufer des Sees saß, begriff er, dass es etwas wie das hier war.

An ruhigen Abenden, wenn nur ein leichter Wind ging und sich das Kräuseln des Wassers kaum lesen ließ, sah er zu, wie sich die Boote an ihren Anlegeplätzen wiegten, und lauschte dem Glockengeläut, wenn die Leinen gegen die Masten schlugen.

Seit dem Beginn der letzten Intifada, während der langen Monate, da die Israelis begonnen hatten, den Gazastreifen und das Westjordanland dem Erdboden gleichzumachen, kam er fast täglich ans Wasser, um durchzuatmen und sich nicht schuldig zu fühlen für das wundervoll friedliche Leben, das er sich geschaffen hatte. Er dachte an seinen kämpfenden Bruder, an all die anderen jungen Krieger Seite an Seite mit ihm an der Front und die guten friedliebenden Menschen, deren Leben aus den Angeln gehoben wurde. Die Rolle, die Farid dabei aus der Ferne spielte, hatte ihm immer behagt. Und jetzt wurde ihm heiß und kalt, wenn er an seine Hybris und seine Gier dachte, an all das investierte Geld, das durch das Platzen der Tech-Blase von einem Moment auf den anderen vernichtet worden war. Jetzt, da er mehr denn je gebraucht wurde, konnte er nichts beisteuern.

An Abenden wie diesem, an denen ihn die Gedanken an den Aufstand und den Versuch, ihn niederzuschlagen, auch am See nicht verlassen wollten, wenn das Grübeln über die eigenen schlimmen Fehlentscheidungen nicht aufhören wollte, spielte er wie ein kleiner Junge mit seinen Hoffnungen, was ihn verlegen machte und mit leichter Scham erfüllte.

Er tat so, als wäre der Pfad von der Straße hinunter ans Wasser, zwischen den beiden großen Häusern hindurch, eine rechtmäßige Grenze zwischen dem trockenen Hügelland des Westjordans und den Stränden Gazas. So wie hier würde der Frieden aussehen, wenn es denn jemals zwei Staaten gab.

Und wenn er sich kurz ermutigt fühlte, träumte er von einem palästinensischen Sieg, der die Zionisten dorthin vertrieb, woher immer sie gekommen waren. Zu welchen Höhen würde Jerusalem gelangen, überlegte er, wenn es unter der grünen Flagge der Hamas vereinigt wurde? Er musste nur seine Wahlheimat betrachten, das schöne Berlin. Es gab keine Grenzen für das, wozu eine Stadt ohne Ost und West fähig war. Wenn sie als ein einziges lebendiges Ganzes aufblühen konnte.

2014 | Im Zwischenreich

Der Schuss lässt den General zusammenfahren, und er blickt über die Schulter auf den gemusterten Wandbehang hinter sich. Lily hat ihn dort aufgehängt. Er ist aus buntem Garn gewebt, volkstümlich, wie ein unfertiger Mantel. Ob indisch oder mexikanisch, kann er nicht sagen.

Aber es ist nicht der Stoff, nach dem er sich umdreht. Nicht das Fenster, durch das er zu dem brennenden Fass am Rande der Felder hinausspähen will, dessen Rauch den Ausblick vernebelt.

Verwirrt, da er mit einem Mal nicht mehr weiß, weshalb er sich umgedreht hat, starrt er den robusten Ficus in der Ecke an. Gesund, so gesund mit seinen grünen, daumendicken Blättern. Seine Lily bringt alles zum Wachsen.

Reglos sieht er die Pflanze an und versucht sich an etwas zu erinnern, den Kopf immer noch gedreht, die Sehnen seines Halses gespannt. An was er sich erinnert, ist das Lateinische. Ein Ficus gehört zur selben Familie wie ein Feigenbaum.

Und dann sieht der General zurück in seinen Schoß. Unter der Zeitung, ausbalanciert … eine Schüssel gesalzener Mandeln.

Und eine Schüssel dicker Feigen.

Ein Gewehr fehlt. Danach sucht er, als er den Hals ein weiteres Mal reckt. Das Krachen des Schusses hat ihn daran erinnert. An das alte, wertvolle Gewehr und seine leere, schmiedeeiserne Halterung an der Wand über Lilys Wandbehang.

Wo ist es, sein Kleinod?

Direkt nach dem Krieg haben sie ihm die Waffe geschenkt, ein Janitscharen-Gewehr, eine Trophäe von der syrischen Front.

Solch eine Handwerkskunst hatte er nie zuvor bei einer Waffe gesehen, die regionale Tradition auf ihrer mörderischen Höhe. Der Lauf achteckig, der Schaft in verziertes Elfenbein gehüllt, das fünfeckige Kolbenende aus Messing mit polierten Steinintarsien. So kunstvoll und doch einfach. Die Schlagfeder lag offen den Elementen preisgegeben, die Bänder um den Lauf sahen auf den ersten Blick wie aus Gold gewebt aus, waren bei genauerem Hinsehen aber aus festem Zwirn, was er bei einer so kunstvollen Waffe für eine reizvolle Zurückhaltung hielt.

Kaum, dass sie ihm überbracht worden war, führte der General den Boten zurück zum Tor seiner Farm und stieg, ohne noch einmal ins Haus zu gehen, in einen ägyptischen Jeep, ein anderes Andenken, mit dem er vom Sueskanal zurückgekehrt war. Das Gewehr auf dem Beifahrersitz, raste der General hinüber zum Schmied, der sich um die Schlosserarbeiten auf der Farm kümmerte und die Pferde beschlug.

»Was kann ich für Sie tun, General? Ist was am Jeep kaputt?« Sie sind alte Freunde, der General und der Schmied. Der Schmied ist, wenn er sich nicht auf dem Land aufhält, Orthopäde in Be'er Sheva. Er und seine Nachbarn tragen alle verschiedene Hüte. Wer sie gerade sind, richtet sich nach der Tagesuniform.

Der General läuft mit schweren, stampfenden Schritten vorn um seinen Jeep, greift auf den Beifahrersitz und zeigt das Gewehr dem Schmied, der sich die Hände an der Hose unter der Lederschürze abwischt. »Großartig«, sagt er.

»Ich will es aufhängen«, sagt der General. »Im Wohnzimmer oder meinem Arbeitszimmer. Als hübschen Wandschmuck.«

»Sie hätten einfach anrufen und mir sagen können, dass Sie ein altes Gewehr aufhängen wollen«, sagt der Schmied. »Es war nicht nötig herzukommen.«

Der General, den man kaum je kleinlaut nennen würde, senkt den Blick und sagt: »Ich wollte es Ihnen zeigen.«

Es ist ein einfacher Auftrag für den Schmied. Er hätte bereits zwei perfekte Halterungen fertig, aber er will seinen Freund glücklich sehen, einen Helden, eine Legende für die Ewigkeit. Und ein moderner Schmied schuldet seinen Kunden ein Spektakel. Alle wollen sehen, wie das glühende Eisen in den Eimer taucht, wollen das Zischen des Dampfes hören. Er facht das Feuer an und beginnt die Show.

Wenn das nicht der Traum vom Fleisch gewordenen Israel ist, denkt der General. Dieser Mann mit Hammer und Amboss, der sozialistische Traum, die heißen fliegenden Funken, die rotglühenden Eisenpartikel, die wie Mücken auf dem Leder seiner Schürze sitzen. In perfekter Ergänzung donnern zwei in Frankreich produzierte Mirages über die beiden hinweg, an den Flügelspitzen den Davidstern.

Sie fliegen in Richtung Süden nach Sues, durch unseren Sinai bis an den Rand des Kanals. Mit einem Mal gibt es ein Land, das groß genug ist, einen Flug von einem Ort zum anderen zu rechtfertigen, ein Land, dessen Grenze nicht mehr zu Fuß zwischen Frühstück und Mittagessen abgelaufen werden kann. Jetzt haben sie verteidigbare Grenzen, nicht mehr diesen derart dünnen Hals, dass der Kopf förmlich danach schreit, abgehackt zu werden.

Dort oben die jüdischen Piloten, die israelischen Piloten, die in ihren Mirages hinunter in Richtung Wüste fliegen, die Flugzeuge Teil der höchstentwickelten Technik dieser Welt. Und unten auf der Erde der General, im Angesicht dieser uralten Praxis, dem Schmieden, auf altem, neugeborenem jüdischem Land.

Für alles gab es neue Worte in ihrer wiederbelebten alten Sprache, neue Worte für Jets und Radarsysteme. Neue Worte für Panzer und die Funkgeräte in ihnen. Aber für das hier, den Hammer und das Schmieden, reichte die Bibel.

2002 | Berlin

Farid sitzt allein in dem kleinen Jachthafen, nur ein alter Mann hantiert auf seinem Boot herum, tüftelt und putzt und trinkt eine Flasche Wein. Er bietet Farid ein Glas an, das dieser ablehnt, aber die Geste bringt ihn von seinen Gedanken an den Krieg ab und lässt ihn ruhig werden.

Er sitzt auf seinem Lieblingsplatz ganz am Rand des Anlegers, unter den Linden, deren Äste bis übers Wasser ragen. Er bewundert den See, den Rücken an die hintere Mauer gelehnt.

So lange Farid schon in Berlin lebt, erstaunt ihn doch immer wieder, wie spät die Sonne im Sommer untergeht. Das Zwielicht scheint ewig anzudauern, während das Blau des Wassers tiefer wird und der den Himmel säumende Dunst über den Bäumen auf der anderen Seite des Sees orangefarben aufleuchtet.

Eine Weile, nachdem der alte Mann gegangen ist, steht auch Farid auf. Er genießt die Einsamkeit, schlägt sich den Staub von der Hose, wirft einen letzten Blick auf den See hinaus und sieht, wie die alte Soling des Clubs hereinkommt und unsicher auf den letzten freien Platz am Anleger zukreuzt.

Er weiß, wer sie fährt, er beobachtet den schrecklichen

Segler schon eine Woche. Es schmerzt Farid jedes Mal, aber er muss einfach zusehen, manchmal zwischen den Fingern seiner Hand hindurch.

Farid bleibt noch, während der Mann mit Segel und Ruder kämpft. Das Boot kommt näher, und Farid ist sich nicht sicher, ob sich das Ungeschick nicht plötzlich in einen gezielten Angriff verwandelt. Der Mann scheint ein Minimum an Kontrolle zu gewinnen und verliert sie gleich wieder. Ohne die Fender, die er gerade noch über die Seiten wirft, und eine letzte Korrektur beim Ansteuern des Anlegers, hätte er, so denkt Farid, das Boot womöglich versenkt.

Beim Vertäuen bringt der Mann die Leinen durcheinander und macht sie nicht richtig fest.

Farid hält es nicht mehr aus und geht zu ihm hinüber.

»Kann ich Ihnen helfen?«, fragt er auf Deutsch.

Als der Mann nicht antwortet, versucht er es auf Englisch, worauf sich die Miene des glücklosen Seglers aufhellt.

»Ich weiß, ich bringe alles durcheinander«, sagt der Mann.

Farid widerspricht ihm nicht. Er nickt nur und macht die Bugleine los, bevor er ihm langsam den Ablauf erklärt.

»Sie fangen immer unter dem … Horn an?«

»Der Klampe«, sagt der Mann freudig. »In diesem Fall, bei Booten, spricht man von einer Klampe.«

»Also, dann immer erst unter der Klampe.«

Der Mann nickt, und Farid beschreibt einige Achten mit der Leine, bevor er das Ganze mit einem langsamen, klar erkennbaren Kopfschlag, einer sich selbst festzurrenden Schleife, beendet.

»Das ist die letzte Windung. Dann ziehen Sie das freie Ende fest, damit sich nichts lockert. Keine losen Enden«, sagt er, um zu demonstrieren, dass er ein paar gute Ausdrücke kennt und sein Englisch mehr als nur ausreicht. »Nicht in Deutschland. Nicht bei Booten. Da sitzt immer alles ordentlich und fest.«

Farid will gerade einen Witz über die amerikanische Ungezwungenheit und den amerikanischen Gleichmut machen, als sich der Mann der nächsten Klampe zuwendet, um auch die zweite Leine richtig festzuzurren. Da sieht Farid das in die Jacke des Mannes gewebte Zeichen.

»Sie sind Kanadier!«

»Wie kommen Sie darauf?«, sagt der Mann überrascht. »Alle hier nennen mich einen Amerikaner, selbst wenn ich ihnen sage, dass ich aus Toronto stamme.«

»Die *Bluenose*«, sagt Farid. »Auf Ihrer Jacke. So gut wie alle Kanadier, die zum Segeln herkommen, haben eine Jacke oder ein Hemd mit der *Bluenose*. Oder eine Kappe.«

»Wir sind ein stolzes Volk«, sagt der Mann, während er sich vergeblich mit der Heckleine abmüht. Statt es noch einmal zu versuchen, gibt er sie Farid. »Aber nicht zu stolz, um anzuerkennen, wenn jemand besser ist.«

Obwohl der Kanadier nicht arm im Gazastreifen aufwuchs, ist er doch kein Kind reicher Eltern, wodurch er sich von praktisch allen unterscheidet, die über diesen Anleger gehen. Er war ein ganz normaler Junge, der Sohn eines Zahnarztes in Montréal, der auf dem Vier-Meter-Fiberglas-Dinghi eines Freundes mitschipperte. Ein paar Sommer war er bei einigen Regatten dabei, als Teil eines Teams, aber das ist ein halbes Leben her, und jetzt, der Arbeit wegen in Deutschland, ohne Freunde, ohne die Sprache zu verstehen und mit reichlich freier Zeit, ist er plötzlich zum Segeln zurückgekehrt.

Er sagt, er hat ein Haus am See gemietet, was nur bedeuten kann, dass er – oder seine Firma – über ausreichend Geld verfügt. Er sagt, er hat den Jachtclub durch sein Teleskop entdeckt und dachte, angesichts all seiner freien Zeit und der schönen Erinnerungen ans Segeln sei es einen Versuch wert.

All das erzählt er, während er zusieht, wie Farid die Heckleine festmacht und das Leinenende aufrollt. Gemeinsam gehen sie den Weg hinauf, zwischen den beiden Anwesen hindurch, hinaus auf den Sandwerder.

»Und in welchem Haus wohnen Sie?«

Der Mann deutet hinaus über den See, der jetzt außer Sicht ist. »Wenn Sie der Straße bis zur saudi-arabischen Botschaft folgen … Ich glaube, meins liegt mehr oder weniger direkt gegenüber.«

Der Mann drückt auf einen Schlüssel, und irgendwo vage in der Richtung piepst ein Auto.

Farid wünscht ihm eine gute Nacht und wendet sich ab. Er will zum Bahnhof, hat aber noch keine zwei Schritte getan, als er an Takumi und seine Hilfsbereitschaft denken muss, als er selbst neu in der Stadt war.

Er weiß, dass er das Richtige tut. Er erinnert sich an seine Schulzeit und die Geschichte von Abu Talha und Umm Sulaim, die das Wenige, das sie hatten, ihrem Gast im Dunkeln gaben, damit sie so tun konnten, als äßen sie ebenfalls.

Der Kanadier geht bereits davon, und Farid ruft ihm verlegen hinterher. Er spricht schnell.

»Ich weiß nicht, ob Sie noch mit in die Stadt kommen wollen, wo Sie Ihrem Bett schon so nahe sind«, sagt er, »aber ich wollte etwas essen gehen. Wenn Sie mitkommen mögen …«

Schon steht der Mann wieder neben ihm.

»Tja, wenn Sie dachten, Sie kämen damit durch, noch

was Nettes zu sagen und schnell zu verschwinden, haben Sie sich getäuscht.« Der Mann klopft Farid auf die Schulter, als wären sie bereits gute Bekannte. »Ich lebe von Döner aus dem Imbiss am Bahnhof und von Obst, das ich nicht schälen muss. Ein anständiges Essen wäre eine reine Freude.«

»Haben Sie keine Küche bei sich im Haus?«

»Die Küche ist etwa so groß wie ein Fußballstadion, aber sie wird von einem gemeinen kleinen Troll von einem Koch regiert, den mein Gaumen beleidigt und der überzeugt ist, ich rasiere mir jeden Morgen nach dem Zähneputzen die Geschmacksknospen ab. Da gibt's nur klassisch Deutsches, mit viel Sahne, Fleisch und Angedicktem. Wenn ich das jeden Abend essen würde, bekäme ich entweder einen Herzinfarkt, oder ich würde explodieren. Ich vermisse Toronto. Ich vermisse ein ruhiges kleines Restaurant an der Ecke, wo ich einen grünen Salat essen und dazu etwas trinken kann.«

»Worauf hätten Sie denn Lust?«

»Ehrlich?«

»Sicher.«

»Irgendwas Ethnisches, nur nichts Deutsches. Mexikanisch, italienisch, thailändisch.«

»Chinesisch?«

»Dafür würde ich sterben.«

»Das Good Friends«, sagt Farid, was, wie er dem Ausdruck des Mannes entnimmt, eher wie eine Aussage klingt und nicht wie der Name eines Restaurants. »In Charlottenburg, ein Stück neben der Paris Bar.«

Als auch das seinem Gast nichts zu sagen scheint, fügt Farid hinzu: »Sie sind wirklich noch neu hier.«

»So ist es, und ich bin ganz in Ihrer Hand«, sagt der Kanadier. »Ich bin ein guter Geschäftsmann, versprochen, aber ich wäre ein schrecklicher Politiker. Ich kenne Sie bereits viel zu gut, um Ihren Namen nicht zu wissen.«

»Farid«, sagt Farid.

Der Kanadier heißt Joshua. »Nennen Sie mich Josh.« Als Farid fragt, ob sie den Zug nehmen wollen, hält der Kanadier seinen Schlüssel in die Höhe. »Sie werden es nicht glauben, wenn Sie sehen, was für ein Auto die mir gegeben haben.«

Sie bestellen einen ganzen, in Salz gebackenen Wolfsbarsch, kalte Nudeln und scharfen Tofu. Der Kanadier nimmt noch Dumplings mit Fleisch und Krabben und trinkt dazu eiskaltes Pils, eines nach dem anderen. Farid nimmt an, dass er bereits zu betrunken ist, um sich wieder in den erstaunlichen Sportwagen zu setzen, in dem sie gekommen sind, wobei Joshua, so wie er spricht und sich bewegt, nichts anzumerken ist.

Sie unterhalten sich leichthin über ihre Familien, ihre Kindheit und viel über das Segeln.

Takumi hat dem Kanadier keine Segelstunden angeboten, nachdem er mit ihm draußen war. »Ich war ganz offenbar gerade gut genug, um durchzukommen«, sagt er, »und keine Stunden nehmen zu müssen. Ich hatte Glück. Der Wind war immer da, wo er sein sollte, wenn ich ihn brauchte.«

»Es ist schwer, beim Segeln Glück zu haben«, sagt Farid und gießt sich Tee nach. »Ich bin überrascht, dass er Sie mit dem Boot auf den See lässt.«

»Nach dem, was Sie gesehen haben?«

»Ja, nach dem, was ich gesehen habe.«

Joshua lächelt, lacht und prostet seinem Gastgeber zu. Er stößt mit seinem Bier gegen Farids Tasse.

»Ich verspreche, dass ich an dem Tag ebenfalls schlecht

war, aber es war die schöne, glänzende Seite meines Schlecht-Seins.«

Farid mag den Mann. Er hat etwas Charmantes.

»Wenn Sie wollen«, sagt er, »kann ich Ihnen ein, zwei Stunden geben.«

»Das kann ich nicht annehmen«, sagt Joshua.

»Es wäre mir ein Vergnügen«, sagt Farid und stellt fest, dass er es wirklich so meint. »Im Moment ist es bei mir ruhig. Eine Abwechslung wäre eine Wohltat.«

Joshua hebt eine Braue, sieht Farid in die Augen und gibt ihm die Möglichkeit für einen Rückzieher, so empfindet Farid es.

»Suchen Sie sich einen Morgen aus«, sagt Farid.

»Diese Woche bin ich beruflich unterwegs, aber nächste Woche wieder in Berlin.«

»Fantastisch«, sagt Farid, und obwohl er nicht neugierig sein möchte, da er selbst nicht gern ausgefragt wird, möchte er dennoch gern wissen, was Joshua nach Berlin bringt.

»Glauben Sie mir, es ist so langweilig. Damit ruiniere ich nur dieses wunderbare Essen.«

»Wissen Sie, was mein Vater immer gesagt hat? Je langweiliger das Geschäft, desto mehr Geld lässt sich damit machen. An den größten Häusern Gazas ist er mit mir vorbeigegangen und sagte: ›Das da gehört dem Mann, der den Zement herstellt.‹ ›Das ist das Haus der Familie, die die Knöpfe auf dein Hemd bringt.‹ Schließlich gelangten wir zu einer wirklich riesigen Villa, und er sagte: ›Die ist ganz aus Hummus und Pita, Kunde für Kunde.‹ Ich war noch so klein damals, dass ich tatsächlich glaubte, sie wäre aus Hummus, von oben bis unten damit verspachtelt.«

»Ich verstehe«, sagt Josh. »Trotzdem ist es langweilig. Im Prinzip bin ich Schrotthändler.«

»Ein Schrotthändler mit einem Hunderttausend-Euro-Auto?«

»Eher hundertfünfzigtausend. Das Modell hat das volle Sportpaket.«

»Vom Handel mit Schrott?«

»Vom Import und Export, würde ich sagen. Weiterverkauf trifft es möglicherweise am besten. Und das Auto ist geleast.«

»Trotzdem wird es nicht billig sein«, sagt Farid. »Und Import-Export ist ein weites Feld. Da hat vieles Platz.«

»Ich verkaufe gebrauchte Computer. Gebrauchte Handys. Gebrauchte Kopierer. Alles mit einem Chip drin. Weshalb ich versuchen sollte, ein paar Minuten Schlaf zu bekommen. Ich muss früh raus, wenn Beijing aufsteht, und mich ans Telefon hängen.«

»Sie arbeiten nicht nach kanadischer Zeit?«

»Diese schreckliche Krake – das Geschäft, das mich im Moment umbringt, das läuft mit den Chinesen.«

Joshua greift nach der Rechnung, doch Farid legt ihm die Hand auf den Arm. Er besteht auf seiner Einladung.

Sein Gast ist sichtlich gerührt und sagt: »Auch wenn es keine Wiedergutmachung sein kann, aber warum kommen Sie, bevor wir lossegeln, nicht zum Frühstück zu mir. Wir lassen uns von meinem üblen Koch die Arterien verstopfen, und anschließend bringen Sie mir bei, wie man einen richtigen Knoten macht.«

2014 | Jerusalem

Ruthis Sohn sitzt auf einem Stuhl am Rand des Balkons und lässt die Füße übers Geländer baumeln. Er trägt Boxershorts und Flipflops, und Ruthi riecht den waldigen Kaugummigeruch, der sich mit dem des Tabaks vermischt. Es ist ein Freitagmorgen, ihr Sohn raucht einen Joint und genießt den Tag.

Der Wärter drückt ihn nicht aus, als er seine Mutter kommen hört, öffnet nur die Augen, eines nach dem anderen, als wäre es besser, sie Stück für Stück in Augenschein zu nehmen.

»Du bist letzte Nacht nicht nach Hause gekommen«, sagt er.

»Und du hast nicht angerufen, um zu fragen, warum.«

»Ich weiß doch, warum, oder? Du hattest wie immer Angst, dein Liebster könnte den Geist aufgeben.«

Seine Mutter hebt warnend einen Finger.

»*Halas*. Sei nicht respektlos.«

»Ich schulde ihm Respekt? Weißt du, wie oft ich nachts wegen seiner irren Politik beinahe getötet worden wäre?«

»Während deines Militärdienstes?«

»Ja, während meines Dienstes.«

»Mit was für Gefahren hattest du da zu tun? Nachts

habt ihr Terroristenhäuser zerstört. Häuser wehren sich nicht.«

»Ist das für dich kein aberwitziger Job? Sich mit einem Sack Sprengstoff in ein Dorf zu schleichen und die Häuser irgendwelcher Menschen dem Erdboden gleichzumachen?«

»Wenn die Terroristen noch drin wären, vielleicht. Aber es sind Verwandte. Es sind die Häuser, in denen die bereits toten Terroristen einmal gewohnt haben.«

»Was seine eigenen Fragen aufwirft, oder, Mutter? Alten Frauen fünf Minuten zu geben, die nie mit mehr aus der Tür gelaufen kommen als ihrem Olivenöl und einem Bild von Arafat. Das ist erbärmlich.«

»Wie sonst willst du jemanden bestrafen, den es nicht mehr gibt? Es ist abschreckend.«

»Glaubst du?«

»Ich muss das nicht glauben. Ich hab das ja nicht gemacht, aber du. Glaubst *du* es?«

»Ich habe meine Befehle befolgt. Es war mein Job.«

»Es wirkt also abschreckend.«

»Nein, tut es nicht. Im Gegenteil, ich denke, es ist ein Ansporn. Ich denke, es ist eine verdammte Terroristenrekrutierungsaktion.«

»Das heißt, es ist deine Schuld, wenn sie ihre Terroristen auf uns hetzen?«

Sie liebt das, seine Mutter – knappe, quälende Feststellungen und ungebetene Ratschläge zu verteilen. Ganz ähnlich wie das Häuser-in-die-Luft-Sprengen, denkt ihr Sohn, erzielen die Reden seiner Mutter das genaue Gegenteil von dem, was sie bewirken sollen.

Was den uralten Streit um den Nutzen der zahlreichen Kreuzzüge des Generals angeht, achten sie beide sorgfältig darauf, sich auf den letzten Aufstand zu konzentrieren, um nicht wieder auf Tyros und den Libanon und den Krieg zu kommen, aus dem sein Vater, an den er sich nicht erinnern kann, nicht zurückgekommen ist.

Der Wärter schließt die Augen und zieht an seinem Joint. Er braucht einen Moment, um sich zu therapieren, bevor er neu in die Diskussion einsteigen kann.

Er zählt die Sekunden, stößt den Rauch dann in Richtung Knesset auf der anderen Seite der Straße aus und blinzelt sich die Trockenheit aus den Augen, bevor er sich wieder seiner Mutter zuwendet, die mit dem Rücken am Geländer lehnt, hinter sich das Panorama.

»Ich glaube, es ist die Schuld des Generals«, sagt er. »Die ganze beschissene zweite Intifada und die kaputte Zukunft, die sie zur Folge hatte. Und vergessen wir nicht die Aussicht auf all den Wahnsinnsscheiß, der noch kommen wird.«

»Du gibst dem General die Schuld an der Vergangenheit und der Zukunft? Damit erkennst du einer einzelnen Person ganz schön viel Macht zu. Vielleicht respektierst du ihn mehr, als ich denke.«

»Wenn du den Frieden torpedierst, bekommen es beide Seiten zu spüren.«

»Den verlorenen Frieden schiebst du ihm ebenfalls in die Schuhe? Dem General, der auch noch den letzten seiner geliebten Siedler aus dem Gazastreifen herausgeholt hat, wie zuvor schon aus Jamit? Den eigentlichen Vater der Siedlungen und den Einzigen, der konkrete Schritte zum Rückzug unternommen hat? Der ist dein Feind des Fortschritts?«

»Als es am wichtigsten war, den Palästinensern etwas anderes zu sagen, zog er mit tausend Mann auf den Haram al-Sharif, um ihnen zu zeigen, wer der Herr im Haus ist. Die zweite Intifada war nichts anderes als ihr Widerspruch.«

»Mit den tausend Leuten und dem dummen Marsch den Berg hinauf hat er sie losgetreten?«

»Es war ein Symbol, und Symbole zählen. Sie prägen die Zeit«, sagt der Wärter. »Geben den Abstraktionen eine Form.«

»Den Abstraktionen eine Form? Das sagst du?« Seine Mutter will das nicht akzeptieren. »Was für ein kluger Junge du doch bist. Das alles«, sagt sie und wischt die Worte beiseite, als hingen sie zusammen mit dem Rauch noch über ihm, »das alles liegt nur daran, weil du den ganzen Tag auf dieses eingesperrte Gehirn aufpasst. Was du gerade gesagt hast, stammt von ihm. Das höre ich.«

Der Wärter steht frustriert auf und greift nach dem Geländer.

»Besser auf ein Gehirn aufpassen als auf eine Leiche.«

Seine Mutter legt ihre Hand neben seine. »Nein, mein Sohn«, sagt sie. »Nicht auf eine Leiche. Ich sitze bei einem Toten, der so mächtig ist, dass er weiterlebt. Du, du sitzt bei einem Lebenden, der längst tot ist. Einem Feigling, der sich seinen Platz im Dunkeln verdient hat.«

»Ich stimme dir ja zu, dass er verrückt ist, aber er hat auch Mut. Er hat alles riskiert und alles verloren, für das, woran er glaubt.«

»Woran glaubt er denn?«

Der Wärter sieht seine Mutter betreten an. »Darüber spricht er nicht.«

Ruthi tätschelt ihrem Sohn liebevoll den blassen Arm.

»Es gibt mir zu denken, dass du die Welt wirklich nicht verstehst und trotzdem glaubst, du tust es. Diese neue Generation israelischer Männer, zu der auch du gehörst, die denkt, sie weiß alles, aber keine Ahnung hat, die macht deiner Mutter Sorgen.«

Ruthi tritt zu den am Geländer hängenden Blumenkästen aus Plastik. Einer von ihnen ist völlig verwildert, mit einem riesigen blühenden Basilikum. Ruthi knipst die Spitzen ab und pflückt die vertrockneten Blätter herunter. Sie spricht, ohne ihn anzusehen.

»Du bist mehr als nur ignorant, mein linker Sohn, wenn du denkst, die Palästinenser brauchten den General für ihre Intifada.«

Der Wärter lacht laut auf. »Links? Mutter, ich arbeite als Wärter in einem geheimen Gefängnis, bin Mitglied der Golani-Brigade und Beitar-Fan. Ich höre mir *The Shadow* auf dem iPhone an und wähle den Likud.«

»Was willst du damit sagen?«

»Nur, dass sich die Rechte so weit zur Seite bewegt hat, dass ich von deinem Standpunkt aus links wirke.«

Ruthi schnaubt. »Nenne den Tempelberg in meinem Haus jedenfalls nicht Haram al-Sharif. Er hat schon einen Namen, und zwar einen jüdischen.« Ruthi wirft eine Handvoll gelber Blätter vom Balkon hinunter auf den leeren, müllübersäten Parkplatz. »Und mach dir klar, dass die letzte Intifada unvermeidlich war. Wenn du mir nicht glaubst, frag einen Araber, egal wen. Sie haben nur auf die passende Möglichkeit gewartet, und der General hat sie ihnen gegeben. Sie hätten stillhalten können, hätten ihr Casino und ihren Flughafen behalten können. Eine Hauptstadt direkt hier in Abu Dis hätten sie haben können. Fast alles, was sie wollten. Aber sie haben es weggeworfen.«

»Manchmal ist *fast* alles nicht genug.«

»Schön und gut. Aber vergiss nicht, dass es deine Mutter war, die die Eltern unserer ermordeten Schulkinder begrüßen musste. Deine Mutter, die bei den Eltern der Soldaten sitzen musste, die durch die Straßen geschleift wurden. Bei den Protesten gab es viele Tote – und überlebende Eltern, die deine Mutter ins Büro des Generals brachte, damit er ihnen sagen konnte, dass ihre Kinder nicht umsonst gestorben waren.«

»Dein Freund ist also auch noch Sozialarbeiter?« Und jetzt vermag sich der Wärter nicht mehr zurückzuhalten und geht zu weit. »Lass uns doch aus dem Mann, der hinter Qibya, Sabra und Schatila steht, keinen ...«

»In Beirut hat er nur weggesehen«, unterbrach ihn seine Mutter. »Es waren die Phalangisten, die das Blutbad angerichtet haben.«

»Er ist ein Mörder, Mutter. Ein Schlächter.«

»Ich weiß, was er in der Vergangenheit getan hat«, sagt sie, »genau wie du. Aber dieser General hat sein Land auch viele Male vor der sicheren Zerstörung bewahrt.«

»Das streitet niemand ab.«

»Deine Mutter will dir etwas anderes sagen. Ich versuche, dir zu erklären, was der General für die Zukunft geplant hatte. Er hätte dir und deinen Palästinenserfreunden gegeben, was ihr wollt, und dieses Land für immer gerettet. Ich weiß, was als Nächstes gekommen wäre. Wenn er nur ...«, sagt sie.

»Wenn er nur noch lebte?«

»Wenn er nur hätte weitermachen können. Der General wollte zwei Staaten. Er hätte Frieden geschaffen. Mit einer taktischen Entscheidung, so strategisch und schmerzlich wie ein Krieg. Der Frieden war die Bombe, die der General geworfen hätte.«

»Das glaubst du wirklich?«

»Sollte er je seinen Weg zurück finden, wird er linker aussehen als du.«

Der Wärter zuckt mit den Schultern und zieht an seinem Joint, der ihm ausgegangen ist. Er steckt ihn wieder an, inhaliert, hält den Rauch in der Lunge und streckt den

Joint seiner Mutter hin, die dieses Angebot schon zahllose Male abgelehnt hat. »Probier doch mal«, sagt er. »Ich verspreche, es hilft dir, ruhiger zu werden.«

Sie lehnt ab, denkt aber nach. »Weißt du was?«, sagt sie. »Hol deiner Mutter ein Glas Wein.«

»Zum Frühstück?«

»Du musst reden. Ich bin seit mehr als einem Tag auf den Beinen und denke, in dem Fall ist es in Ordnung.«

Der Wärter nickt. Er geht zur Tür, und Ruthi betrachtet seine schöne, schlanke Gestalt, ihren Sohn in seiner Unterhose, am ganzen Körper diese schrecklich auffälligen amateurhaften Tätowierungen – Delphine und Tiger, in einen erwachsenen Mann gestochene Kinderbilder.

Der Wärter kommt mit einer offenen Flasche Weißwein aus dem Kühlschrank zurück, einer Schachtel Schokowaffeln und einem leeren Marmeladenglas.

Seine Mutter hat sich in der Zwischenzeit auf seinen Stuhl gesetzt, und so holt er einen zweiten, um sich zu ihr zu setzen. Sie trinkt ohne ein Wort, er raucht ohne ein Wort, und sie essen die Kekse.

Es fühlt sich ziemlich angenehm an, und irgendwann lehnen sie sich beide auf ihren Stühlen zurück und legen die Füße aufs Balkongeländer. Sie sehen auf die Stadt hinaus, die Fläche roter Dächer und den wunderschönen Teppich aus Zypressen und immergrünen Bäumen, der sich zu den Jerusalemer Bergen hin erstreckt.

2014 | Im Zwischenreich

Ein Dutzend. Hundert. Tausend ägyptische Panzer rollen heran, dazu viermal so viele gepanzerte Fahrzeuge, begleitet von noch mal dem Vierfachen an Männern. Ein Jom-Kippur-Blutbad, Tausende Ägypter überqueren den Sueskanal. Ihre Ingenieure bauen Brücken, und die Infanterie drängt heran. Sie bedecken den Kanal mit Schlauchbooten und klettern auf allen vieren die Böschung auf israelischer Seite hinauf. Selbst wenn Gott das Wasser vor ihnen geteilt hätte, wären sie nicht so schnell auf die andere Seite gelangt.

Und was erwartet sie an der Bar-Lew-Linie?

Ein paar Dutzend in Erdlöcher eingegrabene Israelis.

Der General starrt in den von all den Bewegungen aufgewirbelten Sand, der den Oktoberhimmel wie ein vor die Welt gezogener Vorhang gelblichbraun färbt. Als er das letzte Mal hier unten war, genau hier, war es friedlich wie an einem leeren Strand. Nichts als Stille, so dass er die kleinen Füße eines gelben Skorpions über seinen Stiefel huschen hörte. Heute erzittert die Erde unter dem Lärm wie ein niemals enden wollendes Erdbeben. Und all der wabernde Sand lässt das Licht so seltsam werden.

Ruthi liest ihm aus der Bibel vor, seine Wochenration. Sie stoppelt ihre eigene Version der *Hayom Yom* zusammen, Psalm und Lied, Gebet und Gottesfurcht, und was immer an Äußerungen der Alten sie finden kann, die sich auf die Geschehnisse der Welt im Ganzen beziehen lassen. Diese Übung hat sie gebildet und weise gemacht.

Sie ist in Darb al-Barabira aufgewachsen und in der Küche in die mündlich überlieferten Traditionen eingeweiht worden. Während Ruthi mit Stößel und Mörser zwischen den Knien in der Ecke saß, lernte sie von ihrer Mutter, was sie wissen musste. Ihre Familie war länger geblieben als so viele andere. Und sie weiß, dass sie die Fähigkeit geerbt hat, angesichts all der Hoffnungslosigkeit durchzuhalten und zu glauben.

Dem General ist klar, dass sie diesen Krieg bereits bei Ausbruch hätten drehen können, hätten sie die Stellung »Missouri« während der ersten drei Tage eingenommen. Er ist dort angekommen und hat ein Viertel der schweren ägyptischen Geschütze wild um sich feuern sehen. Es wimmelte nur so von Infanteristen, die Streitmacht wuchs so schnell, dass sie sich nicht mehr zählen ließ.

Seit Beginn der Kämpfe hat er nicht geschlafen und sucht immer noch nach einer Rettungsmöglichkeit. Wie konnten die Ägypter so durchbrechen, wie sich anschleichen, ohne zu schleichen, wo die Regierung doch jede Bewegung registrierte? Daran grübelt er herum, als seine Scouts mit Erklärungen kommen. Wasserkanonen, kann man das glauben? Dreißig Meter hohe Uferböschungen, und die Ägypter benutzen Wasser, um durchzubrechen. Abends hatten sie ihre Pontonbrücken gebaut und waren durch ihre frisch ausgespülten Täler gefahren.

Mondlicht früh am Abend, dann völlige Schwärze bis

zum Morgengrauen, die perfekte Deckung für die Überquerung. Und die Juden waren sowieso durchs Büßen abgelenkt: aufs Fasten vorbereitete volle Bäuche, die Gedanken ganz auf Versöhnung fixiert.

Schon vor Monaten hatte er das Militärkommando wegen der Bar-Lew-Befestigungen gewarnt. »Eine leichte Beute«, hatte er gesagt. »Mobile Einheiten sind die einzige Möglichkeit.« Sie hatten nicht auf ihn gehört. Seine Vorstellungen gingen zu weit, seine Pläne achteten nicht auf Maßstäbe, Kosten oder Grenzen. Er war bekannt für seinen Leichtsinn, seine Schonungslosigkeit und Unternehmungen, die für den Angreifer wie den Angegriffenen viel zu teuer waren. »Seht euch die Vietnamesen an«, sagte er. »Seht euch an, wie sie zuschlagen, leicht und schnell und unbelastet. Wenn wir Ägypten auf dem falschen Fuß erwischen …«, sagte er und wusste nicht, dass der Überraschungseffekt genau das war, worauf die Ägypter bauten.

Der General ließ nicht locker und führte sich in den Kommandozentralen auf wie auf dem Schlachtfeld. Er drängte so lange, bis sie auf ihn hörten. Sie gaben nach. Sie nahmen Veränderungen vor. Aber wie bei allem in Israel – auf einen Telefonanschluss wartet man zwei Jahre – waren die Befestigungen entlang der Grenzen nur halb besetzt und die mobilen Einheiten noch stationär, so unbeweglich wie unvorbereitet.

All seine Warnungen, und sie sagten immer nur: »Keine Sorge, mein Freund, die Ägypter sind schwach. Die Ägypter haben Angst. Denk daran, wie sie 1967 herumgestümpert haben.«

Ruthi liest ihm aus Jeremias vor, aus Isaias, und betont wieder und wieder die einschlägigen Passagen. »Wer anders als Sie soll ›mit dem Hauch seiner Lippen den Gottlosen töten‹?«

Sie nimmt den Stiel mit dem Schwamm, einem kleinen Lutscher aus gelbem Schaumstoff, und tunkt ihn in eine Tasse mit Glycerin angedicktem Wasser. Ein winziger Schluck, der in die falsche Öffnung gerät, könnte das Ende ihres furchterregenden, unaufhaltbaren Führers bedeuten. Sie beugt sich vor und benetzt seine spröden, aufgesprungenen und an den Mundwinkeln verkrusteten Lippen.

»Kommen Sie zurück«, bettelt sie offen. »Kommen Sie und bringen Sie zu Ende, was Sie angefangen haben.«

In der kindlichen Vorstellung, die Ägypter mit Feuerstößen in die Flucht zu schlagen, sie wie Brot zu toasten, hat das Südkommando Flammenwerfer entlang des Kanals aufgestellt. Und was ist mit diesem menschengemachten Inferno? Der General schaut durch sein Fernglas, obwohl er die Antwort längst kennt. Es fehlt das Gas. Keine Flammen aus den Flammenwerfern, während die Ägypter mit Hilfe ihrer Wasserkanonen weiter vorrücken.

Der Feind, er kämpft hervorragend. SAM-3s-Batterien halten ihm unsere Air Force vom Leib. Die Sagger zerfetzen alles. Das muss alles von den Russen und den Deutschen sein, und das am Himmel sind vielleicht auch ein paar nagelneue libysche Flugzeuge. So einem Krieg geht eine Einkaufstour voraus. Die Ägypter rücken wie richtige Soldaten vor, sie haben während der letzten sechs Jahre hart trainiert. Es gibt keine bessere Motivation als eine demütigende Niederlage. Jedes jüdische Eintauchen ins Wasser des Roten Meeres, jedes Zischen koscherer Steaks auf dem Grill, jedes jüdische Liebesstöhnen zwischen israelischen Baumwolllaken auf besetztem ägyptischem Territorium muss ihnen überlaut in den Ohren geklungen haben.

Der General fasst sofort einen Entschluss. Es ist an der Zeit, selbst wieder nach Ägypten einzudringen. Die Juden haben es früher schon in beiden Richtungen geschafft und werden ihren Weg auch ein weiteres Mal finden.

Er wird sich einen Durchgang zwischen den feindlichen Bataillonen suchen, hindurchschleichen und sie aus der Richtung angreifen, aus der sie gekommen sind. Es ist ein brillanter ägyptischer Angriff mit einer brillanten ägyptischen Verteidigung, doch irgendwo in ihrem Schutzwall muss es eine Lücke geben.

Der General kann sehen, dass die Ägypter, so gut sie kämpfen, bereits siegestrunken sind. Wahrscheinlich wollten sie nur das Ostufer des Kanals besetzen, nichts weiter, und jetzt erahnen sie einen größeren Erfolg, einen wirklichen Sieg. Sadat muss den Blick auf die Befreiung der Heiligen Stadt gerichtet haben, auf Jericho, jeden Namen in den heiligen Büchern.

Der General ruft nach genauen Landkarten. Fordert Luftaufnahmen der Gegend. Er ist sicher, dass die Ägypter es nicht kommen sehen. Sie rechnen nicht damit, dass ihnen jemand von hinten auf die Schulter klopft und was aufs Maul gibt. Er wird einen Durchgang finden und sich wie Moses im Schilf verstecken.

Der General sieht es bereits vor sich. Wie sich der Erste von Sadats Soldaten an seine Liebste erinnert und ihr Foto aus der Brusttasche zieht, wie er an Fahne und Heimat denkend eine Träne vergießt, voller Stolz auf sein Land – er wird der Erste sein, der zurück in sein geliebtes Kairo will. Und was sieht er da? Wen sieht er da auf sich zustürmen? Die Israelis.

Ruthi weiß, der Messias wird kommen, wenn alle Juden gut sind. Oder schuldig. Und zum General sagt sie, ich weiß nicht, ob wir einem dieser Tage je näher kommen werden als heute. Entweder hat die Welt recht, oder wir haben recht. Entweder ist Großisrael unser ganzer Stolz oder unsere Schande.

Ruthi tränkt den Schwamm.

Ruthi benetzt seine Lippen.

Vielleicht wartest du nur darauf? Als geborener Kämpfer musst du wissen, wie es ausgeht.

Der General steht, wo er nicht stehen sollte, im Freien draußen vor seinen Truppen. Sein Funker sagt: »Bevor der Sanitäter Sie wieder zusammenflicken muss, Sir, würden Sie bitte, vielleicht …« In dem Moment wird der Panzer direkt neben ihnen getroffen.

Eine Panzerabwehrrakete findet genau den Spalt unter dem Rand des Turmes. Das ist die Schwachstelle der Pattons, diese tödliche kleine Öffnung zwischen den sich gegeneinander bewegenden Teilen. Das hasst er am M48. Diesen Turm, der da sitzt wie ein Melonenrund und dessen vorspringende, sich hochwölbende Kante ihn verletzlich macht. Der Panzer bäumt sich auf, das vordere Ende hebt vom Boden ab.

Der General sieht die Explosionswellen aufsteigen wie über einer Teerpiste flirrendes Hitzewabern. Die frei werdende Energie rast auf ihn zu, und er spürt, wie er den Kontakt zum Boden verliert. Sein Funker wird mit ihm in die Luft gerissen, herumgedreht und sieht mit seiner Gerätschaft auf dem Rücken wie eine Schildkröte aus. Seite an Seite scheinen sie ewig lange durch die Luft zu fliegen. Was sie beide sehen, denn der General deutet nach unten, und der Funker nickt, ist, dass eine der Panzerketten, bevor sie von einem Feuerball verschlungen wird, auf genau die Stelle trifft, wo der Funker den General hatte haben wollen. Das erkennt er, begreift es, sieht ihn an und zuckt mit den Schultern.

Er ist sich bewusst, dass es zu lange dauert, bis sie wieder landen. Der General lacht über sich, so ein schwerer Mann, was für eine mächtige Explosion muss das gewesen sein, um ihn so hoch hinaufzukatapultieren. Immer im Dienst, kann der General nicht anders, als den günstigen Aussichtspunkt zu nutzen. Auf den Krieg hinunterblicken zu können, das Schlachtfeld unter sich ausgebreitet. Die Gelegenheit lässt er sich nicht entgehen.

Der General wendet sich wieder dem immer noch neben ihm durch die Luft segelnden Funker zu. Es ist klar, dass der tapfere Junge Angst hat. Nicht vor der Schlacht, aber vor diesem merkwürdigen Dahinfliegen. Der Schrecken ist ihm deutlich vom Gesicht abzulesen.

Ein Führer muss in jeder Situation wissen, wie er seine Männer führt, und der General stellt sich seiner Aufgabe und ergreift die Hand des Jungen. Er sagt: »Sieh mich an. Sieh mich einfach an.« Der General sagt: »Sag mir, aus welchem Teil des Landes kommst du?« Als der Junge antwortet, stellt der General, der jeden Quadratzentimeter seiner Heimat, des Gelobten Landes, kennt, eine nette, spezielle Frage zu dem Ort. Der Junge schließt die Augen und wird ruhiger, und der General, der sonst nie wegen einer Schlacht in Gewissensnöte gerät, spürt dort oben, mitten im Flug, ein seltenes Schuldgefühl.

Er fühlt sich schlecht, weil er den entspannenden Flug genießt, während der Junge eindeutig leidet. »Ich habe eine Idee«, sagt der General und hofft, es ihm damit leichter zu machen. »Vielleicht wäre es schön, ein Lied zu hören?«

»Ich singe nicht«, sagt der Funker, »es sei denn, das ist ein Befehl.«

»Nein, nein«, sagt der General und verlagert das Gewicht eines Arms und dann einer Schulter, um sich dem Jungen besser zuwenden zu können. Er tut das so, wie man sich auf die Seite rollt und auf einen Ellbogen stützt, wenn man im Bett mit einer Geliebten spricht.

In dieser Position, dort oben in der Luft, vollführt der General mit seinen Händen Bewegungen, als drehte er an Knöpfen. »Das Funkgerät«, sagt er. »Sieh mal, ob du keinen guten Sender hereinbekommst.«

»Sir«, sagt der Junge, »so eine Art Empfänger ist das nicht.«

»Ach, komm«, sagt der General. »Das klingt, als würdest du schon aufgeben. Das klingt wie ein Soldat, der kämpft, ohne an seinen Sieg zu glauben. Warum versuchst du's nicht einfach? Wie kannst du das sagen, ohne es auszuprobieren?« Der Junge zögert, und der General setzt noch einmal nach. »Drück einen Schalter«, sagt er. »Was ist mit dem an der Seite, an dem du sonst immer herumfummelst?«

Der Junge zieht sich das Funkgerät vor den Bauch, sorgsam darauf bedacht, es nicht fallen zu lassen. Er dreht an verschiedenen Knöpfen, ruckelt an dem kleinen Hebel seitlich und hält nach ein paar Feineinstellungen den Hörer zwischen ihnen in die Luft. Aus ihm ertönt Musik. Arabische Musik. Es ist Umm Kulthum, die legendäre Sängerin. So legendär ist sie, dass auch die beiden durch die Luft fliegenden Israelis die Ballade kennen, die sie da singt. So bekannt ist sie, dass selbst Juden sie nicht *nicht* kennen können.

»Wir sind sehr weit südlich«, sagt der Junge und entschuldigt sich für den Sender.

»Nein, nein«, sagt der General und neigt den Kopf, um sein Ohr näher an den Hörer zu bringen. »Das ist ein schönes Lied. Hören wir ihm zu.« Und gemeinsam lauschen sie der schwermütigen, sentimentalen, arabisch singenden Stimme, und sie fliegen.

2002 | Paris

Er hätte nicht wegen ihr in das Restaurant zurückgehen sollen. Nicht das erste Mal und nicht an all den weiteren Tagen. Er ging immer wieder hin, obwohl die Kellnerin nicht mehr auftauchte. Auch der schreckliche, bedrohliche Hugenotte war nicht mehr da, was Z jedoch für ein gutes Zeichen hielt.

Er redete sich ein, dass er nicht wegen ihr hinging, sondern den Fluss nur überquerte, um sein Verlangen nach Auberginensalat und Mohnkuchen zu stillen. Bis auf diese leichtsinnigen und gefährlichen Mittagsausflüge verschanzte er sich in seiner Wohnung. Wegen eines Notfalls in der Familie, was immer schon Zs letztmöglicher Deckmantel für eine Flucht gewesen war, hatte er Urlaub beantragt, worauf sein Boss ihm anbot, doch gleich nach Hause zu fliegen. Z nahm an. Er war im Büro, verhielt sich auf bizarre Weise normal und wurde auch seinerseits völlig normal behandelt, was ihm äußerst bedrohlich erschien. Er hatte Angst, auch nur eine Tasse Tee zu trinken, auf die Toilette oder ins Treppenhaus zu gehen und aus dem Blick der vielen Mitarbeiter zu geraten, die keine Ahnung davon hatten, womit seine Kohorte in ihrer Firma tatsächlich beschäftigt war.

Auf der Suche nach dem sichersten Weg, das Land zu verlassen, spielte Z alle denkbaren Strategien durch, von einer wilden Flucht in die amerikanische Botschaft über eine Gesichtsoperation bis hin zum Vortäuschen des eigenen Todes. Aber er wusste, wie seine Verfolger funktionierten, schließlich arbeitete er für sie. Das war Chaostheorie, Spieltheorie, psychologische Kriegsführung, Spionage und Gegenspionage in einem. Er durchdachte eine Möglichkeit nach der anderen, analysierte sein Verhalten im Lichte ihres Verhaltens und reorganisierte es, indem er die Schritte auflistete, die notwendig waren, um sich aus dem Hin und Her ihrer gegenseitigen Vorwegnahmen zu befreien. Am Ende sah er keine bessere Lösung als seinen ursprünglichen Plan, demgemäß er eigentlich, da hatte er ihn bereits verwässert, längst zu seiner kranken, sterbenden, tatsächlich jedoch kerngesunden Mutter geflogen sein sollte.

Er verlor den Verstand, das wusste er. Er bekam so etwas wie einen Lagerkoller, getrieben und gefangen in den eigenen alptraumhaften Überlegungen. Die beste Art, um es zu beschreiben, das Bild, das vor ihm aufschien, während er seine Zeit damit verbrachte, die Wände seines Zimmers anzustarren, trug ihn zurück in die vier Wände seiner ersten Bude in Jerusalem, die er sich mit seinem Mitbewohner Yoel geteilt hatte, als sie beide an der Hebräischen Universität studierten. Zu Beginn der Regenzeit wurden die Wände der Wohnung zunächst sehr kalt, dann sehr klamm, und während Regen und Wind weiter von außen gegen sie peitschten, bildete die Feuchtigkeit auf ihnen kleine, nicht wieder trocknende Tröpfchen, die Wände waren drinnen so nass wie draußen. Am Ende wurde es so schlimm, dass einem, wenn man darüberfuhr, das Wasser am Finger herunterlief.

An jedem Punkt, an dem sich ein Tropfen bildete, blühte schließlich eine kleine schwarze Schimmelblüte auf, die sich mit fortschreitendem Winter weiter öffnete, ausbreitete und mit den anderen verband, bis, wenn er seinen Höhepunkt erreichte, die ganze Wand schwarz war.

So ging es gerade auch mit seinem Denken, das war Z klar. Mit jedem neuen Tag der Sorge und des Wartens auf das, was er nicht kannte und nicht ermessen konnte, sah er, wie sich seine Gedanken verwandelten, wie die dummen Ideen hervorploppten und zu glänzen begannen. Er spürte, wie sich die Temperatur seines Bewusstseins änderte und die ersten schwarzen Flecken auf der Oberfläche seiner Vernunft Fuß fassten.

Er versucht, seine Erinnerung an Jerusalem zu glücklicheren Zeiten zu lenken, zu wärmeren Tagen oben auf dem Berg der Hebräischen Universität, als er und Yoel im leeren Amphitheater hinten auf dem Campus saßen und Bier tranken, schweigend die sandige Hügellandschaft zum Toten Meer hinunter bestaunten und über die Höhen Moabs bis nach Jordanien hineinblickten. Aber diese friedvollen Gedanken, selbst wenn er sie heraufbeschwören kann, bleiben nicht. Jene vollkommenen Momente an jenem vollkommenen Ort sind für ihn ruiniert.

Niedergeschlagen geht er weiter und weiter zurück und versucht, von seiner Kindheit an jede Entscheidung aufzulisten, die ihn in diese verfahrene Situation gebracht haben mag. Wie hat es so weit kommen können? Wie hat aus dem kleinen, religiösen jüdisch-amerikanischen Jungen auf Long Island ein israelischer, verdeckt in Paris operierender Agent werden können, der seine Wahlheimat verrät? Wie konnte er zu so vielen verschiedenen Personen werden?

Z schlägt die Hand vor den Mund, verzweifelt, überrascht, weil er unversehens auf eine Antwort gestoßen ist. Wenigstens, was den Beginn des Ganzen betrifft, wie und wo es angefangen hat. Er hat das Samenkorn gefunden. Der Moment, in dem er entdeckte, dass in einem leicht zwei stecken können.

Er ist vielleicht acht oder neun und geht mit einem Riegel Hershey's in der Tasche von Ace's-Süßwarenladen in West Hampstead, dem verschlafenen Vorort, in dem er lebt, nach Hause. Und in der Straße, in der die Antisemiten wohnen, sieht er die großen Jungen, die harten, gemeinen Burschen in ihren geflickten Denim-Jacken, von denen bei manchen die Ärmel heruntergerissen sind. Und er in seinen zweifarbigen Sattelschuhen, er in seiner Khakihose mit dem herausgelassenen Saum unten, wo seine Mutter sie länger gemacht hat.

In dieser Erinnerung erkennt Z eine erste Tendenz zu dem Leben, das er schließlich führte. Denn er kann sich an die Entscheidung des kleinen Jungen damals erinnern. Er ist den großen Kerlen bereits zu nahe, um sich umzudrehen und ihrer Aufmerksamkeit zu entgehen, auch wenn sie ihn noch nicht bewusst wahrgenommen haben. Selbstsicherheit, beschließt er, ist das Beste. Er wird geradeaus weitergehen und vielleicht nicken, wenn er an ihnen vorbeikommt. Den sichersten Weg nehmen. Es gibt nur ein Problem. Als sähe er sich von außen, begreift er, dass sein ganzes Ich, das eine Ich, das er kennt, das des kleinen, religiösen, eine Jarmulke auf dem Kopf tragenden Juden ist, das förmlich dazu einlädt, ihn zu verprügeln.

Es ist das erste Mal, dass er es tut. Mit einer geübten Bewegung, als hätte er es schon unzählige Male so gemacht, hebt sich sein Arm, und die Hand, mit der Z heute seinen Mund bedeckt, wischt über den Kopf und scheint sein Haar glatt zu streichen. Und mit dieser einen, perfekten

Bewegung verschwindet die Jarmulke erst in der Hand und dann in der Tasche, aus der er stattdessen die Schokolade zieht. Plötzlich, einfach so, ist Z ein Goi wie sie. Er spürt es, weil er dazu *geworden* ist, und die, die ihm an einem anderen Tag eine Abreibung verpasst hätten, achten nicht weiter auf ihn. Denn Z ist ein anderer, ein anderes Kind, das da mit einem Schokoladenriegel vorbeigeht und das Papier aufreißt.

Selbst diese Erinnerung, in ihrer Unschuld, ist zu viel angesichts all der dazugehörenden persönlichen Drangsal. Z kommt mit seiner Einsamkeit nicht mehr zurecht, seiner Isolation, er erträgt den Lauf seiner Gedanken nicht mehr.

Es ist Abend, der Morgen unendlich weit entfernt, und sein Mittagsausflug noch weiter. Er kann nicht so weitermachen, und hätte er bisher, das Risiko abwägend, die Vorzüge als zu dürftig erachtet, beschließt er heute, nach Einbruch der Dunkelheit hinauszugehen. Er wird nicht weit gehen, und auch nicht lange wegbleiben, auf jeden Fall scheint die Gefahr, die außerhalb seiner Wohnung auf ihn wartet, weniger schlimm als das, was ihm in seinen Gedanken bevorstehen würde.

Hätte Z in seinen absolut angenehmen Zimmern in Paris gewusst, was ihn in seiner irgendwo in der Wüste, wie er annahm, versteckten Einzelzelle erwartete … Hätte er in seiner luftigen französischen Wohnung auch nur eine Ahnung gehabt, wie sich wahre Langeweile anfühlte, wahre Einsamkeit und wahrer Stillstand – wie es sich tatsächlich anfühlen mochte, ein- und weggesperrt zu sein, ohne Hoffnung … Hätte er an diesem Punkt bereits den wahren Wahnsinn gekostet, dann hätte er nicht beschlossen, dass er, gelangweilt und überdreht, wie er war, ohne Fernseher, Radio und ein angemessen fortgeschrittenes

Französisch, wenigstens etwas Nachtluft und ein anständiges, lesbares Buch verdiente.

Die Sommersonne braucht ewig lange, um unterzugehen, und Z zieht sich im Halbdunkel an. Er steigt in seine Jeans, späht aus beiden Fenstern und geht hinunter in die schmale Rue Domat.

Z läuft zur Ecke vor und eilig die Rue Dante hinunter, vorbei an einem kleinen Kino und durch den Park einer Kirche. Dort bleibt er kurz unter dem Baum stehen, der, wie es heißt, der älteste von ganz Paris ist. Einige Dinge, denkt er, tragen das Überleben in sich. Einiges bleibt stehen, gegen alle Logik und Wahrscheinlichkeit.

Ein zweites Mal verharrt er beim Brunnen vor dem Buchladen. Mit den Händen formt er eine Schale unter dem Wasserrinnsal, trinkt, benetzt sich das Gesicht und ist glücklich, draußen in der Welt zu sein.

Auf der anderen Seite der Straße streben die Leute immer noch zu Notre Dame hinüber, Touristen betreten oder verlassen die Buchhandlung. Z entspannt sich für einen kurzen Moment. Das hier wäre ein unmöglicher Ort, um jemandem auf normale oder gröbere Art das Leben zu nehmen, und es wäre auch nicht einfach, ihn in einen Wagen zu zerren.

Z streift durch das Labyrinth des Erdgeschosses, sammelt Bücher unter dem Arm und geht hinauf in den ersten Stock, um zu sehen, was sich da noch finden lässt. Und dort, am Ende eines schmales Ganges, sieht er eine Frau auf Zehenspitzen stehen und sich nach einem Buch hoch oben im Regal recken, den Rücken und ihren schönen Hintern ihm zugewandt.

Er weiß sofort, wer es ist, und begreift, dass er sie wirklich liebt.

Natürlich sollte er sie nicht ansprechen, sondern es als verdächtiges Zeichen sehen. Schließlich sind inszenierte Zufälle und Fügungen sein Tagesgeschäft. So arbeitet man in seiner Branche.

Aber ernsthaft, wie sollten sie diese Frau hier so im ersten Stock dieses Buchladens, ihm den Rücken zukehrend und sich auf Zehenspitzen nach einem Buch reckend, platziert haben? Das wäre zu perfekt, zu ausgefeilt, und die Tatsache, dass ihm diese Gedanken überhaupt kommen, bezeugt nur, wie durch und durch sein Denken von Paranoia zersetzt ist. Und noch ein mildernder Umstand: Die Kellnerin wiederzusehen ist alles, was er sich gewünscht und wovon er geträumt hat, vielleicht sogar noch öfter, als eine federnde Fluggastbrücke hinunterzuschlendern und an Bord eines Direktflugs nach New York City zu gehen.

Als sich die Kellnerin ohne ein Buch in der Hand zurück auf die Sohlen ihrer Füße sinken lässt, ist Z schon bei ihr und klopft ihr auf die Schulter.

»Lange Arme«, sagt er, als sie sich zu ihm umdreht. »Ich kann sie Ihnen zur Verfügung stellen, wenn Sie wollen.«

»Ich sehe mich nur um«, sagt sie und betrachtet den ansehnlichen Stapel unter seinem Arm. »Ich bin nicht so entschlussfreudig wie Sie.«

»Ich lese schnell«, sagt er, sieht auf die Bücher und steht etwas unbeholfen da. »Ich bin dieser Tage eher der Stubenhocker.«

Die Kellnerin spürt seine Verlegenheit und senkt den Blick auf ihre Schuhe.

Dann hebt sie ihn wieder und zeigt auf eines seiner Bücher. Eine dicke, fette Ausgabe von *Weg in die Wildnis*.

»Das ist genau die Art Buch, die ich lesen möchte.«

»Das hier?«, sagt er. »Sie wollen achthundert Seiten über Cowboys und Rinder lesen? Auf Englisch?«

»Ja«, sagt sie. »Ich denke viel über Amerika nach.«

»Tatsächlich?«, sagt er viel zu erregt, als meinte sie damit, dass sie an ihn denkt. Um von seiner Frage und seinem Ungestüm wieder wegzukommen, fragt er: »Darf ich es Ihnen kaufen? Das würde ich gerne.«

»Sie dürfen. Aber es wäre eigenartig«, sagt die Kellnerin, und dann, um größere Klarheit bemüht: »Ich glaube, ich meine eher ›forsch‹ oder ›vertraulich‹. Es ist ein seltsames Angebot. ›Eigenartig‹, ja? Ist das verständlich?«

Er stellt sich vor, dass sie sich zu erklären versucht, weil er nicht entsprechend reagiert. Es liegt nicht daran, dass er sie nicht verstanden hätte. Z will ihr zuhören, Blickkontakt mit ihr halten, eine Verbindung zu dieser Frau herstellen. Die Kellnerin scheint eine Ecke von einem Zahn verloren zu haben, seit er sie zuletzt gesehen hat, und Z will den angeschlagenen Zahn ein Leben lang ansehen, vorzugsweise ohne Unterbrechung.

Er entschuldigt sich für sein so »forsches« Angebot, wiederholt es aber noch einmal.

Die Kellnerin lässt ihn, und der Roman kommt in eine Tragetasche mit seinen Büchern. Sie spazieren durch das Viertel, und sie willigt ein, als er sie auf ein Glas einlädt.

Sie setzen sich ins Café St. Victor, eines der unzähligen so unscheinbaren wie mühelos besonderen Bistros der Stadt. Sie scherzen und lachen und erzählen Geschichten, trinken Kir Royal und essen Pommes frites. Sie reden beide ohne Pause, und ihre Unterhaltung verstummt nur, wenn er sie verliebt ansieht, oder als sie, nachdem sie sich für ein Dessert entschieden hat, völlig berauscht von ihrer Mousse au chocolat ist.

Er fragt sie nach ihrem besonders für eine Italienerin so

ausgezeichneten Englisch. »Stimmt, uns ist es wie keinem sonst in Europa egal, wie gut unser Englisch ist«, sagt sie. »Es gibt in Rom eine kleine, private zweisprachige Schule, auf die bin ich gegangen.«

»Gibt es einen Amerikaner in der Familie?«

»Meine Eltern dachten, es würde mir einen Vorteil verschaffen.«

»Und, tut es das?«

»Es macht unser Rendezvous besonders schön.«

Es ist ein wunderbarer Abend, die Stimmung zwischen ihnen so warm und offen, dass es sie beide nicht überrascht, dass sie mit ihm kommt. Es stört ihn nicht, dass sie jetzt weiß, wo er wohnt. Im Gegenteil, er will unbedingt, dass sie ihn finden kann. Er hat solche Angst, sie, wenn sie geht, womöglich wieder zu verlieren.

Sie sitzen auf seinem traurigen Sofa und küssen sich lange, reden lange und küssen sich wieder. Sie wechseln auf sein Bett und ziehen ein paar Sachen aus, und die Kellnerin schiebt Zs Hände entschieden zurück, wenn sie sich zu weit vorwagen. Z, von seiner Erregung überwältigt, kann nicht aufhören, sie zu küssen, und verliert seinen Verstand auf eine völlig andere, frische Weise. Sie dösen dahin, und Z schlummert überglücklich ein. Später in der Nacht küssen sie sich noch etwas mehr, bevor sie beide einschlafen.

Als Z morgens die Augen öffnet, kann er nicht glauben, dass die Kellnerin neben ihm liegt. Das Licht scheint hell durch die bogenförmige Schlafzimmertür und ein wenig weicher durch das Fenster zum Hof.

Die Kellnerin spürt seinen Blick, schlägt die Augen auf und zieht sich das Kissen über den Kopf.

»Das war schön«, sagt sie darunter hervor. »Das ganze Küssen.«

»Das fand ich auch.«

Sie hebt eine Ecke des Kissens, um ihn anzusehen. »Dann sind wir da einer Meinung«, sagt sie, lässt die Ecke wieder heruntersacken und schläft noch eine ziemliche Weile.

Z läuft ein dunkles Baguette holen. Auf einem kleinen Markt kauft er frischen Joghurt in kleinen Gläsern, die sein Gefühl der Verliebtheit noch vergrößern. An drei verschiedenen Ständen sucht er Obst aus, Beeren, Pfirsiche und eine Wassermelone, und geht auch noch in einen Laden, in dem es bulgarischen Käse gibt.

Zu Hause breitet er seine Einkäufe auf dem alten Holztisch aus und wartet zwischen Küche und Schlafzimmertür darauf, dass sie wach wird, damit er Kaffee kochen kann.

Als die Kellnerin schließlich kommt, trägt sie ihre Unterwäsche und sein T-Shirt vom letzten Abend.

Statt eines »Guten Morgen« sagt Z: »Seit ich dich zum ersten Mal da im Restaurant getroffen habe, habe ich jeden Tag darauf gehofft, dich wiederzusehen.«

»Sie haben mich nicht mehr gelassen. Der Tag, als wir uns gesehen haben, war mein erster und letzter dort.«

»Das klingt, als wäre das Kellnern nicht deine größte Stärke.«

»Das muss wohl so sein«, sagt sie, setzt sich und steckt sich eine Beere in den Mund. »Aber vielleicht bist du ja besser. Sehen wir mal, wie du dich anstellst.«

Z tut, was er kann. Er schenkt den Kaffee in eine Schale und serviert ihn, ein Handtuch über dem Arm.

»Wie mache ich mich?«, fragt er.

»Ausgezeichnet. Ich komme wieder her.«

»Wirklich?«, sagt er. »Ernsthaft?«

Sie sieht ihn an und nimmt sich Zeit zu überlegen.

»Ich bin noch nie mit einem Juden gegangen«, sagt sie. »Da herrscht in Rom eine Art Mangel. Aber du wirkst so verletzlich und bedürftig, bist so nett und sanft im Bett, das finde ich alles in allem wirklich sexy.«

»Du würdest mich also wiedersehen wollen?«

Die Kellnerin beißt in ihr Brot und nimmt einen Schluck Kaffee. Sie bittet ihn um Butter, und als er sie auf einem Teller vor sie hinstellt, sieht sie ihm in die Augen und sagt durch die Lücke ihres abgeschlagenen Zahns: »Wer weiß? Es könnte schon sein.«

2014 | Im Zwischenreich

Niemals hat der General auch nur einen Soldaten des Ruhmes halber oder aus purem Ehrgeiz in den Kampf geschickt. Seine Gegner werfen ihm vor, die Leben ihrer Söhne umsonst verschwendet zu haben, wo er doch mehr als alle anderen den Wert jedes einzelnen Lebens schätzt.

Das Problem ist, dass selbst noch seine vorsichtigsten Opfer rücksichtslos wirken, wenn man eine zentrale Tatsache übersieht: Es ist die Aufgabe des Generals, ihre Kriege zu führen.

Und Kriege werden mit Männern gefüttert.

Von Anfang an haben sie ihn als Sündenbock benutzt. Sein eigener Premierminister gab sich bestürzt. Ben Gurion tat so, als könne er nicht begreifen, was der General immer, vor jeder Schlacht, klarmachte: Er kämpfte, um zu gewinnen.

Der General tötete neunzig und verlor neun. Er zog sich von einem mit Dutzenden Toten übersäten Schlachtfeld zurück und nahm die zwei mit sich, die zu ihm gehörten. Keine andere Einheit der Welt kämpfte mit Ergebnissen wie der General.

Prügelknabe oder nicht, die Aufgabe des Generals war es immer, Vergeltung zu üben. Sie gaben ihm verschämte

Hinweise und redeten mit gedämpften Stimmen, wenn etwas getan werden musste. Und wenn der General zurückkam? Dann schüttelten sie den Kopf und vergruben das Gesicht in den Händen, während er siegreich vor ihnen stand.

Nie hat ihm jemand einen direkten Befehl gegeben. Sie ließen ihn einfach los, als führte er seine eigenen Privatkriege.

Und nach jeder Unternehmung, nach jeder Vergeltung sagten sie ihm, du kannst nicht immer so gut gewinnen.

»So gut gewinnen?«, sagt der General und sieht Ben Gurion an, der nicht darauf reagiert. Er wendet sich Dayan zu, der ihm seine Augenklappe zugekehrt hält, nicht das sehende Auge.

Peres sitzt still in seiner Ecke. Stets der Diplomat, lässt er die anderen beiden für sich sprechen.

Ben Gurion sagt: »Sie bringen einen von uns um, und du rennst los wie Samson und bringst uns hundert Köpfe. Das macht die Welt nicht mit. Die Verluste des Feindes sind zu groß.«

»Dann sollen sie aufhören, den einen zu töten. Wenn sie die Grenze nicht übertreten, bleibe ich zu Hause und halte still.«

Ben Gurion spricht mit dem General, wie es ein Onkel tun könnte. Er hat immer seine Hand über ihn gehalten. »Verstehst du, was du da tust? Du demütigst sie vor ihren eigenen Leuten, vor der ganzen Welt. Sie schießen einen Bauern von seinem Pflug, und du marschierst bei ihnen ein und überziehst sie mit einer großangelegten Strafaktion. Und ich bekomme beim Frühstück die Berichte: ›Er hat eine Polizeistation niedergebrannt.‹ ›Er hat eine gesamte Wacheinheit abgeschlachtet.‹ Das ist zu viel!« Der alte Mann rauft sich verzweifelt die restlichen Haarbüschel. »Du kannst kein Dorf samt seinen Einwohnern dem Erdboden gleichmachen.«

Dayan sagt nun auch etwas, um ihn zu warnen. »Mach so weiter, und die ganze Region gerät außer Kontrolle.«

»Perfekt«, sagt der General. »Verbreitet das so. Sagt den Arabern, wenn sie die Kontrolle verlieren, geht es eurem General genauso. Sagt ihnen, ich kann nicht im Zaum gehalten werden. Das will mit Sicherheit keiner riskieren.«

Peres räuspert sich. Er sagt, was er sich, wie der General annimmt, vorher schon überlegt hat. »Es geht nicht nur um unsere Feinde. Es könnte auch etwas von einem Verbündeten kommen. Von den Amerikanern oder den Briten. Es steht eine Menge auf dem Spiel, und jeder von ihnen könnte einen Weg finden, dich auf ewig außer Gefecht zu setzen.«

Der General lacht, es ist ein tiefes, befriedigtes Lachen.

»Sagt ihnen, ich kann nicht getötet werden. Niemals. Sagt ihnen allen: ›Er ist mehr Golem als Mensch. Der General ist nicht zu stoppen, wenn er loszieht, die Juden zu rächen.‹«

Peres in seinem französischen Anzug windet sich unbehaglich auf seinem Stuhl.

Der General stützt einen Ellbogen auf den Tisch und deutet auf Dayan.

»Du weißt es besser als alle anderen. Du hast zu viel miterlebt, um es abzustreiten. Wie oft schon hast du mit deinem einen gesunden Auge gesehen, dass ich nicht auf dem Schlachtfeld gestorben bin? Sag es ihnen.« Dayan bleibt stumm, und der General fährt fort: »Ich sitze hier nur und atme noch, weil der Tod mich nicht zu fassen bekommt.«

Der General drückt den Rücken durch und lässt die

Herausforderung im Raum stehen. In seinem zivilen, bis tief auf die Brust offenen weißen Hemd, die Ärmel über den kräftigen Armen hochgekrempelt, sitzt er da und wartet auf eine Entgegnung.

Sie können die Narben, die Wunden und Verbrennungen gut sehen. Sie wissen, allein schon bei seinem ersten Krieg … Die Narbe unter seinen Kleidern ist noch weit größer und schlimmer.

Es war mehr als ein Wunder, dass er Latrun überlebt hat.

Sie betrachten ihn, weil der General sie dazu bringt. Und sie begreifen, dass es womöglich wahr ist, was der General sagt.

2002 | Berlin

Das von Joshua gemietete Anwesen ist weit eindrucksvoller, als Farid es sich vorgestellt hat. Er wäre schon stolz darauf, im Torhaus zu wohnen, ganz zu schweigen von der riesigen, hinter dem fußballplatzgroßen, mit Plastiken übersäten Rasen stehenden Villa. Verwitterte grüne Bronzestatuen säumen den Weg zur Haustür aus massivem Holz, und in der marmornen Eingangshalle stehen weitere Skulpturen.

Es ist eine furchtbar noble Residenz, aber Farid nimmt kaum etwas davon in sich auf, als Joshua ihn in ein riesiges Sonnenzimmer führt, das wie ein Daumen tief in den Garten hinter dem Haus hineinreicht.

Der Raum ist völlig weiß, mit einer Fensterfront aufs Wasser hinaus. Es gibt weiße Sofas und eine weiße Ottomane, einen weißen Tisch und weiße Stühle mit eingeschnitzten Blättern und Ranken.

Auf einem Stativ vor den Fenstern steht ein Teleskop, und Joshua bedeutet Farid hindurchzusehen, was er tut. Er sieht zum Jachtclub am anderen Ufer hinüber.

Farid richtet sich auf, und die Männer blicken hinaus, mit nichts als dem See vor sich.

»Setz dich«, sagt Joshua und besteht darauf, dass sein

Gast sich auf die Seite des Tisches mit Seeblick setzt und so auch weiter die Aussicht genießen kann. Kaum, dass beide sitzen, erscheint ein großer Deutscher und schenkt Farid ein respektvolles Lächeln. Er trägt ein gestärktes, steif wirkendes Hemd unter einer roten Seidenweste und wartet geduldig, bis er mit einem Nicken zum Sprechen aufgefordert wird.

»Darf ich Ihnen etwas bringen?«, sagt er in vorsichtigem Englisch. »Kaffee? Gebäck?«

»Einen Kaffee und zwei Eier im Glas«, sagt Joshua und bestellt als Erster. Er sieht Farid entschuldigend an, nicht wegen seiner Manieren, sondern weil er sich wegen seiner Bestellung schämt. »Das ist so in etwa alles, was ich auf Deutsch sagen kann.«

Farid bittet um das Gleiche, und als sich der Mann mit der Weste zurückzieht, ruft Joshua ihn noch einmal und sagt, er soll einfach alles bringen, Gebäck, Käse, Müsli und Brot. »Wenn ich's mir recht überlege, fahren Sie mal richtig auf!«, sagt er, ohne gleich wieder entschuldigend zu gucken, und zu Farid: »Wenn schon, denn schon.«

»Warum nicht!«, sagt Farid, und da er das Gefühl hat, es muss anerkannt werden, fügt er noch hinzu: »Das ist schon eindrucksvoll hier.«

»Für mich ist es zu viel. Aber es ist gut fürs Geschäft. Es sieht nach Erfolg aus.«

»Ist es keiner?«

»Das kann dir nur der Controller sagen. Alles andere ist Unsinn. Ich persönlich habe nie ganz begriffen, warum ein van Gogh im Sitzungszimmer eines japanischen Autobauers irgendwen beeindruckt. Das hat nichts damit zu tun, wie viele Autos sie tatsächlich auf die Straße bringen.«

»Ich glaube schon, dass du es begreifst«, sagt Farid und

hebt eine Braue. »Du weißt, was für eine Botschaft dieses Haus aussendet, sonst würdest du dir das Geld sparen und in ein Hotel mit sauberen Laken und Eurosport im Fernsehen ziehen.«

»Ich suche das alles nicht aus. Dafür habe ich jemanden. Sie macht nichts anderes und lässt von ihrem Budget nicht einen Cent übrig. Weil sie weiß, wenn sie es nicht tut, wird es ihr nächstes Mal, wenn wir uns irgendwo neu niederlassen, gekürzt.«

»Mit Speck fängt man Mäuse, und Geld zieht Geld an.«

»Meinst du?«

»Mein ganzes Leben hier fußt auf der Idee, dass es hilft, entsprechend auszusehen, wenn man etwas erreichen will.«

»Was, wenn das jetzt ein Geschäftstreffen wäre?«, sagt Joshua. »Würdest du dann nicht annehmen, dass die Kosten für dieses Haus, fürs Heizen und vor allem die Leute, die man braucht, um das Gras grün und den Marmor sauber zu halten, dass die darauf hindeuten, dass mir der Sinn für alle Verhältnismäßigkeit fehlt?«

»Willst du, dass ich dir zustimme, oder soll ich dir noch einmal sagen, ich glaube, dass Erfolg Erfolg generiert? In meinen Augen beweist dieses Haus, dass du klug und clever bist, sonst könntest du es dir nicht leisten.«

»Ich denke nur, der Hunger nach dieser Art von Exzess ist das, was Blasen wachsen und platzen lässt.«

»Ich wünschte, ich hätte dich früher kennengelernt«, sagt Farid. »Den Rat hätte ich brauchen können, bevor der Technologiemarkt zusammengebrochen ist.«

»Hat es dich sehr erwischt?«

»Ich bin arm aufgewachsen und habe mir geschworen, mich niemals zu beschweren, privilegiert, wie ich bin. Selbst, wenn die Zeiten schwierig sind.«

»Ich bin sicher, du holst es dir zurück. Wenn du erst

einmal gelernt hast, wie du ein Vermögen machst, ist es das zweite, dritte oder vierte Mal viel einfacher«, sagt Joshua mit fast so etwas wie Schadenfreude. »Wenigstens sage ich mir das im Moment immer wieder. Weil die Chancen etwa fünfzig zu fünfzig stehen, dass ich nach Ende dieses Quartals noch mal von null anfange. Ich bin an dem leicht überdrehten Punkt«, sagt er, »wo ich es fast schon genieße, alles niederbrennen zu sehen. Ich stecke in so vielen spekulativen Unternehmungen, dass es etwas Faszinierendes hat, dazustehen und zu beobachten, was mich am Ende zu Fall bringen wird.«

Farid lässt den Blick ein weiteres Mal durch den absurden Prunk des Zimmers gleiten, in dem sie sitzen, um seinen Gastgeber wie auch sich noch einmal darauf hinzuweisen: »So schlimm kann es nicht sein.«

»Gerade rechtzeitig«, sagt Joshua mit einer hinter Farid deutenden Geste. »Sander bewahrt mich vor der hässlichen Wahrheit.«

Der Butler kommt und bringt Kaffee, Toast und eine Gebäckauswahl, die ihresgleichen sucht. Ein jüngerer Bursche folgt ihm mit einem weiteren Tablett, auf dem er zwei Champagnerflöten mit ihren weichgekochten Eiern balanciert, darauf jeweils ein Hauch Sojasprossen mit haarfein eingewobenen Möhrenraspeln, so dass die Gläser aussehen wie winzige, schmale Aquarien.

Als alles serviert ist, greift der verstimmt wirkende Joshua zunächst in sein Glas und dann, ohne Entschuldigung, in das Farids, zieht das noble Grünzeug heraus und legt es auf Sanders Tablett.

»Sagen Sie dem fürchterlichen Troll in der Küche, dass ich ihn von der Kiste werfe, auf der er beim Kochen steht, wenn er nicht aufhört, Kunstwerke aus meinem Essen zu machen.«

Das Boot bewegt sich schnell voran, Joshua sitzt steif an der Pinne, Farid ein Stück daneben. Er traut sich nicht mal eine Hand in die Hosentasche zu stecken, weil er fürchtet, dass Joshua sie jeden Moment zum Kentern bringt.

Als alles stabiler scheint, fragt Farid: »Was magst du sehen?«

»Außer dem Wasser?«

»Vom Wasser aus«, sagt Farid. »Wir könnten nach Cecilienhof segeln, das ist immer interessant.« Joshua antwortet mit der unglücklichen Miene, die Farid bereits kennt, nachdem er seinem Schüler, sobald sie an Bord waren, so gut wie jeden Schritt und Handgriff noch einmal hat erklären müssen. »Da hat nach dem Zweiten Weltkrieg die Potsdamer Konferenz stattgefunden«, sagt Farid und fragt, als Joshua nicht darauf reagiert: »Nie davon gehört?«

»Nie davon gehört.«

»Was ist mit der Glienicker Brücke?«

»Hat Napoleon die überquert? Verbindet sie Europa mit Asien?«

Farid schüttelt den Kopf, gibt Joshua sehr einfache Koordinaten und lässt ihn am Ruder sitzen. Manchmal korrigiert er den Kurs mit ein, zwei Worten, gelegentlich greift er auch selbst nach der Pinne und steuert sie in die Richtung, in die sie wollen.

Als sie die Brücke erreichen, holen sie das Segel ein und werfen Anker.

»Und was ist das jetzt?«, fragt Joshua.

»Hier haben die Amerikaner den Piloten Powers gegen den KGB-Spion Rudolf Abel ausgetauscht. Das war ein sehr wichtiger Moment im Kalten Krieg. Ein Moment der Kapitulation zwischen zwei erbitterten Feinden.«

Joshua schweigt.

»Hast du wirklich nie davon gehört?«, sagt Farid.

»Haben sie auch jemanden aus Manitoba ausgetauscht? Stell mir doch mal Fragen über Kanada. Zeig mir die Brücke, die Wayne Gretzky und Celine Dion Arm in Arm überquert haben, und wir werden sehen, wie ich dann abschneide.«

2014 | Im Zwischenreich

Außer seinen Soldaten ist keine Menschenseele zu sehen. Die Dunkelheit, die Stille und das bildschöne Dorf ohne seine Bewohner geben dem General das Gefühl, sich durch einen Traum zu bewegen.

Was die Menschenleere betrifft, so finden sich die Leichen derer, die sich gewehrt haben, vor ihren Türen. Ein Toter liegt direkt vor dem General, als er aus seinem Jeep steigt. Das Gesicht ist mit dem Staub bedeckt, den die hereinrasenden Transporter aufgewirbelt haben.

Aus diesem Dorf stammen die Terroristen, die beiden, die die Grenze nach Israel überwunden und eine jüdische Familie im Schlaf ermordet haben. Der General ist ihnen auf jordanisches Territorium gefolgt, um eine Art Schuld bei ihnen einzutreiben.

Die Welt hat versucht, diesen Moment zu verhindern. Telegramme sind geschickt, Anrufe getätigt worden, und jede einzelne Regierung, die dachte oder hoffte, Israel werde auf sie hören, hat ihre Botschafter geschickt. Selbst das Haschemitische Königreich, aus dem die Killer gekommen sind, war bereit anzuerkennen, wie fürchterlich ihre Tat war.

Vergeltung im Sinne ausgleichender Gerechtigkeit wurde

von höchster Stelle versprochen. Glubb Pascha, der legendäre Führer der Arabischen Legion, bot an, die Angreifer persönlich ausfindig zu machen.

Die Legion muss es für besser erachtet haben, die eigenen Leute an Israel auszuliefern, als den General im Land herumschnüffeln zu lassen.

Leider reichte das jordanische Angebot nicht aus. Ben Gurion hatte eine andere Vorstellung davon, was richtig war. Und so riefen sie den General.

Immer wenden sie sich an ihn.

Sein Blut kochte bereits, als er von Ben Gurion, Dayan und Lawon, dem Verteidigungsminister, instruiert wurde.

Die beiden Attentäter waren zehn Kilometer tief nach Israel eingedrungen und hatten sich in das jüdische Dorf Jehud geschlichen. Dort hatte einer der beiden den Sicherungsstift einer Granate gezogen, sie ins Haus einer schlafenden Frau und ihrer Kinder geworfen und sie in ihren Betten zerfetzt.

Die Frau hatte drei Kinder, der älteste Junge überlebte und konnte die Geschichte erzählen.

Die erste Frage des Generals war eine persönliche, keine praktische.

Wo war der Vater?, wollte er wissen. Wo war der, der hätte da sein und das Haus schützen sollen?

Lawon gab dem General eine Unterlagenmappe und sagte: »Der Mann der Frau, der Vater der Kinder, war mit der Verteidigung des Landes beschäftigt. Zur Zeit des Angriffs leistete er seinen Reservistendienst.«

Was für den General alles noch viel schlimmer machte. Ein Vater, der losgeschickt wurde, die Kinder Israels zu schützen, kam nach Hause, um festzustellen, dass das Land bei seinen eigenen versagt hatte.

Eine schlampige Armee, ein Haufen Gesindel. Der General hat beschlossen, aufzuräumen und die Dinge zum Besseren zu wenden. Es ist ein guter russischer *sabre*, den seine Mutter da großgezogen hat.

Der General hat eine geheime Einheit aufgebaut und trainiert. Er nimmt zwei Dutzend von seinen Männern und leiht sich noch hundert von der Infanterie aus, die bei dem Überfall helfen sollen. Als sie sich Qibya nähern, erleuchten sie die Nacht mit ihren Mörsergranaten.

Während die Geschosse niedergehen und seine Truppen den Ort einkreisen, fliehen die Dorfbewohner in östlicher Richtung aus Qibya. Dort hat der General einen Ausgang gelassen. Lass sie davonlaufen, damit sie, wenn er fertig ist, zurückkommen können, um wie jener Vater zu sehen, was er angerichtet hat.

Der General steht im stummen Herzen des Dorfes, deutet auf ein solides, steinernes Haus und sagt zu seinem Funker: »Da richten wir unsere Kommandozentrale ein.«

Ein Trupp durchkämmt den Bau, bevor der General allein hineingeht, eine Laterne in der einen Hand, seine Pistole in der anderen.

Entlang zweier Wände des vorderen Raums liegen bunte Kissen auf den Fliesen. Hinter einer Türöffnung mit Vorhang findet er die Küche und in ihr einen wunderschönen *finjan* aus Messing mit einem nach unten gezogenen Ausgießer, der aussieht wie ein sichelförmiger Vogelschnabel.

Der *finjan* steht auf einem Primus-Kocher, auf dem eine winzige blaue Flamme leuchtet, als sei das Ventil in aller Eile nicht ganz zugedreht worden. Der General steckt seine Pistole ins Halfter und schließt es ganz.

So sicher ist sich der General seiner Kontrolle über das Dorf, dass er sich Zeit lässt, zurück durch den Vorhang zu treten, als er zwei Männer ins Haus kommen hört, die, wie sich herausstellt, zu den ausgeliehenen Soldaten gehören.

»Wir haben sämtliche Eingangsstraßen vermint«, sagen sie ihm.

»Gut, gut«, sagt der General. »Und die Sprengladungen?«

»Die werden angebracht.«

Der General stellt seine Laterne ab und zieht die Lederhülle von seiner Uhr. Es geht ihm bereits nicht schnell genug.

»Sagt den Hungerhaken, sie sollen nicht lange herummachen«, befiehlt er. »Ich will fünfzig Häuser dem Erdboden gleichgemacht sehen. Die Schule. Die Moschee. Wir wollen hier Vergeltung üben.«

Einer der beiden hat etwas zu sagen. Er ist kleiner, heller und nervöser als der andere, der ziemlich dunkel und massig wirkt. Der Zappelige ist für den General der »Zweite«. Er sieht immer sofort, wer von zweien der Anführer ist und wer der Mitläufer. Es hat mit dem Temperament zu tun, nicht mit der Größe, nicht mal mit dem Rang. Es geht darum, wer in einem kritischen Moment als Erster handelt.

Deshalb ist der General überrascht, dass der Zweite als Erster etwas sagt.

»Was ist mit den Dorfbewohnern?«, fragt der Junge.

»Was? Warum?«, sagt der General und beantwortet die Frage seinerseits mit einer Frage. Noch bevor Nummer zwei antwortet, weiß er, dass seine Stimme zittern wird.

»Um all die Häuser zu räumen, Sir. Das braucht Zeit.«

Der General zeigt hinaus in die Nacht. »Holt euch einen Jeep und dreht ein paar Runden. Schnappt euch ein weiteres nutzloses Streichholzmännchen von einem Soldaten und lasst euch von ihm herumfahren.«

Als der Zweite, wie es wahrscheinlich in seiner Natur liegt, zögerlich wirkt, legt der General beide Hände an den Mund und neigt den Kopf nach hinten. »Kommt raus, wo immer ihr seid!«, ruft der General. »Es ist an der Zeit aufzugeben!«

Den Kopf noch im Nacken, die Hände am Mund, hebt er eine Braue und fängt den Blick des Soldaten auf.

»Na, dann«, sagt er. »So macht ihr's. Nichts Großes. Wer geblieben ist, weiß, dass wir hier sind.«

Das ist jetzt der Moment, da sie sich entschuldigen und abtreten sollten. Der Erste dreht sich bereits um, doch der Zweite verschwendet wertvolle Zeit. Er kann sich damit nicht zufriedengeben. Seine Stimme wird gleichzeitig zittriger und kühner.

»Reicht das?«, fragt der Soldat. »Eine Runde mit einem Jeep?«

Der General mustert den Jungen, der vor ihm zu schrumpfen scheint. Mit Angst in der Stimme, und es ist keine Angst vor der Schlacht, keine Feigheit, sondern Angst vor dem General, wirkt er plötzlich noch viel kleiner als zuvor.

»Wir sind in einen souveränen Staat einmarschiert, um schweren Schaden anzurichten«, erklärt ihm der General, »und mittlerweile zieht nicht nur Jordanien seine Truppen zusammen, sondern bis in den Irak machen sich Bataillone bereit und beobachten, wie groß wir hier einsteigen wollen.« Der General lässt kurz die Mundwinkel sacken, doch gleich macht sich wieder Selbstsicherheit auf seinem Gesicht breit, als er seiner eigenen Einschätzung der Lage zustimmt. »Ich würde sagen, wenn wir bei Tagesanbruch nicht wieder zu Hause beim Frühstück sitzen, werden wir hier getötet, alle einhundertfünfundzwanzig.«

Der Soldat hört ihm zu, der Soldat blinzelt.

»Fünfzig Häuser«, sagt der General zu dem dreisten Zweiten, »und du entscheidest, wann die Aufgabe erfüllt ist und deine Brüder zurück nach Hause können.«

»Aber …«, sagt der Soldat.

Der General bringt ihn mit einem Blick zum Schweigen, greift nach dem Ärmel des Ersten und reißt mit einem heftigen Ruck die frisch verliehenen Streifen herunter, die jemand so sorgsam daraufgenäht hat. Sie sitzen fest, so dass er dabei ein riesiges Loch hinterlässt.

Der General sieht den Ersten vor sich, wie er am Wochenende im Pyjama dahockt und Kibbeh-Suppe löffelt, während seine Großmutter die Abzeichen liebevoll ans Uniformhemd ihres kleinen Kriegers näht. All diese Soldaten sind kaum erwachsen.

Der General gibt dem Zweiten die Streifen. »Jetzt hast auch du einen neuen Rang wie dein Freund hier. Jetzt hören die anderen besser auf dich, wenn du sie durch die Luft schwenkst. Such nach versteckten Bewohnern, bis dein Herz damit zufrieden ist.«

»Ja, Sir«, sagt der Soldat.

Zum Ersten sagt er: »Sprengt auch dieses Haus. Wenn wir wieder verschwinden, will ich hier nur noch Staub sehen.«

Der General ruft nach seinem Funker, der draußen vor der Schwelle auf und ab läuft. Dann geht er mit seiner Laterne zurück in die Küche und drückt träge den Vorhang zur Seite, als wäre er bei sich im Haus. Er nimmt ein kleines Glas von einem Regal und schenkt sich einen Kaffee ein, dickflüssig wie Öl. Noch bevor das Glas voll ist, steigt ihm der Geruch von Kardamom in die Nase.

Mehr als alles ist es Qibya, das sie ihm nicht vergeben können, und es ist Qibya, an das er sich in seinem Sessel im Wohnzimmer erinnert, während er an dem Tee nippt, der auf dem von Lily zu einem Beistelltischchen umfunktionierten ägyptischen Kupfertablett steht.

Er rechnet – es ist Oktober, und Qibya liegt fast genau vierzehn Jahre zurück.

Erst 1967, nach dem Wunder ihres Sechstagesieges, behandelten ihn alle wieder wie einen Helden. Vierzehn Jahre. So lange dauerte es, bis er wieder in ihrer Mitte willkommen geheißen wurde.

Vergiss Lazarus und seine vier Tage, denkt der General. Es war eine Wiederauferstehung.

Er hatte ein Gutteil von Qibya zerstört.

Ohne einen Mann zu verlieren, war er aus Qibya zurückgekehrt.

Dann kam ein Anruf von Lawon. Kein Glückwunsch des Verteidigungsministers. Keine Komplimente für eine erfolgreich durchgeführte Mission – die riskanteste, dreisteste, die ihr junger Staat je durchgezogen hatte. Alles, was er hörte, war: »Was haben Sie nur getan?«

Ein Massaker, sagte Lawon. Frauen und Kinder. Und wieder der Refrain: »Was haben Sie nur getan?«

Der General findet Lily draußen beim Striegeln der Pferde. Sie füttert sie mit ihren Lieblingsäpfeln und Möhren, während der General es ihr erklärt.

»Es scheint so«, das ist der Ausdruck, den der General meistens benutzt, um seiner Frau Dinge zu erklären. »Es scheint so, dass sich die Araber in den Häusern versteckt hatten. Frauen und Kinder«, fügt er hinzu. »Wie man so sagt.«

»Nur Frauen und Kinder?«

»Unter den Toten waren viele. Die Araber übertreiben bei den Zahlen immer, aber sie sagen, insgesamt neunundsechzig. Alle zusammen.«

»Es ist tragisch«, sagt sie. »Dieses blutige, endlose Auge um Auge.«

»Das ist es«, sagt ihr Mann. »Das ist es.«

Ben Gurion stritt es vor der Presse fast sofort ab, stritt ab, dass er es gewesen sei. »Selbstjustiz! Es waren unsere armen Juden auf arabischem Land, unsere Holocaust-Überlebenden. Sie leben an unseren Grenzen und leiden unter den nicht enden wollenden Angriffen. Was soll ich tun? Sie nehmen die Sache in die eigene Hand. Da ist ein Protest außer Kontrolle geraten.«

Der General wusste, dass es sich für die Welt so lächerlich anhörte wie für ihn. Wütende israelische Dorfbewohner mit Mörsern und Minen? Eine dumme Lüge. Warum konnte sich der alte Mann nicht überlegen, wie eine solche Behauptung wirkte?

Ben Gurion bestellt ihn in sein Haus in Sede Boker, zu einem Besuch in der Wüste. Er lädt den General in seine einfache Unterkunft ein, wo er auf seinem schmalen Einzelbett sitzt, mönchisch wie so viele Staatsgründer. Der Premierminister trägt ein Unterhemd und eine kurze Hose. Er hat seine Beine unter sich gezogen, ein gelenkiger alter Buddha.

Ben Gurion sagt: »Erzählen Sie. Erzählen Sie mir, was in dieser Nacht geschehen ist.«

Der General sagt nichts. Und der Premierminister klettert vom Bett, schlüpft in seine Sandalen und sagt: »Gehen wir ein Stück.«

Der General versteht ihn sofort. Einige Dinge sind leichter mit nach vorn gerichtetem Blick zu besprechen als von Angesicht zu Angesicht.

Schweigend gehen sie bis an den Rand der Wüste, stehen Seite an Seite auf einem Felsen und sehen auf die große Einöde hinaus. Der alte Mann sagt: »Da wird einmal mein Grab sein. Stellen Sie sich vor, wie die Negev in hundert Jahren aussehen wird. Stellen Sie sich vor, Sie stehen an meinem Grabstein, und alles vor Ihnen blüht.«

Der General sieht auf Wadis und Tafelberge hinaus, und dann hinauf zum blauen Himmel. Dort hält er den Blick, während er dem alten Mann den Ablauf der Mission erläutert, ihm erklärt, wie sie die Verteidigungslinie des Dorfes durchbrochen und dann das Feuer auf Qibya und auch auf das nächste Dorf südlich, auf Budrus, eröffnet haben.

Der General schildert ihm seinen Weg in das Haus, in dem er das Kommando eingerichtet hat und wie er den noch heißen Kaffee aus dem *finjan* auf dem Gaskocher trank.

Er weiß, der alte Mann will eine Analyse der gesamten Operation, bis in die taktischen Einzelheiten.

Aber der General erzählt ihm von dem alten Grammofon. Wie er die beiden Soldaten losgeschickt und seinen Funker hereingerufen hat. In seinem hölzernen Kasten stand es, vor der Wand, an seinem Ehrenplatz.

Und er sagt zu dem alten Mann, dass er, selbst in diesem Moment, schockiert darüber war, wie leicht man etwas übersieht, das so offensichtlich vor einem steht.

Der General befahl seinem Funker, es aufzuziehen, und das Erste, was sie hörten, war, wie sich die Nadel in der leeren Mitte der Platte stumpf schliff. Aus dem Lautsprecher kam das Geräusch keines Geräuschs.

Er erzählt Ben Gurion, wie er dem Funker sagte, er soll den Deckel öffnen und die Nadel vorn aufsetzen. Alles aus dem Mund des Generals ist ein Befehl.

Er sagte: »Hören wir das letzte Lied, das in diesem Haus je erklingt.«

Und sie standen da, sagt er zu Ben Gurion, und lauschten, auf Arabisch, der schönsten Stimme der Welt.

Zu dem Zeitpunkt kamen die Pioniere zurück und rollten ihre Drähte aus, dass sich die Spulen drehten, und die Männer wichen geduckt von ihren Zielen zurück, wie übermannt vom Respekt vor der bevorstehenden Zerstörung. Und die ganze Zeit über stand der General in der Tür, die Platte spielte, und durch den Lärm der Motoren des Konvois war die Stimme kaum zu hören.

Da kam der erste Soldat zusammen mit dem Sprengkommando des Generals angerannt.

Der alte Mann hört genau zu und sagt zum General: »Der erste?«

»Es waren zwei. Ein erster und ein zweiter. Der erste hatte einen Riss in seinem Hemd. Ich hatte ihm aufgetragen, zurückzukommen und das Haus vorzubereiten.«

Er sah zu, der General, wie die Sprengladungen befriedigend schnell im Wohnzimmer angebracht wurden. Ja, er hatte sie gut trainiert.

Der General zog das Grammofon noch einmal auf und trat zur Seite, als die letzte Ladung in den Türstock des Eingangs gebohrt wurde, auf dem die Größen der Kinder verzeichnet waren. Als das Lied vorbei war, rauschte es aus dem Lautsprecher, knisterte und pochte, während die Nadel durch die leere Rille glitt. »Da«, sagt er zu dem alten Mann, »habe ich das Signal gegeben. Der Funker setzte seinen Funkspruch ab, und auch die Letzten von uns sind in ihre Jeeps und Transporter gestiegen und davongerumpelt.«

Der General sieht den alten Mann an, der in die Wüste hinausstarrt.

»Dann haben wir Qibya in die Luft gesprengt.«

Der General lehnt sich in seinem Wohnzimmer in den Sessel zurück und denkt an die Schallplatte. Mehr als alle anderen Beutestücke aus jedem einzelnen Krieg war es diese Platte, die er gern mit nach Hause genommen hätte.

Und er hört diese wunderschöne Stimme wieder, als sänge sie direkt in seine Ohren. Erst die Stimme und dann ihr Fehlen, das sie ersetzt, die Nadel, die sich dem hinter der letzten Rille lebenden Schweigen zuwendet.

Dieses Stück Ruhe, weiß der General, sollte bald schon von dem über die Felder heranrollenden Krachen durchbrochen werden. Das Warten darauf zieht ihm die Brust zusammen.

Während ihm noch die Ruhe gehört, erinnert er sich an das, was ihm der alte Mann sagte. Er erinnert sich und beobachtet es, als atmete dort, direkt vor ihm, Ben Gurion die trockene, heiße Wüstenluft ein. Er sieht zu, wie der alte Mann der Aussicht den Rücken kehrt und den Weg zurück zum Kibbuz antritt, zu den flachen, niedrigen Gebäuden und den Wegen mit dem fleckigen, verbrannten Gras dazwischen.

Der General folgt ihm ergeben.

Als gebe er ein Urteil, eine schreckliche Wahrheit preis, sagt der alte Mann: »Sie sind unsere Bulldogge. Das wissen Sie, ja?«

Der alte Mann dreht sich um, er will sehen, wie sein Schützling darauf reagiert. Der General holt auf, geht neben dem alten Mann und antwortet mit dem Schweigen, das auch jetzt in einer Endlosschleife in seinem Kopf abläuft.

»Ich kann immer noch nicht sagen, ob Sie ein Segen oder ein Fluch für diese Nation sind. Nicht, seit bar Kochba aus seinen Stollen kam, um die Römer niederzumetzeln, hatten wir einen Mann, der solch einen Schaden anzurichten vermag.«

»Eine Nation muss sich verteidigen.«

»Das muss sie, nicht wahr?«, sagt der alte Mann.

Darüber nachdenkend, spazieren sie zurück zu Ben Gurions einfachem Quartier.

An seiner Tür sagt der alte Mann: »Die Welt hasst uns und hat es immer getan. Sie töten uns und werden es immer tun. Aber Sie, Sie erhöhen den Preis«, sagt er. »Hören Sie nicht auf. Hören Sie nicht auf, bis unsere Nachbarn es begreifen. Hören Sie nicht auf, bis das Töten eines Juden selbst für die Reichen und Verschwenderischen zu teuer wird. Das ist Ihre Bestimmung auf dieser Erde«, sagt Ben Gurion. »Sie sind allein hier, um das Kopfgeld für uns Juden zu erhöhen. Treiben Sie es in die Höhe. Machen Sie unser jüdisches Blut zu einer seltenen, edlen Delikatesse für die, die danach dürsten.«

2014 | Ein geheimes Gefängnis in der Wüste Negev

Es ist erstaunlich, wozu man in der Lage ist, wenn einem genug Zeit gegeben wird, seine Fähigkeiten zu perfektionieren. Häftling Z setzt sich in der Dunkelheit in seinem Bett auf und schreibt, den Stapel Zeitschriften als Tisch auf seinem Schoß. Über die Jahre hat er in seinen zahllosen schlaflosen Nächten nicht nur seine Schreibkünste im Hebräischen und Englischen wesentlich verbessert, sondern auch gelernt, Texte ohne Licht zu verfassen. Es ist einfacher, als man denken sollte.

Er ist damit beschäftigt, dem General, seinem Brieffreund, zu schreiben. Am Morgen wird er dem Wärter den Brief geben, der ihn seiner Mutter bringt, damit sie ihn dem General überreicht, der nie antwortet.

Es ist der einzige Weg für einen namenlosen Häftling in einer geheimen Zelle in einem Fall, der keiner ist, eine Eingabe zu machen. Die Stoßrichtung seiner Briefe hat sich mit der Zeit verändert. Häftling Z verlangt nicht länger, unbedingt freigelassen, entlastet und in die Staaten geschickt zu werden, sondern nur noch, wieder zu einer Person zu werden, ein tatsächlicher Inhaftierter in einem System, in dem er offiziell für seine Vergehen zahlt. Er bittet höflichst und fragt sich, ob er wieder zum Sein erweckt werden könnte.

Manchmal sind Ton und Inhalt seiner Briefe rechtlicher, manchmal politischer Natur, und obwohl der Wärter Häftling Z jeweils nur ein Blatt erlaubt, geraten ihm seine Zeilen mitunter sehr erzählerisch und persönlich. Es ist eine vertrackte Sache, das Herz eines Mannes rühren zu wollen, der sich immer nur herzlos gezeigt hat. Schwer, dem gegenüber zu einer Person zu werden, der einen vernichtet hat.

Sich in der Hoffnung vortastend, eine Verbindung herstellen zu können, betont er allein Folgendes:

»Wir sind uns ähnlich, Sie und ich«, schreibt er dem General. »Wie oft haben Sie getan, was getan werden musste, um Israel zu retten? Wider jedes geltende Verständnis. Wider jeden Rat. Ihre Absichten entstellend. Unseren, unser aller Gesetze zum Trotz.

Sie haben getan, was nötig war, um Menschen zu retten, selbst wenn sie gar nicht wussten, dass sie gerettet werden mussten.

Wir wollen das Gleiche, Sie und ich.

Diesen Krieg gegen die Palästinenser zu verlieren, ihnen Boden zu überlassen, die weiße Flagge zu hissen – es ist die einzige Möglichkeit für uns zu gewinnen. Die Geschichte wird es erweisen. Nur dass heute die Geschichte, für die ich kämpfe, noch die unbekannte Zukunft ist.«

Und wenn er dem Mann schreibt, der für seine Vernichtung verantwortlich ist, begreift Häftling Z sehr wohl, dass er sich auch so zu geben hat. Vernichtet. Ein Autor muss sein Publikum kennen, so sieht er es. Und so unterschreibt er seine Briefe an den General immer so wie auch diesen jetzt:

Mit vorzüglicher Hochachtung,
Häftling Z

2002 | Berlin

Der Wind auf dem See frischt auf, und das Boot schaukelt unter der Glienicker Brücke. Farid, der auf dem Wasser manchmal Alkohol trinkt (es ist die einzige Ausnahme, die er sich erlaubt), nimmt ein Bier aus dem Füllhorn des Picknickkorbs, den Joshuas Personal ihnen mitgegeben hat.

Sie haben den Anker geworfen, die Leine hält sie, und doch sitzt Joshua wie erstarrt da und umfasst die Ruderpinne, als steuerte er noch. Farid kommt sein Freund etwas grün vor.

»Du weißt, dass du hier kaum seekrank werden kannst. Es ist so gut wie unmöglich. Vielleicht sogar völlig unmöglich.«

Joshua lächelt zaghaft.

»Tut mir leid. Meine Freundin nennt das meine Kummermiene. Ich kann nicht wirklich was dagegen tun«, sagt Joshua und versucht ganz offensichtlich dagegen anzukämpfen. »Sehe ich tatsächlich aus, als wäre mir schlecht?«

Farid sagt ja, das tut er.

»Ich leide einfach«, sagt Joshua. »Aber ich bin nicht seekrank, es ist eher eine Art ganz persönlicher Übelkeit.«

»Ärger mit dieser Freundin?«

»Das wäre besser. Es ist die Arbeit. Und genau die will ich beim Segeln vergessen. Sieh dir die hübsche Brücke an! So voller Geschichte, dass sie einen auf andere Gedanken bringen sollte.«

Farid muss lachen.

»Deswegen segle auch ich«, sagt er. »Die Seen sind der einzige Ort, an dem man wirklich abschalten kann.«

»Dummerweise scheinen mich meine Probleme zu begleiten.«

»Und?«, sagt Farid und bietet seinem Gefährten die Möglichkeit zur Aussprache, die er eindeutig sucht.

»Ich will nicht klagen.«

Farid macht noch ein Bier auf, doch bevor er es ihm gibt, greift er nach seiner Hand und löst sie von der Ruderpinne.

»Das tust du längst. Nur, dass du nicht genauer sagst, warum.«

»Tja«, sagt Joshua und hebt sein Bier halbherzig in Farids Richtung. »Einer unserer großen Deals geht daneben. Im Prinzip war es das reine Gelddrucken, seit ich diese Firma aus der Taufe gehoben habe. Aber jetzt, glaube ich, wächst mir die Sache über den Kopf. Ich hätte mich nie auf Computer verlegen sollen.«

Farid nimmt einen vollkommenen Apfel aus dem Korb, setzt sich Joshua gegenüber und streckt die Beine ins Cockpit.

»Was war es vorher?«

»Was du beim Abendessen gesagt hast, über deinen Vater und langweilige Geschäfte. Ich habe das langweiligste Vermögen der Welt verdient. Mit Sand.«

»Ernsthaft?«

»Absolut. Fürs Bauen. Für Industrie und Erholung. Hübschen Sand für Dünen und Strände, bei denen alle so tun, als würden sie nicht weggeschwemmt. Sand für Spielplätze und Pferdearenen. In L.A. haben wir die Film- und Fernsehleute beliefert. Wahre Unmengen für die Betonproduktion. Faszinierend, ich weiß.«

»Und wie bist du von Sand zu Computern gekommen?«

»Nicht direkt. Erst war es Metall, Aluminium, dann Nickel, der mich nach Russland brachte, wo es sehr schnell sehr offensichtlich wurde, dass ich mich verzockt hatte. Und jetzt arbeite ich mit Computern, und wieder kracht es.«

»Dafür ist es zu spät. Wer mit Computern Schiffbruch erlitten hat, ist schon letztes Jahr untergegangen. Mich eingeschlossen.«

Einige Schulkinder am Fuß der Brücke winken und rufen, bis Joshua und Farid zu ihnen hinübersehen. Als die beiden Männer zurückwinken, explodieren die Kinder fast vor Wonne.

»Du redest von der Dot-com-Blase«, sagt Joshua. »Da ist der spannende Teil der Industrie abgesoffen. Aber wie gesagt, ich mache nichts Spannendes. Ich verkaufe runderneuerte Hardware.«

»Dann musst du eine Menge verkaufen.«

Der Kommentar scheint Joshua aufzumuntern, als erinnerte es ihn an den cleveren Teil seiner Unternehmung.

»Weißt du, wie viele Maschinen eine einzige große Firma im Jahr austauscht? Etwa ein Drittel ihres Bestands. Desktops und Laptops. Bei Konzernen mit fünfzig- oder sechzigtausend Angestellten macht das zwanzigtausend Computer. Natürlich sind das Traumverträge. Teil es durch zehn. Wenn du ein Unternehmen mit sechstausend Mitarbeitern findest, von denen es unendlich viele in Nordamerika gibt, sind es zweitausend Einheiten, und die Leute sind froh, wenn sie einen finden, der sie abtransportiert. Für die ist dieses Privileg eine Wohltat. Und ich überhole, was ich bekomme, die Dinger sind anschließend wie neu, und ich verschiffe sie ins Ausland.«

Farid sieht aufs Wasser hinaus. Der Geschäftsmann in ihm kalkuliert das Ganze bereits durch.

»Wie viele davon lassen sich retten?«

»Du würdest nicht glauben, wie schlecht die meisten Unternehmen wirtschaften. Einige der Maschinen sind nie ausgepackt worden, und von den übrigen, würde ich sagen, sind immer noch etwa vierzig Prozent erste Qualität, weitere zwanzig solide Ware. Den Rest schlachte ich aus.«

»Und du arbeitest nur mit Firmen?«

»Universitäten rühre ich nicht an. Die schinden ihre Computer, bis nichts mehr geht. Aber in New Jersey habe ich jemanden, der mir alte Regierungscomputer besorgt. Zwar sind die ohne Festplatte, was die Gewinnspannen einschränkt. Aber die Leute lieben die Vorstellung. Und mit Handys mache ich enorme Umsätze. In vielleicht fünf Jahren werden sie so billig sein, dass die Leute sie einfach wegwerfen, aber bis dahin sind sie Gold wert.«

»Darf ich dich fragen, wie du kalkulierst? Wie rechnet sich das Ganze?«

»Keine falsche Scham!«, sagt Joshua.

»Ich lebe wie ein Deutscher, aber ich denke wie ein Palästinenser. Wir sind kein besonders zurückhaltendes Volk.«

»Nehmen wir Laptops. Da bekomme ich etwa tausend in einen Container. Meine Handelsspanne?«, sagt Joshua und signalisiert Farid, dass er sich jetzt besser festhält, damit er nicht aus dem Boot fällt. »So peinlich es ist, ich streiche zwischen fünf- und siebenhundert Prozent ein, je nachdem.«

»Was heißt das genau?«

»Mit einer Ladung Laptops oder Flachbildschirm-Monitore? Die spült mir zweihunderttausend in die Kasse.« Joshua setzt seine Flasche Bier an den Mund und trinkt sie aus. Farid denkt, dass er so seinen offensichtlichen Stolz verbergen will.

»Das ist ein ungeheurer Gewinn, ohne dass es nach viel Arbeit klingt.«

»Ja, normalerweise sind es im Grunde nur ein paar E-Mails an jedem Ende. Als alles gut lief, bedeutete das hunderttausend für einmal Senden drücken.«

»Wo liegt also das Problem beim vollkommensten Geschäftsmodell, von dem ich je gehört habe?«

»Je mehr Einheiten ich an einen Ort schicke, desto tiefer schneide ich in die Gewinne der Leute, die da mit neuen Maschinen reich werden. Mein Modell funktioniert immer, ihres nicht, wenn nicht sämtliche Teenager jede Saison nach dem neuesten Handy, dem neuesten Computer und so weiter schreien. Deshalb wollen sie nicht, dass ›generalüberholt‹ zu einem attraktiven Konzept wird. Die Leute sollen glauben, dass ihre elektronischen Geräte bereits nach sechs Monaten veraltet sind.«

»Was tun sie, um dich zu stoppen?«

»In diesem Fall? Ganz einfach. Wir reden von Ägypten. Einer, der mich nicht mag, kennt jemanden und ruft ihn an, und schon stecken Telefone im Wert von mehreren Hunderttausend im Hafen fest. Fünf Zwölf-Meter-Container voller Nokias und Motorolas. Und dann habe ich noch fünf Container auf einem Frachter, den ich im Gegensatz zu unserem Boot hier nicht einfach umdrehen lassen kann. Wenn ich dich auf dieser hübschen, hölzernen Jacht so ansehe, nehme ich an, du weißt, was Liquidität bedeutet.«

Farid sieht, wie sein Freund ihn anblickt. Und Farid lacht, diesmal herzhafter und mit einem ehrlichen Schlag aufs Knie, weil alles so abstoßend und so gut ist. Er steht auf und hält sich am Mast fest. Er kann nicht glauben, dass er es nicht hat kommen sehen.

»Da sieh mal einer an«, sagt er. »Und du sitzt hier mit deinem neuen arabischen Freund aus dem Import-Export-Geschäft, der Kontakte nach Ägypten haben könnte, und tust die ganze Zeit so, als wäre über Geschäfte zu reden so mit das Letzte, was du im Sinn hast.«

»Ich verspreche, ich bin hier nicht, weil du Araber bist.«

»Natürlich nicht. Aber es tut mir leid, dich enttäuschen zu müssen: Ich kann deine Telefone nicht mit ein bisschen Bakschisch-Zauberei für dich freibekommen.«

»Habe ich dich darum gebeten? Ich versuche nicht, dich auszunutzen«, sagt Joshua und wirkt ernsthaft verletzt.

»Das hat der Ausgenutzte zu entscheiden.«

»Glaube mir, ich wollte nur mal raus aus dem Ganzen, raus aufs Wasser. Es war kein Spielchen, ich mache so keine Geschäfte. Und ob du mir das jetzt glaubst oder nicht, ich möchte, dass du weißt, wie sehr ich diesen Tag genieße. Trotzdem sollte ich wahrscheinlich zurück in meine Burg und mich ans Telefon hängen.«

Farid kommt seiner Bitte nach und segelt schnell und stumm zurück. Erst als sie in der Marina am Steg festmachen, sagt Farid, angetrieben durch ein verinnerlichtes deutsches Anstandsgefühl, dass er in der nächsten Woche gern wieder mit Joshua hinausfahren würde.

»Nur, wenn du mich halsen und kreuzen lässt«, sagt Joshua munter. »Nur, wenn ich dir beweisen kann, dass ich etwas gelernt habe.«

2002 | Paris

Sie bleibt über Nacht und den nächsten Tag. Und noch einen. Sie erzählt Z, dass sie mit anderen in einer Wohnung zusammenlebt, die nicht mal groß genug für einen ist. Es gibt nur eine Dusche, und ihr Bett ist unbequem.

Sie sagt das, um ihm klarzumachen, dass er ihr Bleiben nicht auf sich beziehen soll. Es ist nicht wegen ihm. Es ist die tiefe, riesige Badewanne.

Sie badet lange und, nachdem sie einkaufen war, wieder, diesmal mit Schaum, dann mit ihm.

Am dritten Tag geht sie nach Hause, um frische Sachen zum Anziehen und bessere Schuhe zu holen. Und sie fängt an, ihn mit Fragen zu überziehen, warum er ein so merkwürdiges, abgeschiedenes Leben führt. »Ich bin eine arbeitslose Kellnerin«, sagt sie, »ein professioneller Bohemien. Du hast keine Entschuldigung dafür, in Paris zu leben und dich in deiner Wohnung zu verstecken. Auch wenn du denkst, ich sehe es nicht: Du machst ein Gesicht, als müsstest du gleich sterben.«

»Probleme«, erklärt er ihr. »Ich habe Probleme, die ich zu lösen versuche.«

»Sollte ich mir Sorgen machen?«

»Es ist nichts Ansteckendes. Sondern was Ethisches.«

»Du hast ethische Probleme?«

»Eher das Gegenteil. Und deswegen habe ich mich in etwas verwickelt, womit ich die Welt in Ordnung bringen wollte.«

»Das klingt verrückt.«

»Okay«, sagt er.

»Ich meine wirklich *pazzo*. Wahnsinnig. So etwas sagt man nicht, wenn's einem gut geht.«

»Okay«, sagt er noch einmal.

»Du willst es mir also nicht sagen? Wo wir so kuschelig zusammen sind, ich hier praktisch wohne und wir machen, was immer es ist, was wir hier machen?« Sie starrt Z an, und er steht da, entschlossen, dass, nein, er wird es ihr nicht sagen.

»Also gut!«, sagt sie und mustert ihn, bevor sie laut zu denken beginnt. »Ein Drogendealer-Haushalt ist das hier nicht. Da bin ich sicher. Selbst schlechte Dealer leben besser. Und ich kann auch sagen, dass du nicht in der Mafia oder Camorra bist, weil ich weiß, wie das aussieht.« Sie kneift die Augen leicht zusammen und dreht sich im Kreis, bevor sie ihn wieder ansieht. »Mit Waffen handelst du ebenfalls nicht.«

»Das erkennst du an meiner Wohnung?«

»Ja«, sagt sie. »Weil ich mal mit einem Mann gegangen bin, der U-Boote verkaufte. Du hättest sehen sollen, wie sein Haus aussah.«

»Du bist mit einem Mann gegangen, der U-Boote verkauft hat?«

»Das steht im Moment nicht zur Debatte. Es geht um dich, einen offenbar liebevollen und gutherzigen Menschen, der aber insgeheim unglücklich wirkt und sich versteckt. Wenn wir uns ineinander verlieben sollen – sollen wir uns ineinander verlieben?«

»Ja«, sagt er.

»Also gut, dann will ich auf der Stelle wissen, wovon du lebst.«

Z setzt zu einer Antwort an, doch noch bevor er ein Wort herausbringt, stemmt sie die Hände in die Hüften, schiebt die Lippen vor und schüttelt den Kopf.

»Nein«, sagt die Kellnerin. Das nimmt sie ihm nicht ab. »Ich sehe schon, dass du mir Unsinn erzählen wirst. Ich will die Wahrheit. Wenn du mir vertrauen willst, vertrau mir jetzt, oder ich gehe. Das habe ich bei dem U-Boot-Mann zu spät begriffen.«

Z kann sich nicht vorstellen, ohne sie zu sein. Nicht nur, weil er sie liebt, sondern weil seine Einsamkeit oft größer war als seine Angst.

Oh, wie er sich wünscht, es ihr zu sagen. Oh, wie gut es sich anfühlen würde. Allein die Vorstellung treibt ihm Tränen hinter die Lider.

Z holt tief Luft. Die Kellnerin, die darin eine ehrliche Reaktion sieht, entspannt ihren Körper und lässt die Hände sinken.

»Ist es, was ich denke?«, sagt sie.

»Was denkst du?«

»Es ist verrückter, als ich zunächst dachte«, sagt sie. »Stimmt's? Ich meine, es gibt nur eins in einer Wohnung ganz ohne persönliche Dinge und mit einem Mann, der mir nur Geschichten von früher erzählt, als er jung war. Bist du ein Spion? Ja?«

»In gewisser Weise«, lautet Zs unbefriedigende Antwort.

»In gewisser Weise?«

»Der Ausdruck, er wird oft falsch verwandt«, sagt er, und fügt, um sie zu beruhigen, noch hinzu: »Im allgemeinen Sprachgebrauch.«

»Du bist also ein intelligenter Spion, der sich um die Grammatik sorgt?«

»Für mich ist ein Spion eher jemand, der sein eigenes Land ausspioniert. Das würde ich nie tun. Das ist Verrat. Oder die falsche Art Verrat.«

»Gibt es auch eine richtige Art?«

»Ich sage, es ist falsch. Aber manches Falsche kann unter bestimmten Umständen einen richtigen Kern haben.«

»Aber du bist ein Spion?«

»Ich bin ein Agent. Mehr oder weniger.«

»Wofür?«

»Für wen wäre korrekt.«

»Du bist sehr nervig für jemanden, der von der neuen Frau in seinem Leben einiges an Verständnis verlangt.«

»Entschuldige. Meine Genauigkeit, wenn ich im Stress bin. Ich weiß, dass ich da ein Problem habe.«

»Es ist nervig.«

»Das sagtest du, und ich habe mich dafür entschuldigt.«

Die Kellnerin legt die Hände auf die Hüften, klopft mit dem Fuß auf den Boden und betrachtet Z in seiner neuen Spion-Artigkeit.

»Es klingt immer noch verrückt«, sagt sie. »Aber es ergibt auch einen Sinn.« Dann, weil sie wenigstens vorübergehend ein Urteil zu seinen Gunsten fällt, denkt Z, küsst sie ihn eine gute, lange Weile.

2014 | Jerusalem

Die Sabbat-Sirene ertönt, und Ruthi sagt zu ihrem weltlichen Sohn, er soll den Fernseher ausstellen. »Geh und sieh dir Unsinn auf deinem Computer an«, sagt sie, »und such zum Essen ein Hemd mit Knöpfen heraus.«

Ruthi entzündet die Kerzen auf dem kleinen freien Stück Arbeitsfläche neben der Spüle. Den Tisch tragen sie zwischendurch immer wieder auf den Balkon hinaus, je nach dem Stand der Sonne oder möglichem Regen. Also stehen die Kerzen, die am Sabbat nicht bewegt werden dürfen, in der Küche.

Ruthi führt die Hände zu den Flammen, legt sie sich dann auf die Augen und sagt den Segensspruch. Das Ritual ist die Gelegenheit für eine Mutter, ihre Wünsche zu äußern.

Zuerst betet sie für die Gesundheit und das Glück ihres Sohnes. Dann betet sie für den General. Lass ihn den Weg zurück finden. Lass ihn zu Ende bringen, was er angefangen hat. Lass ihn zurückkehren, damit er dieses Land in Sicherheit führen und ihm feste Grenzen geben kann und einen Frieden, der uns in die Zukunft begleitet, auch wenn die Länder um uns herum brennen. Sie fügt noch ein Gebet für die armen Kinder in diesen Ländern und eines für die Eltern hinzu, die sie schützen. Immer weiter gehen ihre Gebete, bis sie sich selbst Einhalt gebietet und zu ihrem Sohn zurückkehrt, um ihr wöchentliches Maß nicht zu überschreiten, während sie den Sabbat in ihrem Haus willkommen heißt.

Vielleicht ist es das erste Mal in seinem Leben, dass der General in seinem Arbeitszimmer sitzen und in Ruhe und Frieden Zeitung lesen kann, wäre da nicht dieser Schuss, wie die endlos auf der kreisenden Schallplatte verharrende Nadel.

Dieses Geräusch, es scheint nie aufzuhören.

Der General hievt sich in die Höhe, als ertönten plötzlich Luftschutzsirenen. Die Schüsseln auf seinem Schoß fallen zu Boden. Er läuft hinaus, nimmt den staubbedeckten Pfad hinter dem Verbrennungsfass, seine aufgeregten Hunde im Schlepptau.

Er rennt zum Tor vor, das halb offen steht, und hinaus auf die Straße. Bleibt in der Mitte stehen, noch nicht in der Hitze schwitzend, sein System versucht noch, seinen wilden Ausbruch zu verarbeiten. Der General erhebt die Stimme, ruft den Namen seines Sohnes, ruft ihn, obwohl er doch da ist. Sein Sohn, sein Vermächtnis, der, für den er all seine Schlachten schlägt, für den er das auch schon tat, bevor er geboren wurde.

Da liegt er mit einer Kugel im Kopf und neben ihm das wertvolle alte Gewehr des Generals.

Der elfenbeinerne Schaft ist voller Staub und nass von Blut, und doch sieht der General immer noch, es ist eine Kostbarkeit. Zwei Kostbarkeiten, denkt er, während er seinen verwundeten, sterbenden, bereits toten Sohn aufhebt und mit ihm davonläuft.

Er weiß in dem Augenblick, es ist undenkbar, dass ein

Vater so etwas überlebt. Dass er auch nur noch eine Sekunde lebt, nachdem er aufgehoben hat, was nicht sein darf, daran ist etwas nicht richtig. Der General drückt den blutigen Körper des Jungen an sich und sieht sich vorsichtig um. Ja. Etwas in seinem Universum ist schiefgegangen.

2002 | Berlin

Farid nimmt das letzte Band, um das Hauptsegel zusammenzulegen. Es ist ein schöner Abend, und er hat keine Eile.

Joshua wartet am Anleger auf ihn.

»Es hat mir heute sehr gefallen«, sagt Joshua. »Ich fühle mich sicherer, wenn das von irgendeiner Bedeutung ist.«

»Das ist wichtig. Dazu kommt, dass du später am Tag besser bist.«

»Vielleicht siehst du weniger Fehler, wenn es dunkler wird.«

»Das könnte auch sein.«

Als alles sauber und ordentlich ist, greift Farid nach Joshuas hingehaltener Hand und springt aus dem Boot. »Ich glaube, manche Leute sind zu bestimmten Tageszeiten einfach besser, in allem. Bist du ein Nachtmensch, solltest du das erkennen und die wichtigsten Dinge erst dann tun, wenn es dir entspricht.«

»Lektionen für Leben und Segeln«, sagt Joshua.

»Ich mache keine Witze. Ich habe lange gebraucht, das zu begreifen.«

Joshua nickt. Er hält bereits seine Schlüssel in der Hand und geht los. Als Farid ihm nicht folgt, hält er inne.

»Ich bleibe noch«, sagt Farid.

»Das habe ich mir fast gedacht.« Und als bräuchte das eine Erklärung, fügt Joshua noch hinzu: »Ich meine, in der ersten Woche, als ich dich hier gesehen habe. Du bist einfach nur so dagesessen und hast hinausgeschaut.« Als Farid nichts dazu sagt, winkt Joshua zum Abschied, die Schlüssel klingeln, und er geht zu dem Weg zur Straße hinauf.

Farid sieht ihm nach, überlegt und möchte am liebsten in ihn hineinsehen.

Er überrascht sich damit, dass er ihm hinterherruft, und hat das Gefühl, es viel zu laut zu tun. Und dann, obwohl er wirklich gedacht hat, er würde auf eine andere Gelegenheit warten, sagt er: »Was ich dich fragen wollte. Was, wenn du dir wegen Ägypten keine Sorgen mehr machen müsstest?«

»Was, wenn was?«, fragt Joshua.

Farids Frage holt ihn zurück.

»Ich habe ein paar Leute wegen deiner Kairo-Sache gefragt. Wenn du interessiert bist, kenne ich jemanden, der dein Problem mit dem Hafen lösen könnte.«

Joshua hebt kapitulierend die Arme. »Ehrlich, ich wollte dich da nicht mit hineinziehen. Es ist mir immer noch peinlich, dass ich es erzählt habe, und es liegt mir seitdem auf der Seele«, sagt er. »Es wäre ein zu großer Gefallen, darum kann ich dich nicht bitten.«

»Ich will dir keinen Gefallen tun. Ich mache dir ein Angebot.«

Joshua versucht, auch weiter abzuwinken. »Ich könnte es nicht ertragen, dich in dieses Chaos zu verwickeln. Selbst wenn du hilfst, dass wir durch den Zoll kommen, werden sie uns aus dem Markt heraushalten. Es ist ein Alptraum, in jedem Fall.«

»Weshalb ich, und ich sag's dir noch einmal, darüber

sprechen möchte. Was, wenn Ägypten kein Alptraum mehr wäre? Wenn deine Zahlen auch nur annähernd so sind, wie du sagst ...«

»Das sind sie«, sagt Joshua.

»Dann mach mich zu deinem Vertreter da. Kosten für Lagerhaltung und so weiter hast du keine. Die zahle ich, basierend auf den Einheiten, die du bewegst.«

»Ich verstehe nicht.«

»Genau«, sagt Farid. »Du verstehst es nicht. Aber ich. Ich habe Verbindungen zu einflussreichen Leuten, die meine Konditionen immer sehr mochten. Und es geht mir nicht um Ägypten. Ich will auch Gaza als Territorium.«

»Das klingt wie ein noch größerer Alptraum als Ägypten«, sagt Joshua. »Sei mir nicht böse, oder wenn's dafür schon zu spät ist – was ich sagen will, ist, ich dachte, da besteht eine Blockade?«

»Weshalb mein Angebot so gut ist. Ich mache es, damit das alles nicht deine Sorge ist, und wenn es im Kleinen funktioniert, können wir, du und ich, darüber reden, größer einzusteigen. Die Infrastruktur im Gazastreifen, die Abwasserklärung, die Stromversorgung, alles ist von den Israelis zerstört worden. Wir könnten Server liefern. Wenn wir da erst mal anfangen, gibt es kein Ende.«

»Das klingt groß.«

»Es steht eine Menge auf dem Spiel. Für viele Leute.«

»Heißt das, dass ich israelisches Recht breche?«

»Die Gesetze Israels sind nicht die der Welt, und ganz sicher nicht die Palästinas.«

Wieder hebt Joshua die Arme. »Lassen wir das. Aber ich frage dich, wie willst du das alles da hineinbekommen, wenn die Grenzen geschlossen sind?«

Farid schüttelt den Kopf, enttäuscht, wie wenig Joshua versteht.

Er zeigt nach unten, und Joshua folgt seinem Blick.

»Unter der Erde«, sagt Farid. »So wie alles in den Gazastreifen kommt. Durch die Tunnel.«

Joshua klopft nervös mit dem Fuß auf den Anleger und wischt sich schließlich mit dem Handrücken über die Nase.

»Es klingt so, als hättest du an alles gedacht«, sagt Joshua. »Genau so jemanden brauche ich.«

»Heißt das, wir sind uns einig?«

»Könnte sein. Nur mache ich so keine Geschäfte.«

»Natürlich legen wir die Konditionen schriftlich fest. Ich will das nicht mit einem Handschlag besiegeln.«

»Um dich mache ich mir keine Sorgen. Eher um mich«, entgegnet Joshua. »Wenn wir das durchziehen wollen, möchte ich, dass du zuerst jemanden zu meinem Mann in Kairo schickst. Der hat ein paar Laptops und jede Menge Telefone. Ich möchte wissen, ob du die Sachen wirklich in den Gazastreifen schaffen kannst, und du sollst, bevor wir anfangen, wissen, dass alles so tipptopp ist, wie ich sage.«

»Um so besser«, sagt Farid.

»Hör zu, ich gebe dir alle nötige Info, bevor ich Mittwoch nach Mumbai fliege. Am Mittwoch danach bin ich zurück. Und dann reden wir weiter«, sagt Joshua und legt eine Hand auf Farids Arm. »Wenn dann immer noch alles gut aussieht, können wir einen Vertrag machen. Aber erst will ich hören, dass du zufrieden bist. Es ist mir wichtig, dass du, wenn du mich ansiehst, in das Gesicht eines Mannes blickst, dem du vertrauen kannst.«

2014 | Ein Krankenhaus bei Tel Aviv

Ruhig steht die Nachtschwester am Rand all der Leute, die sich ums Bett des Generals drängen, und sie, die sofort absolut schuldig aussieht, ist die Erste, die Ruthis Blick auffängt.

Die Ärzte sind zusammen mit einem Schwesternteam im Zimmer, und da der General ein wichtiger Mann und eine legendäre Persönlichkeit ist, ein Bulldozer, der zwei Bulldozer-Söhne großgezogen hat, konnte die Familie anscheinend nicht überzeugt werden, die immer noch anwachsende Zahl der Besucher zu begrenzen.

Neben der Nachtschwester und dem Krankenhauspersonal sind besagte zwei Söhne mit ihren Frauen und Kindern da, die Ruthi automatisch zählt, weil sie wissen will, ob wirklich sämtliche Enkel des Generals mitgekommen sind.

Sie hat noch nicht einmal die Schwelle übertreten, als die Nachtschwester sie bereits am Arm fasst und mit sich zurück auf den Flur zieht.

»Es war direkt nach dem Ende des Sabbat. Die Söhne waren schon hier, als ich kam.« Sie lässt Ruthis Arm los, damit sie ihre Freundin zu sich herdrehen kann und ergreift die Schultern. »Ich musste es ihnen versprechen.

Natürlich wollte ich anrufen. Ich war schon dabei, aber sie haben mich gestoppt.«

»Das ist im Moment nicht wichtig«, sagt Ruthi, so tief es sie auch schmerzt. Am liebsten hätte sie die Wochenendhilfe umgebracht, die sie vertritt, wenn sie zu Hause ist – eine aus der rotierenden Besetzung von Nichtsnutzen, denen sie nicht traut, keiner Einzigen von ihnen. »Sag mir nur«, sagt Ruthi, »was passiert ist.«

»Alles. Was immer in ihm noch funktioniert hat, will nicht mehr. Das Erste war die Lunge, dann kam das Herz, jetzt versagen die Nieren, und die Leber verabschiedet sich ebenfalls.« Sie hält inne und schüttelt den Kopf. »Nach der Leber dauert es nie mehr lange.«

Dr. Brodie kommt aus dem Zimmer und schiebt sich ohne ein Wort an ihnen vorbei. Die außergewöhnliche Energie, die der Arzt mit sich nimmt, zieht die Aufmerksamkeit der Familie hinaus auf den Flur, wo sie sehen, wie ihre liebe Ruthi zusammenbricht (die sich dessen sehr bewusst ist).

Sie liebedienern um sie herum. Ihrem Verhalten nach müsste ein Beobachter annehmen, dass sie zur Familie gehört und mit echter Zärtlichkeit und Wärme umsorgt wird.

Zu Recht, kümmert sich Ruthi doch nicht nur aufopfernd um den hilflosen Vater und Großvater – wie lange war sie davor schon seine geliebte, treue rechte Hand? In jenen Tagen kam sie den Söhnen und Schwiegertöchtern wie eine Schwester vor, war bei den Familientreffen dabei, lachte mit ihnen und hatte stets ein offenes Ohr und gute Ratschläge für ihre endlosen Sorgen um den massigen, erregbaren Mann, der immer gefährlich unter Hochspannung stand.

Zu Beginn seiner Zeit als Premierminister, direkt nach

Lilys Tod, war Ruthi wie eine weitere Großmutter, erinnerte sich an die Geburtstage der Kinder und verwöhnte sie über alle Maßen. Und war der General, der sie, wenn er die Zeit dazu hatte, mit seiner Liebe überschüttete, nicht da, weil er sich um das Land kümmern musste, das sich niemals in einem Zustand befand, der nicht am Rand der Zerstörung lag, dann trat sie für ihn ein, so gut es ihr möglich war.

Der magere Sohn hakt sich nun bei ihr ein, so wie vorher die Nachtschwester, und führt sie zum Bett. Der kleinste Enkel hängt an ihrer freien Hand.

Ruthi weiß und sagt sich immer wieder, dass die Wärme der Familie echt ist, so aufgewühlt sie auch sein mag durch die Erkenntnis, dass die Entscheidung, sie nicht zu rufen, genauso ehrlich war. Sie hat Mühe, sich auf den General zu konzentrieren, während sie beschämt diesen Widerspruch in ihrem Kopf hin- und herwendet.

Ruthi lehnt sich über das Gitter, befreit ihre Hände und drückt sie fest auf die des Generals. Sie fühlt, dass er noch bei ihnen ist, noch lebt.

Ruthi steht nur einen Moment so da, bevor sie ihn loslässt und sich stumm auf den Flur zurückzieht. Denn *wie* mit zur Familie zu gehören heißt nicht, Teil davon zu sein.

Nach all den Jahren sieht sich Ruthi als das, was sie tatsächlich ist, eine Angestellte, die für einen Job eingestellt wurde, und nicht mehr. Sie blickt hinein zu den Wachenden, deren Kreis sich um das Bett schließt und die Sicht auf den General verdeckt.

2002 | Paris

In ihre Laken verwickelt, wachen sie auf. Es ist spät am Tag, und Z und die Kellnerin wissen beide einen Moment lang nicht, wo sie sind. Die Kellnerin sagt Z, er soll sich anziehen, als Dank für seine großzügige Gastfreundschaft lädt sie ihn zu einem schicken Abendessen ein, ist sie doch praktisch schon nach ihrer ersten Verabredung bei ihm eingezogen.

Als Z sagt, er wolle keinen Dank und im Übrigen esse er lieber in der Wohnung, will die Kellnerin nichts davon hören.

»Aber du gehst doch hinaus, wenn du willst. Klar. So habe ich dich zweimal getroffen.«

»Da hat mich mein Urteilsvermögen verlassen«, sagt er. »Beide Male.«

Wenn Z nicht nachgeben will, sagt die Kellnerin, wird sie ihm ein schönes italienisches *heimishe* Essen kochen. Sie wird dafür sorgen, dass er seinen Dank bekommt, ob er will oder nicht. »Wenn du mich vorher noch nicht angebetet hast«, sagt sie, »dann, wenn ich für dich gekocht habe.«

Die Kellnerin geht aus dem Haus und kommt vollbepackt mit Lebensmitteln zurück. Dazu hat sie zwei richtige Weingläser und zwei sehr gute Flaschen Wein gekauft. »Mach den weißen auf«, sagt sie. »Ich fange mit dem Kochen an.«

Sie durchsucht seine Schränke und findet sich mit seiner ärmlichen Auswahl an Töpfen und Pfannen und seinem Küchenmesser mit abgebrochenem Griff ab.

»Ich bin beeindruckt«, sagt er, während sie sich selbstsicher durch die Küche bewegt und nur kurz innehält, um ihm ihr Glas hinzuhalten, damit er ihr nachschenkt.

»Das ist nichts. Eine nette, leichte Pasta. Und ein Salat, damit deine Aschkenasenarterien nicht verstopfen.«

»Du sorgst dich bereits um meine Gesundheit?«

»Seit du mir erklärt hast, dass du drei Wochen am Stück quer durch die Stadt gefahren bist, um gehackte Leber zu essen.«

Alles geht bestens, nur dass er kein Salz zu haben scheint, worin sie einen erstaunlichen Beleg für sein trauriges Junggesellendasein sieht. »Salz und Olivenöl«, sagt sie, »gehören zur Grundausstattung.«

Ohne zu fragen, nimmt sie seinen Schlüssel und läuft hinunter in den Eckladen.

Er steht am Fenster und folgt ihr mit dem Blick die Straße hinunter durchs düstere Abendlicht.

Das Essen ist genauso einfach, heimelig und wundervoll, wie es die Kellnerin versprochen hat. Sie reibt Bottarga über seine Spaghetti, und als er probiert, geht es ihm wie mit allem, was mit dieser Frau zu tun hat, er liebt es.

»Das ist die Spezialität meines Vaters«, erklärt sie ihm, und als er wissen will, was genau es ist, sagt sie, am besten isst er es und genießt es.

Z tut genau das. Er isst und genießt und betrachtet diese Person, deren riesige Locken ihr jedes Mal, wenn sie auf ihren Teller blickt, perfekt ins Gesicht fallen.

Als er den Rest der zweiten Flasche ausschenken will, wird ihm bewusst, wie lange sie schon dasitzen und reden und trinken, und wie völlig vernarrt er ist.

Z hat die Flasche kaum angehoben, als die Kellnerin seine Hand festhält. »Ein unverheirateter Mann sollte niemals die letzten Tropfen aus einer Flasche schütten.«

»Bist du sicher? Es würde mich überraschen, wenn es einen Aberglauben gäbe, den wir bei uns zu Hause nicht kannten.«

»Das ist was Italienisches, nichts Jüdisches«, sagt sie und gibt sich große Mühe, die Flasche ganz auszuleeren. Z denkt, gleich wringt sie sie aus wie ein Geschirrtuch.

Sie tragen die Gläser zum Sofa an der schmalen Wand zwischen Esstisch und Schlafzimmer hinüber, das laut Zs Mietvertrag der Salon ist. Die Kellnerin setzt sich mit dem Rücken gegen die Seitenlehne und legt die Beine über Zs Schoß.

»Ich kann immer noch nicht glauben, dass du hier bei mir bist«, sagt er. »Die wunderschöne Kellnerin, die mir mein Essen gebracht hat. Und ... falls es nicht zu unheimlich ist?«, sagt Z und wartet auf die Einwilligung, ihr möglicherweise Angst zu machen.

Die Kellnerin nickt großherzig.

»Als ich das Restaurant betrat, standst du vorn am Fenster und sahst auf die Straße, und ich war schon hin, noch bevor du dich umgedreht hast. Ist es zu verrückt, das zuzugeben? Dass ich mich in deine Rückseite verliebt habe?«

»Meine Rückseite? Die hat es dir angetan?«

»Es war alles«, sagt er. »All deine Einzelteile, ein jedes gleich viel.«

»Aber sicher«, sagt die Kellnerin, hebt die Braue und nimmt einen guten Schluck. Dann erinnert sie sich an etwas, setzt sich auf und schwingt die Beine von Zs Schoß. »O mein Gott!«, sagt sie. »Wo wir davon reden …«

»Von deinen Einzelteilen?«

»Vom Restaurant. An dem Tag hat noch ein zweiter neuer Kellner angefangen.«

»Ja«, sagt Z, und sein Blutdruck geht bei der bloßen Erwähnung des Mannes schon in die Höhe.

»Du erinnerst dich an ihn?«

»Das tu ich. Mir gefiel nicht, wie er aussah.«

»Nicht wahr?«, sagt sie. »Mit ihm stimmte was nicht. Er beteuerte immer wieder, dass er jede Menge Erfahrung hätte, konnte aber kaum ein Tablett halten.« Die Kellnerin wechselt in ein verschwörerisches Flüstern. »Ich glaube nicht, dass er je irgendwo gekellnert hat.«

»Ich nehme an, er hat keinen guten Eindruck hinterlassen. Ich habe ihn nicht mehr da gesehen, sie müssen ihn ebenfalls gleich wieder gefeuert haben.«

»Im Gegenteil. Er war es, der nicht mehr wollte. Ich war so viel besser, aber ihm haben sie den Job angeboten.«

»Woher weißt du das? Ich dachte, ihr wart beide nur einmal da?«

»Das versuche ich dir ja gerade zu erklären. Als ich das Salz holen gegangen bin, das habe ich vergessen zu erzählen, da habe ich ihn getroffen.«

»Du hast den Hugenotten getroffen?«, sagt er. »Diesen großen, gemein aussehenden, diesen so gemein wie gut aussehenden schwulen Kerl und Kellner? Mit dem irgendwie blonden Haar und dem unnatürlich kräftigen Kinn? Als hätte er ein Hufeisen drinstecken?«

»Du musst ihn nicht beschreiben«, sagt sie. »Über genau den reden wir doch schon die ganze Zeit.«

»Ich wollte nur sichergehen, dass wir dieselbe Person

meinen«, sagt Z, der wirklich, wirklich wissen muss, ob der Mann, den sie da gesehen hat, der war, den er meint.

»Ja, natürlich. Und ja, er sieht sehr gut aus, nicht zuletzt wegen des Kinns. Es passt zu seinem Gesicht.«

»Sehr gut sieht er aus«, sagt Z. »Und du sagst, er war auch im Laden?«

»Er stand an der Ecke und hat sich mit dem Landstreicher unterhalten, der immer am Ende der Straße sitzt.«

»Dem Bettler? Auf dem Koffer? Die haben miteinander geredet?«

»Ja«, sagt sie. »Und weißt du, was?«

»Nein«, sagt Z. Er weiß nicht, was. Absolut nicht.

»Er war heute sehr freundlich. Du hättest gedacht, er wäre ein anderer Mensch als der im Restaurant. So übermütig.«

»Aber war er ein anderer?«

»Nein. Es war der aus dem Restaurant.« Die Kellnerin holt ihr Telefon vom Tisch und gibt es Z. »Er hat mir seine Nummer gesimst und meinte, wir sollten was trinken gehen.«

Z spürt, wie sich sein Gesicht verzerrt, so besorgniserregend ist, was sie sagt.

»Nicht, was du denkst«, sagt die Kellnerin und bleibt vor ihm stehen. »Es war eindeutig nur freundlich gemeint. Er wollte mich nicht anmachen. Ich verspreche dir, da hat er keine Interessen.«

»Hast du ihm gesagt, dass du mich gesehen hast?«, sagt Z und gibt ihr das Telefon zurück, ohne die SMS auch nur anzusehen.

»Ob ich ihm gesagt habe, dass ich für einen Mann von einem Tisch koche, den er nicht bedient hat, in dem Restaurant, in dem er einen Tag lang gearbeitet hat? Nein, habe ich nicht.«

»Er erinnert sich an mich, ich verspreche es dir. Er hat mich hereinkommen sehen. Ich hab's gesehen! Dann hat er telefoniert.«

»Ja, ich bin sicher, dass du da warst, bedeutet ihm eine Menge. Ich bin sicher, er stand da unten, weil er dir dafür danken wollte, dass du in seiner Gegenwart gegessen hast. Welch große Ehre.«

»Das ist nicht komisch. Ich muss wissen, ob er etwas über mich gesagt hat.«

»Meinst du das ernst? Soll er etwa auch ein Spion sein? Ist er dein Feind, der Kellner, den du nie kennengelernt hast?«

»Ernster geht es nicht.«

»Deshalb gehe ich nie mit jüdischen Männern. Nicht, weil es in Rom so wenige gibt. Sondern genau deswegen. So, wie du dich gerade verhältst. Ein paar Tage lang seid ihr alle ungeheuer süß, und dann knallt ihr durch. Verrückte Muttersöhnchen seid ihr, allesamt. Es sind die Goi-Frauen, die denken, ihr gebt gute Ehemänner ab.«

»Es tut mir wirklich leid«, sagt Z. »Ich beruhige mich ja«, sagt er, ohne es auch nur irgendwie zu tun. »Erzähl mir nur, was genau er gesagt hat. Das war kein Spaß mit den Schwierigkeiten, in denen ich stecke.«

Sie sieht ihn mit verschleiertem Blick an und setzt sich wieder neben ihn, aber er merkt, dass sie sich nicht mehr berühren. Die Kellnerin berichtet Z alles, was sie noch nicht gesagt hat, halb scherzend, aber er sieht, dass sie genau zu sein versucht.

»Er sagte hallo. Er sagte: *Tiens, quelle surprise!* Oder vielleicht habe ich das auch gesagt …«

»Wer hat es gesagt?«

»Er«, sagt die Kellnerin, nachdem sie nachgedacht hat. »Dann habe ich ihn gefragt, was er hier in der Gegend macht, und er meinte, er treffe einen Freund, mit dem er ins Kino wolle. Dann fragte er mich …«

»Was genau hat er gefragt, und wie hat er es gefragt?«

»Das will ich doch gerade sagen. Er hat gefragt, ob ich hier wohne. Ich habe gesagt, nein. Ich habe gesagt, dass ich bei einem Freund esse, einem Freund, der kein Salz hat. Dann habe ich ihm das Salz gezeigt, weil ich keine Tüte genommen und es so in der Hand hatte. Ich nehme an, ich dachte, es wäre witzig, wenn ich es ihm hinhielt.«

»Das ist alles?«

Die Kellnerin seufzt entnervt.

»Er sagte, sein Freund wohnt auch in der Straße. Dann wollte er wissen, in welchem Haus meiner wohnt, weil es ja vielleicht dasselbe sei.«

»Und, war es das?«

»Ja, aber der Aufgang gegenüber.«

»Der nach hinten raus? Oder vorne?«

»Vorne«, sagt sie. »Der Aufgang direkt gegenüber.«

»Woher weißt du das?«

»Ernsthaft? Ich weiß es, weil ich ihm gesagt habe, dass die Wohnung nach vorne raus geht, aber auf dieser Seite, als er mich fragte.«

»Du hast ihm geantwortet?«

»Ist es ein Geheimnis? Er weiß ja nicht mal, dass ich mit dir zusammen bin.«

»Das war es, in gewisser Weise.«

Z steht auf und läuft hin und her, weil er annimmt, dass es ihm beim Denken hilft. »Wo ist er jetzt?«

»Jetzt? Ich denke nicht, dass er noch unten steht.«

»Ich meine, in welche Richtung ist er gegangen?«

»Nirgendshin. Er ist zu seinem Freund. Wahrscheinlich sitzen sie in einem heißen französischen Kino und sehen Ballons über die Leinwand fliegen.«

Z bleibt wie erstarrt stehen.

»Er hat seinen Freund abgeholt? Aus diesem Haus? Hat der Freund den Türöffner gedrückt?«

»Natürlich nicht. Ich habe ihn hereingelassen. Ich habe dir doch gesagt, dass wir gemeinsam hergegangen sind.«

Z schüttelt den Kopf, gänzlich enttäuscht. Von ihr. Von sich. Sein Denken teilt sich auf in finstere, mit Lichtgeschwindigkeit aufscheinende Szenarios und eine zeitlupenlangsame, zerknirschte Rückblende, in der die Kellnerin seinen Schlüssel nimmt, um Salz holen zu gehen. Er fügt sich selbst dem Bild hinzu, so dass er, in der Erinnerung, sein eigenes dummes, vernarrtes Lächeln sehen kann.

Der Kellnerin mit ihren hochgezogenen Brauen und großen Augen sieht er an, dass sie, ohne ihn aufziehen zu wollen, ernsthaft denkt, dass er womöglich komplett übergeschnappt ist.

Darum kümmert er sich später, wenn er kann. Jetzt ist er bereits im Schlafzimmer und nimmt eine Ledertasche, in die er das beste der Bücher, die er gekauft hat, steckt. Dazu kommt ein Patagonia-Anorak vom Kleiderstapel unten in seinem Schrank. Er tut das alles sehr verlegen, während die Kellnerin, die im Durchgang zwischen den beiden Räumen lehnt, seinem hektischen Hin und Her zusieht.

Z schiebt eine Hand unter die Matratze und zieht ein Klappmesser hervor. Es ist ein großes, dumm aussehendes Ding, das er an einem Besteckstand auf einem offenen Markt gekauft hat. Käsehobel gab es da, Nagelclips, Steakmesser, die aussahen, als ließen sie sich zusammenklappen, es aber nicht taten, und ein paar Instrumente zur Gewaltanwendung.

Z öffnet das Messer mit einer Hand, sieht die Kellnerin an, und es ist klar, dass sie keinerlei Angst vor ihm hat, nicht mal jetzt. Ihr Vertrauen rührt ihn tief und nimmt ihm gleichzeitig den Mut, zeigt es doch, wie wenig furchterregend er wirkt.

Z geht an ihr vorbei und nimmt einen Stuhl, den er ins Bad trägt. Er stellt sich darauf, schiebt die Klinge des Messers über die obere Ecke der dünnen Tür und hebelt ein Stück Verkleidung aus der Wand. Als die Platte lose zur Seite hängt, nimmt Z das Messer zwischen die Zähne und zieht eine Schnur aus der Öffnung, an der ein verschließbarer Plastikbeutel hängt, der mit Paketband verklebt ist. Er springt vom Stuhl und läuft mit dem Beutel zum Esstisch, um ihn aufzuschneiden.

Drinnen sind ein Pass und drei dicke Geldbündel, zweimal Euro, einmal Dollar, mit einem Gummiband drum herum.

»Gut«, sagt die Kellnerin. »Das ist ein Fortschritt.«

»Was?«, sagt Z angespannt, verschwitzt und ernst.

»So wirkst du weniger verrückt und mehr wie ein gefährlicher Spion.«

»Ernsthaft gefährlich?«

»Nicht wirklich. Ich wollte nur nett sein, weil es dir wichtig zu sein scheint.«

»Das ist es. Wenn ich nur ein bisschen bedrohlicher wirkte, würde das schon helfen.«

»Um dem Kellner Angst einzujagen, der dich umbringen will?«

»Ja, ihm.«

»Also bedrohlich wirkst du nicht. Aber echt. Der Pass und das Geld geben dir was Authentisches. Nur, solltest du nicht fünf Pässe haben? Und eine Waffe?«

»Das mit den Pässen ist nur im Kino so, und Waffen sind was für eine andere Art Spion. Wenn die Franzosen jetzt hier hereinkämen, um mich zu verhaften, wie schuldig sähe ich dann mit einem halben Dutzend verschiedener Identitäten aus? Wie sollte ich mich da herausreden?«

»Wie erklärst du einen Pass hinter der Wandverkleidung?«

»Einer ist komisch, jeder weitere kriminell.«

»Nun, so oder so, jedenfalls glaube ich dir jetzt weit eher, was du mir über den Schlamassel erzählen wirst, in dem du steckst.«

»Und du?«, sagt Z, als er das Geld aufteilt. Etwas in jede Hosentasche, den Rest ins Gepäck. Er kniet sich auf den Boden und holt einen weiteren Beutel unter dem Sofa hervor.

»Was ist mit mir?«

»Steckst du auch mit drin?«, sagt er und steht auf.

»Du meinst, weil wir die Woche zusammen verbracht haben? Weil wir miteinander geschlafen und gebadet haben, und ich für dich gekocht und Salz gekauft habe?«

»So in etwa, wegen allem zusammen, ja. Weil ich denke, so frisch es ist … wir haben da was Gutes.«

»Es ist also nicht so, wie du vorher behauptet hast. Im Gegenteil, deine Schwierigkeiten sind doch ansteckend. Und habe ich jetzt, weil ich ihnen ausgesetzt war, so was wie eine sexuell übertragene Spionagekrankheit? Das ergibt keinen rechten Sinn.«

»Du könntest nach Hause gehen.«

»Werde ich es nach Hause schaffen?«

»Ich wette. Ich wette, es geht.«

»Du wettest?«

»Du bist jetzt mit mir verbunden und, leider, in gewisser Weise gezeichnet.«

»*Gezeichnet?*«, sagt sie und scheint zum ersten Mal verunsichert. »Das gefällt mir gar nicht.«

»Ich sage nur, es wäre sinnvoll, dich im Auge zu behalten. Aber du hast nichts getan. Sie werden erkennen, dass du unschuldig und die Mühe nicht wert bist.«

»Wann werden sie das erkennen?«

Z steht da und versucht, sie ausreden zu lassen, geduldig zu sein, doch er spürt, wie die Zeit drängt. Der Hugenotte, falls er noch im Haus ist, hatte reichlich Zeit, vorzubereiten, was immer er ihm Schreckliches antun soll. Jeder zusätzliche Augenblick ist für ihn von Vorteil.

»Ich muss weg«, sagt Z. »In ein Hotel, ein Hostel, irgendwas. Und wenn es nur für eine Nacht ist. Bis ich mir überlegt habe, was ich als Nächstes mache. Aber jetzt, in diesem Moment, muss ich hier weg.«

»Und du möchtest, dass ich mitkomme?«

»Ich möchte, dass du tust, was du willst.«

»Wenn ich nach Hause gehe und dich vergesse, versprichst du mir dann, dass ich am Ende nicht gefoltert werde? Ich will nicht unter Wasser gedrückt und zum Reden gezwungen werden. Das ist ein Alptraum, der mich verfolgt, seit ich ein kleines Mädchen war.«

»Es würde mich sehr überraschen, wenn es so käme.«

»Du bist vielleicht ein Verkäufer«, sagt sie.

»Dann verspreche ich es«, sagt er. »Es wird nicht passieren. Du bist sicher, und deine Mitbewohnerinnen auch. Es tut mir leid, falls ich mich falsch ausgedrückt habe.«

Die Kellnerin schürzt die Lippen, schiebt sie nach links, nach rechts, und ihre perfekte Nase zieht sich auf die denkbar sexieste bekümmerte Weise kraus.

»Das ist jetzt traditionell der Moment«, sagt Z, »in dem du dich entscheidest, ob du mit an Bord kommst.«

Die Kellnerin überlegt und klopft sich mit dem Fingernagel gegen den angeschlagenen Zahn, als wollte sie prüfen, ob da was nachgewachsen ist.

»Wenn ich mitkomme. Wo gehen wir dann hin?«

»Hauptsache, von hier weg.«

Sie klopft noch ein paarmal nachdenklich gegen den Zahn, lässt die Hand sinken und sagt: »Wenn ich mitkomme?«

»Ja?«

»Nicht in ein Hostel. Alles hat seine Grenzen, selbst für ein Abenteuer.«

»Du kannst es dir aussuchen.«

»Und ich werde bei der Sache nicht getötet?«

»Auch nicht unter Wasser gedrückt. Wenn wir hier herauskommen, ganz sicher nicht. Wenn sie uns nicht gerade überraschen und sehen, öffentlich, dass wir zusammengehören, ist alles in Ordnung. Es ist sehr klar, dass der, der mit mir reden will, nur mich will.«

»Mit dir reden?«

»Mich einfangen, foltern und vielleicht auch töten, wenn die ersten beiden Optionen nicht praktikabel sind.«

»Dann nur noch eines vor meiner allerersten Flucht: Beantworte meine Frage, und ich komme mit dir mit.«

»Wie in einer Fabel.«

»In etwa.«

Z drückt den Rücken durch, schüttelt die Arme aus und nickt.

»Ich bin so weit. Frage.«

»Das ist jetzt vor allem, um meinen Vater glücklich zu machen. So hat er mich großgezogen. Aber es ist auch für das rebellische, sozialistische Ich, das mit Fremden schläft, wichtig. Ich gebe es zu.«

»Das kann ich respektieren.«

»Also sag mir, Geheimagent: Ist das, was du tust, gut für die Juden?«

2014 | Im Zwischenreich

Oh, wie es ihn quält, das Geräusch dieses Schusses. Der General springt praktisch von seinem Stuhl hoch.

Er lässt die Zeitung auf den Beistelltisch fallen. Aber sie fällt immer weiter. Der Tisch ist nicht da.

Er findet ihn hinter sich, unter Lilys gewebtem Wandbehang, an der Wand. Auf ihm, statt des Tees, den er getrunken hat, steht eine kleine, wachsüberzogene Ton-Menora. Sie ist wunderbar unförmig, die mit einem Bleistift hineingedrückten Halter liegen zu nahe beieinander und warten auf Kerzen, die in ihnen zu schnell herunterbrennen. Es ist ein Meisterwerk eines seiner Enkel.

Bei dem Anblick muss der General lächeln, um so mehr, als er unter dem Tisch die zusammengedrückte Folie eines Schokoladentalers liegen sieht.

Er begreift nicht, warum die Menora da noch steht und der Boden nicht gefegt ist, jetzt im Oktober, fast ein Jahr nach dem Fest.

Und wenn der Kalender wirklich 1967 anzeigt, wer sind dann die Enkelkinder, die er bereits liebt und die noch so weit davon entfernt sind, auf die Welt zu kommen?

Es ist nicht richtig, weiß der General. Es ist schon seit einiger Zeit nicht richtig.

Der General rennt nicht hinaus auf die Straße, um den Geist seines Sohnes zu finden. Er ruft nicht nach Lily, die nicht mehr da ist. Er wird einen Spiegel suchen, beschließt er. Denn es kann nicht gleichzeitig Gegenwart und Vergangenheit sein, und er will sehen, welches Gesicht er hat. Der General will wissen, ob er alt oder jung ist.

Auf dem Weg in die Diele, wo der nächste Spiegel hängt, kneift er sich heftig, spürt es und ist sich sicher, dass er nicht träumt.

Nach dem Kneifen atmet er lang und tief ein und weiß, das muss bedeuten, dass er, er selbst, noch nicht tot ist.

Aber der Schuss, wie kann er immer wieder fallen?

Das ergibt alles keinen Sinn. Es sei denn, es sei denn.

Über dem Spiegel in der Diele hängt ein Tuch, als wohnte der General in einem Trauerhaus. Er wackelt mit den Zehen, sieht auf seine Füße und ist nicht überrascht, dass er auf Socken herumläuft wie ein frisch Hinterbliebener.

Niemand will das, denkt der General und schließt ganz fest seine Augen.

Als er sie wieder öffnet, ist er erleichtert. Ja, er muss eingedöst sein. Das ist die einfachste Erklärung, denn er sitzt wieder auf seinem Stuhl, und Lilys Kupfertisch steht wieder an seiner Seite, mit seinem Pfefferminztee. Ein Hauch Dampf steigt von ihm auf.

Vorsichtig senkt der General den Blick auf seinen Schoß und sieht, dass auch die beiden Schüsseln sind, wohin sie gehören. Ein Trost, auf den gleich ein zweiter folgt. Seine geliebte Lily, er hat nach ihr gerufen, und sie sieht aus der Küche herüber, ein Geschirrtuch in der Hand.

Der General will sie fragen, was fehlt. Doch da fällt ein Schuss – der ihn ablenkt.

Er lehnt sich zurück und sagt laut zu sich (weiß er doch

schon, dass ihm seine liebe Lily nicht antworten wird): »Vielleicht geht es mir nicht gut.«

Er ist ein legendärer Stratege, der General. Er war immer in der Lage, den besten Ausweg zu finden, selbst noch im größten Chaos.

Schlamassel um Schlamassel, Fehlschlag auf Fehlschlag, nach all seinen wiederholten Katastrophen und Zusammenbrüchen hat es der General am Ende bis ins Büro des Premierministers gebracht. Er! Mit all dem Blut an den Händen.

Ja, der General weiß, dass es stimmt. Er ist ihr Anführer. Und das muss bedeuten, dass er schon alt ist.

Das muss bedeuten, dass er Gaza bereits aufgegeben hat. Dass er damit beschäftigt ist, einen eigenen Palästinenserstaat zu planen. Diese Entscheidungen, er weiß, dass er sie getroffen hat und dass sie eine Beleidigung sind für alles, woran er je geglaubt hat.

Er interessiert sich besonders für diese Konzessionen. Sieh doch, wie sein gealtertes Ich es schafft, Kompromisse wie eine neue Form der Brutalität zu handhaben. Wenn er zu diesen Schlüssen gekommen ist, kann das nur eines bedeuten. Es muss bedeuten, dass eine List dahintersteckt. Er muss glauben, dass es die einzige Möglichkeit ist, den rücksichtslosen demographischen Krieg gegen die so fruchtbaren Palästinenser zu gewinnen.

Der General dehnt die steif werdenden Finger. Er lässt die steifen Schultern rotieren. Er probiert sein knarzendes altes Ich an, ob es ihm noch passt. Er ist nicht schlecht, dieser Körper, so klapprig er ist, und er fügt sich so gut auf diesen ebenso klapprigen, eng anliegenden alten Stuhl.

Er findet diese Bestandsaufnahme angenehm und denkt über ein langes, gelebtes Leben nach, erinnert sich an seine Kindheit und sieht sich in kurzen Hosen in der Sonne von

Tel Aviv. Er steht im Garten seiner Mutter, und sie kommt auf ihn zu und hält rotblaue Weintrauben hoch. Er spürt, wie er die Hand danach ausstreckt.

Er kämpft sich voran, durch die endlosen Schlachten, militärische wie politische. Er macht seinen Weg, bis er ihn hört, nicht den Schuss, einen anderen Laut, mehr wie eine brechende Welle. Er hört den großen Stimmenrausch der Menschen, die seinen Namen rufen. Er ist zum König Israels gekrönt worden, ihr Retter. Der General steht erhobenen Hauptes auf dem Tempelberg und badet im Ruf der Menge. Er kann ihre Gesichter nicht erkennen, umgeben von einer Phalanx, einer Demonstration der Stärke.

Er lässt die Menschen wissen, wie schmerzhaft die Opfer auch sein mögen, die er ihnen abverlangt, diesen Ort, dieses geheiligte Stück Erde, wird er niemals aufgeben. Nicht dieses Juwel, ihre vereinigte, unteilbare Stadt.

Bis an den Rand dieses Gedankens gelangt der General, nicht weiter.

2002 | Paris

Sie gehen nicht durch die Tür, sondern klettern aus dem Schlafzimmerfenster auf das kleine, schräg abfallende Dach des Hausmeisterschuppens. Die Kellnerin zögert nicht, als sie auf dem Hintern zur Rinne hinunterrutschen.

»Hast du Angst?«, flüstert Z, der staunt, wie entschieden und ruhig sie ist.

»Wenn das Dach höher wäre, vielleicht«, sagt sie, dreht sich um, lässt sich über den Rand hinab und hängt einen Moment lang da, bevor sie sich den guten Meter auf die Erde fallen lässt.

Z reicht ihr die Tasche und landet mit einem dumpfen Aufschlag neben ihr. Sie hilft ihm auf, und während Z sich den Staub von der Hose wischt, linst er zum dunklen Durchgang zur Straße hinüber.

Als er niemanden sieht, hängt er sich die Tasche über die Schulter und führt die Kellnerin an den hinteren Eingängen vorbei zum zweiten Durchgang, hinter dem ein vernachlässigter Garten mit einem an der Außenmauer befestigten Spalier liegt.

»Das war mal eine Straße«, sagt Z über den gepflasterten Pfad unter ihren Füßen. »Die erste, die vom Fluss zur Sorbonne führte. Deshalb ist der Eingang vorne so breit.«

»Ein perfekter Zeitpunkt für eine Führung.«

»Ein passender Zeitpunkt«, sagt er.

Z kniet sich vor die Mauer, als wollte er ihr einen Antrag machen, verschränkt die Finger und bietet ihr die Hände als Stufe.

Sie springen auf die andere Seite und finden sich auf einer Fortsetzung des Pfades wieder, in einem Hof genau wie der, aus dem sie gerade gekommen sind. Sie passieren die Durchgänge, drücken am Tor vorn den Türöffner und treten auf die Straße.

»Du hast eine Wohnung mit eigenem Fluchtweg gemietet?«

»Ja«, sagt Z. »Es ist nicht so paranoid, wenn man ihn genau dafür braucht.«

Bereit loszurennen, fasst Z das Handgelenk der Kellnerin. Sie macht sich los und fasst seines.

»Na gut«, sagt Z, und mit dem Gefühl, dass er diese Nacht vielleicht tatsächlich überleben wird, sprintet er mit ihr glücklich über die große Straße und die erste Brücke, wo sie in die nächtliche Menge vor Notre-Dame eintauchen. An der Rue de Rivoli werden sie langsamer und steigen in ein an der Ampel wartendes Taxi.

Still sitzen sie auf der Rückbank, und der Fahrer sieht sie genervt an.

»Du sagst, wohin«, sagt Z. »Wie versprochen.«

Die Kellnerin bewegt ihren Kopf zur Lücke zwischen den beiden Sitzen und sagt, zum Hôtel de Crillon bitte.

»Machst du Witze?«, sagt Z. »Das ist das vornehmste Hotel der ganzen Stadt.«

»Genau deswegen. Da wird dich niemand suchen.«

Die Kellnerin übernimmt die Führung und setzt Z an einen Tisch in der überladenen Lobby, damit sie einchecken kann. Es interessiert sie nicht, welche Fragen er hat, sie will nur wissen, ob Z wach sein oder schlafen möchte, und als er nicht versteht, was sie meint, fragt sie: »Kaffee oder Alkohol?«

Er möchte Ersteres, und die Kellnerin bestellt ihm einen Espresso und sich ein Glas Champagner. Dann kümmert sie sich mit einer Selbstsicherheit um das Zimmer, die ihn ernsthaft überrascht.

Z lässt den Blick durch die Lobby streichen, sucht nach Mustern und Fehlern, Abweichungen und Unbeholfenheiten, nach festen Schuhen, die nicht zum Anzug darüber passen, übertriebenen Begrüßungen und bedeutungsvollen Blicken zwischen Fremden, nach heimlich hervorgezogenen Handys oder nervösen Blicken auf die Uhr. Er hält Ausschau nach einem Angestellten in so etwas wie einer Uniform, der sich unerklärlicherweise am falschen Platz herumdrückt.

Und mittendrin, untermalt von seiner Hypererregung und absoluten Kampf- und Fluchtbereitschaft, sieht Z, wie die Kellnerin den Kopf in den Nacken wirft und lacht. Er hört ihr Lachen quer durch den Raum, als ihre Getränke gebracht werden.

Fast so etwas wie Erleichterung verspürend, nippt Z an seinem Kaffee und isst den winzigen herzförmigen Keks, den er von der Untertasse nimmt. Er zwingt sich, ihn zu genießen, obwohl er schmeckt, als bestünde er aus einer eleganten Mischung aus Pistazien, Butter, Rosenwasser und Sand. Er sagt sich, und das ist vielleicht der harmloseste seiner Trugschlüsse der letzten Zeit, dass es etwas Besonderes ist.

Als die Kellnerin glücklich in seine Richtung kommt, denkt er, das Schicksal hätte ihnen vertauschte Rollen zuteilen sollen. Sie hat ein Talent dafür, die Dinge isoliert zu betrachten, und wirkt natürlicher auf der Flucht als er. Sie setzt sich auf den lächerlichen Bergère-Sessel ihm gegenüber, trinkt ihren Champagner in einem Zug, steht auf und lässt ein paar Münzen zurück. »Sie setzen es mit auf die Rechnung«, sagt sie. »Und jetzt komm, verstecken wir uns mit Stil.«

»Heilige Scheiße«, ist das Erste, was Z sagt. Er hat so etwas noch nie gesehen. Das Wohnzimmer ist außerordentlich prachtvoll, genau wie der Blick hinaus auf die Place de la Concorde.

»Als wären wir in den Flitterwochen«, sagt er.

»Ja, Flitterwochen, in denen dich jemand umzubringen versucht.«

»Genau so«, sagt Z. Er öffnet die Schlafzimmertür und sagt ein zweites Mal: »Heilige Scheiße.« Denn da ist kein Schlafzimmer, sondern eine Treppe, die zu ihm hinaufführt.

»Komm hoch«, ruft er. »Es ist unglaublich.«

Die Kellnerin folgt ihm und nimmt es gelassen.

»Ja«, sagt sie. »Sehr schön.«

»Das können wir nicht bezahlen«, sagt er. »Ich nicht, und du auch nicht.«

»Ich schon«, sagt sie. »Das heißt, mein Vater, und er tut es bereits. Es geht auf seine Karte. Und bitte«, sagt sie und hebt die Hand, als sich Z verspannt, »krieg jetzt keine Panik, dass er mich auf dem Schirm hat, mich und damit auch dich. Ich habe ihnen gesagt, sie sollen die Karte erst belasten, wenn wir wieder weg sind, was sie gerne tun.« Die Kellnerin geht zum Fenster und zieht den Vorhang auf. »Meine Familie, wir wohnen hier ständig.«

»Ständig?«

»Seit ich klein war.«

»Ich dachte, du wohnst in einer zu kleinen Wohnung mit zu vielen Leuten. Erinnerst du dich? Keine Badewanne?«

»Stimmt.«

»Als Sport?«

»Zur Charakterbildung.«

»Du bist also superreich?«

»Die Superreichen geben den ›Super‹-Teil nur ungern zu. Es ist nicht fein.«

»Aber du bist es?«

»Denkst du, ich wäre mitgekommen, wenn ich es nicht wäre? Das ist keine Eskapade für arme Mädchen, sondern was für jemanden, der sich keine Sorgen darüber macht, richtig große Probleme loszuwerden. Hast du übrigens schon mal einen normalen Italiener Englisch sprechen hören? Und dann hör mich an!«, sagt sie so flüssig, wie sie spricht. »Wenn du in Rom aufwächst, ist ein Englisch wie meins nicht billig zu haben. Du bist doch der Geheimdienstmann. Das sind alles Signale, die du nicht übersehen solltest.«

Z stimmt ihr zu, sagt es und meint es auch. Wieder denkt er, dass sie eigentlich die Rollen tauschen sollten. Die Kellnerin ist so viel besser in diesen Dingen als er.

2002 | Berlin

Joshua schlägt auf den Nachttisch, sucht nach der Uhr und tastet an der Wand über dem Bett nach dem Schalter für die Wandleuchten.

»Wie spät ist es?«, sagt er ins Telefon, jetzt schon zum zweiten Mal, ohne eine Antwort zu bekommen.

Er weiß, Farid ist am anderen Ende, mitten in der Nacht, und dass er jetzt schon übermäßig lange nichts sagt und nur schwer atmet.

Joshua hält das Atmen für ein leises Weinen, ein Geräusch, das er sich bei diesem Mann nicht hat vorstellen können.

»Wie spät ist es?«, sagt er noch einmal, während er sich sammelt, wobei jetzt auch seine Uhr aufleuchtet. Es ist 3 Uhr 55.

»Du bist der Neue«, sagt Farid.

»Ich verstehe nicht«, sagt Joshua. »Ich bin der neue was? Was ist los?«

»Du. Du bist neu. Es war kein Kollaborateur auf der Erde und keine Drohne am Himmel. Nur du allein.«

»Was für eine Drohne am Himmel? Ich verstehe dich nicht, Farid.«

»Das heute Nacht, alles, für dich ist das ein Geschenk

des Himmels, ja? Neben dem eigentlichen Schlag ein zusätzlicher Bonus, was? Wir alle bemühen uns, es zu begreifen, alle reden, ohne zu denken. All die neuen Gespräche, die sich durchkämmen lassen, damit ihr hinter die Beziehungen kommt, die Bilder besser zusammensetzen könnt, die vielen Fotos an euren Wandtafeln ordnen könnt.«

»An welchen Wandtafeln, Farid? Ich verstehe dich nicht.«

»Wir waren alle viel zu nachlässig, ich weiß. Aber so ein großes Leck muss geschlossen werden. Da hängt einer mit drin, was anderes kann sich keiner vorstellen. Aber in Gaza ist alles völlig sicher, und dann kapier ich es, hier in Berlin, ewig weit weg von den Kämpfen. Ich bin es. Ich bin das schwache Glied. Es passt alles zu gut, du kommst zu gelegen, um hier plötzlich so aufzutauchen.«

»Was ist passiert?«, sagt Joshua. »Du musst es mir sagen, damit ich dich verstehe.«

»Selbst jetzt machst du noch weiter.«

»Ehrlich, es ist vier Uhr morgens. Ich mache nichts. Ich habe geschlafen.«

»Ein Massaker, Joshua.«

»Ich verstehe nicht«, sagt Joshua, die Stimme erhoben und bereits schweißgebadet.

»Im Gazastreifen ziehen sie Tote aus den Trümmern, während die Häuser noch brennen. Du hast dein Ziel getroffen. Du hast meinen Bruder getötet. Gut gemacht, Joshua. Du hast ihn zum Märtyrer gemacht, was wir immer akzeptieren können. Es sind die Kinder, Joshua. Das Haus nebenan. Die gesamte Familie ist tot. Was hast du getan?«

»Was sagst du da, mein Freund? Wir sind in Berlin. Ich bin in Berlin.«

»Die Israelis haben eine Bombe auf das Haus meines Bruders geworfen. Nur, dabei haben sie gleichzeitig auch das Haus nebenan zerstört.«

»Bitte«, sagt Joshua, und sein Herz rast. »Jetzt hol erst mal tief Luft«, sagt er.

Er sagt es zu Farid, meint aber vor allem sich selbst. Die Panik, und er kann so schlecht mit Panik umgehen, sie fängt an, in ihm aufzusteigen und zu brodeln.

»Es gibt niemanden«, sagt Farid. »Niemanden in unserem Kreis, der neu ist. Nichts Neues bei uns. Nichts hat sich im Gazastreifen geändert, nichts in Damaskus, nichts in Beirut. Keiner kann etwas sagen, bis …«

»Bis was, Farid?«

»Bis du mir einfällst. Es sind die Telefone, oder? Du tauchst mit deinem Geschäft auf. Mit verfügbarem Geld. Computern. Genau, wenn wir das alles brauchen. Und ich nehme sie. Ich nehme deine verdammten generalüberholten Telefone und bringe sie meinen Leuten im Gazastreifen. Und jetzt sind mein Bruder und alle in seiner Nähe tot.«

»O mein Gott«, sagt Joshua und kombiniert schnell. »Du denkst doch nicht wirklich …«

»Was ich nicht denke, ist, dass ich es über das Tor schaffe. Wenn ich dächte, dass ich bis zu dir hineinkäme, würde ich dich höchstpersönlich erwürgen. Das würde ich tun.«

»Bitte, mein Freund, was sagst du da? Das verstehe ich ehrlich nicht.«

»Wie viel besser wäre dieser Tag für dich, wenn ich dir zusätzlich erlaubte, mich auf dem Rasen vor deinem Haus zu erschießen?«

»Niemand will dich erschießen, Farid.«

»Trotzdem, dafür, für das, was du getan hast, werden

wir Rache üben. Die Straßen Gazas sind voller Trauernder. Die Menschen treibt es hinaus. Schalte deinen Fernseher ein. Die Nachrichten. Dann siehst du es. Ein Menschenstrom, fünf Kilometer lang.«

»Aber ich habe nichts damit zu tun.«

»Mach dich nicht noch lächerlicher. Das hier ist ein Höflichkeitsanruf deines Feindes. Ich will dich nur wissen lassen, dass die Terrormaschine dadurch lediglich stärker wird. Für die Kinder, die du uns gerade genommen hast, werden wir eure nehmen. Das ist es, was ich dir sagen will, Joshua. Da ist ein Preis zu zahlen. Du hast, heute Nacht, eure eigenen Kinder getötet.«

»Jetzt warte mal, Farid«, sagt Joshua. »Sag nicht so was Schreckliches.«

»Was ist für einen Kanadier daran schrecklich? Was kümmern einen Seemann aus Toronto Juden und Araber auf der anderen Seite der Erde?«

»Natürlich kümmern sie mich«, sagt Joshua. »Kinder sind Kinder. Was immer du sagst, womit immer du mir drohst …«

»Niemand droht dir«, sagt Farid. »Hier geht es nicht um etwas, was wir tun wollen, nicht um einen Plan, den wir machen werden. Ich rufe dich an, damit du verstehst, dass das, was längst in Bewegung gesetzt wurde, nicht geschehen hätte müssen. Was nicht mehr gestoppt werden kann, ist wegen dieser Sache gestartet worden. Wegen dir.«

Joshua, der weiß, dass er dazu nichts sagen sollte, der darauf trainiert wurde, kein Wort zu sagen, verspürt einen starken abweichlerischen Drang zu antworten. Es ist, als wäre er plötzlich auf der falschen Seite aller Bollwerke, Firewalls und Trennwände gelandet, die ihn davon abhalten sollen, für Farid ein echtes, menschliches Gefühl zu entwickeln.

Die Entscheidung fällt innerhalb des Bruchteils einer Sekunde. Er sagt: »Wir haben diesen Kampf nicht angefangen.«

»Doch, das habt ihr.«

»Was immer du tun wirst, ich flehe dich an, bitte … Du bist ein vernünftiger Mann. Lass uns darüber reden.«

»Was immer ich tun werde, ist bereits getan.«

2014 | Im Zwischenreich

Der General hievt sich aus seinem Stuhl, faltet die Zeitung säuberlich zusammen und legt sie auf den kleinen Beistelltisch, neben die Schüsseln von seinem Schoß, neben seinen Tee. Das Geräusch des Schusses, es zerrt an ihm. Aber er widersteht dem Drang hinzurennen. Stattdessen steuert der General seine Schritte zurück vor den Spiegel und zieht das Laken herunter.

Was er sieht, ist das Spiegelbild seines Premierminister-Ichs, seines mächtigen Krieger-Ichs und seines verwundeten, blutenden Soldaten-Ichs, das sich die Lippen leckt und vor Durst sterben könnte. Da im Spiegel ist sein lächelndes, purpurn verschmiertes, traubengesichtiges, kurzhosiges Ich, das der General so gerne ist.

Diese Wiederholung, aus Wiederholungen, fasziniert den General mehr, als sie ihn verunsichert. Er ruft aufgeregt nach seiner Frau in der Küche. Er will ihr all diese seltsamen Brüche und Windungen der Zeit erklären.

Der General ruft Lily. Aber Lily kommt nicht.

Er war nie ohne Verantwortung, hat sich nie ohne Ziel bewegt und weiß, auch dieser Aufgabe muss er sich jetzt dringend widmen. Kühl und methodisch versucht er zu ergründen, wie das alles einen Sinn ergibt.

Er hält es für absurd zu denken, dass er im Himmel ist, einfach, weil er immer wieder auf seinem geliebten Stuhl landet, auf seiner geliebten Farm.

Ähnlich unlogisch ist es anzunehmen, dass er in der Hölle schmort, allein schon wegen des Schusses und weil er, während er hinausläuft, weiß, was er finden wird.

Wo ist er also, fragt er sich, wo sich die Zeit auf diese Weise verliert, sich kreuzt und wieder löst, wo ein Augenblick in einer Endlosschleife verrinnt? Der General weiß, er ist nicht tot, aber das Leben kann es auch nicht sein.

Könnte es ein vorübergehendes Stadium sein? Eine Schwelle, vor der er wartet? Eine Art *Scheol*, ein Ort in der Schwebe, ein Zwischenreich, von dem er sich nicht ohne seine eigene Zustimmung fortbewegen kann? Da gab es natürlich schon andere Fälle. In diesem Reich sind schon andere israelische Könige umgegangen.

Der General muss lachen, es kommt tief und laut aus seinem Bauch. Er hat es immer gesagt – um sich zuversichtlich zu zeigen, um zu drohen und einzuschüchtern –, und vielleicht ist es endlich so gekommen. Vielleicht ist alles vorbei, aber nichts kann ihn töten, bis er es zulässt. Der General, stärker als der Tod.

Er lässt die Zeitung sinken, durchdenkt diese letzte Option und hebt den Kopf, entspannt, er fühlt sich ruhig. Er hat einen Artikel, den er zu Ende lesen wollte, und seinen Tee. Er könnte auf ewig hierbleiben. Wenn der Schuss nicht wäre, würde er zufrieden bis ans Ende der Zeiten auf diesem Stuhl sitzen bleiben.

»Komm, komm«, sagt sich der General. Er, ein Mann der Tat, der hier reglos für immer sitzt? Nein, das ist keine angemessene Ewigkeit für einen Mann des Wandels.

Aber wie soll er Abhilfe schaffen? Der Taktiker findet sich wieder einmal herausgefordert.

Der General betrachtet die leeren Halterungen an der Wand. Das Gewehr ist fort, und ihm fällt, für eine solche Aufgabe, der krumme kaukasische Dolch in seiner Scheide ein, der in einem Schaukasten auf seinem Schreibtisch liegt. Es ist ein Bar-Mizwa-Geschenk seines Vaters. Ein Geschenk und eine Verantwortung. Ein Vermächtnis für den reifen Mann, ein Signal der Erwartung, in welche Richtung sich sein Leben entwickeln sollte. Die anderen bekamen Füllfederhalter, und er, der intelligente, folgsame Junge und frischgebackene Mann, ihm gab der Vater die Waffe eines Kriegers.

Er macht keine Anstalten, sie zu nehmen. Er kann sich nicht selbst die Kehle durchschneiden, dessen ist er sich bewusst. Nicht, weil er zu feige wäre, das ist er wahrlich nicht, sondern weil der General, der zwar nie ein religiöser Mann war, dennoch nach den jüdischen Prinzipien lebt. Sich das Leben zu nehmen verstieße gegen alles, woran er je geglaubt hat.

Daraus würde also folgen, dass er sich körperlich nicht von diesem Ort entfernen kann. Der Wandel, nimmt er an, muss durch eine Geistesanstrengung herbeigeführt werden.

Was, wenn es nicht mehr wäre, als sich selbst aus einem Traum aufzuwecken? Die gleiche schnelle, vertrackte Anstrengung, nur in die andere Richtung, hinein in einen tieferen, dunkleren Schlaf.

Und da ist es wieder, sein Lachen! Wer hätte gedacht, dass der General lachend geht? Für ihn ist es komisch, sich so anstrengen zu müssen. Wie viele Leute hätten alles gegeben, um ihn umzubringen? Und wie oft schon hat er alles gegeben, um am Leben festzuhalten?

Der General atmet ein letztes Mal tief ein. Er nimmt jenen uralten, legendären Weg auf sich und zwingt den, als den er sich kannte, in die andere Richtung. Er lehnt sich auf seinem Stuhl zurück, hört den Schuss und rennt auf die Straße. Er fliegt mit seinem Funker neben sich durch die Luft und pflanzt seine Füße auf den Tempelberg. Ein Koloss. Ohrenbetäubend laut jubelt die Menge ihm zu und singt: »General, General, König von Israel!« Er badet in der Verherrlichung, und irgendwo darüber kann er gerade so, auf Arabisch, den Klang jenes Klagelieds ausmachen.

Ruthi steht über ihm, obwohl er es nicht sehen kann. Es ist Nacht, die weitere Familie ist nicht mehr im Zimmer, die Mütter bringen die Kinder ins Bett, und die beiden Söhne stehen im immer perfekten Wetter vor dem Gebäude und besprechen, wie es weitergeht. Die Nachtschwester, die bis jetzt in der Ecke gesessen und tief geschlafen hat, nachdem sie von Ruthi zusammengestaucht wurde, murmelt sich langsam wieder wach.

Ruthi steht über das Bett des Generals gebeugt, drückt wieder und wieder den Notrufknopf und ruft laut um Hilfe. Ihre Stimme hallt den Flur hinunter.

Einer der nutzlosen Schuljungen-Ärzte hat heute Nachtdienst. Erschöpft kämpft er sich von seiner Liege hoch und geht schnell den Flur hinunter, weil Ärzte nicht rennen. Zwei Schwestern folgen ihm, und als die drei hereinkommen, zeigt Ruthi auf den General und sagt: »Sehen Sie!«

Die Nachtschwester ist inzwischen auch aufgestanden und holt ihr Handy heraus, bereit, die Söhne ins Zimmer zu rufen.

Während Ruthi noch auf den General deutet und vom Arzt verlangt zu tun, was immer nötig ist, sehen alle sie an, als wäre sie eine Verrückte. Der Arzt fährt sich mit dem Handrücken über die Augen und sagt: »Es ist alles wie immer.«

»Er stirbt«, sagt Ruthi. »Jetzt, in diesem Moment.«

So, wie alle sie anglotzen, weiß sie, was sie denken: Wie peinlich. Wie bemitleidenswert.

Als der Baby-Doktor den Mund öffnet, um Ruthi zu beruhigen, ist es nicht der General, sondern sein Maschinenpark, der mit einem Mal aufwacht.

Es klingelt und pfeift, Zahlen leuchten auf, und eine Linie spuckt Zacken, als hätte jemand bei einer knalligen Show den Jackpot geknackt. Das Zimmer wird mit schrecklichen Informationen überflutet.

In dem Bruchteil einer Sekunde, in dem Gedanken zu Taten werden, sehen alle Ruthi an.

Irgendwie hat sie es gespürt.

Diese Frau. Erstaunlich. Wie konnte sie es wissen?

2014 | Ein geheimes Gefängnis in der Wüste Negev

Nach den Wochenenden ist es immer schlimmer, wenn sich Häftling Z verletzt und verlassen zeigt und der Wärter guter Dinge und erfrischt nach der Zeit zu Hause zurückkommt, seinen Häftling sieht und daran erinnert wird, wie hoffnungslos sie hier beide festsitzen.

Aber heute ist es so viel schwerer.

Der Wärter verteilt die Steine auf dem Backgammonbrett auf Häftling Zs Bett, und Häftling Z geht ihn gleich an und sagt: »Sie verhalten sich wieder mal sonderbar, und sagen Sie nicht, dass es nicht stimmt. Seit einer Woche jetzt schon.«

»Das ist eine reine Projektion«, sagt der Wärter. »Weil Sie dieser Ort hier wahnsinnig macht, versuchen Sie es auf mich zu übertragen.«

Häftling Z legt den Kopf schief und sieht den Wärter verächtlich an. Das nimmt er ihm nicht ab. Häftling Z zuckt mit den Schultern, geht hinüber zum Regal und zieht seinen Brief an den General aus dem Stapel Zeitschriften.

Er gibt ihn dem Wärter, der ihn gleich, ohne einen Blick, in die Tasche steckt und würfelt, um zu sehen, wer von ihnen beiden anfängt.

Der Wärter würfelt eine Fünf, Häftling Z eine Sechs. Aber Häftling Z bleibt ruhig auf der Bettkante sitzen.

Der Wärter starrt auf das Brett, damit er Häftling Z nicht ansehen muss, bleibt so, bis er völlig frustriert ist, und sagt dann, fast schreit er: »Es gibt nur einen Zug. Es ist eine Standarderöffnung. Tausendmal schon habe ich Sie den Zug machen sehen.«

»Können Sie sagen, wie oft genau ich ihn gemacht habe?«

»Bitte, machen Sie mich nicht wieder mit Ihrer verrückten Rechnerei verrückt«, sagt der Wärter und hebt den Blick. »Bitte sagen Sie mir nicht, Sie wissen noch, wie oft Sie eine Sechs oder eine Fünf hatten.«

»Nein, das weiß ich nicht«, sagt Häftling Z. »Aber ich kann Ihnen sagen, dass der Spielstand 21 797 zu 24 446 ist. Sie machen große Fortschritte. Ich bin weniger als dreitausend Punkte in Führung.«

Häftling Z kneift die Augen zusammen, öffnet sie wieder und sagt: »Wenn wir täglich siebeneinviertel Spiele spielen, können Sie in einem Jahr mit mir gleichziehen. Aber dann müssen Sie alle gewinnen.«

»Es ist furchteinflößend, wenn Sie das tun.«

»Ich sage nur, es wäre toll, wenn es wieder unentschieden stünde. Ich liebe es, wenn wir gleichauf sind.«

»Es ist Ihre Besessenheit vom Gleichaufsein, die Sie hergebracht hat. Nichts ist gleichauf. Die Welt ist in der Hinsicht nicht fair.«

Häftling Z gefällt das gar nicht. Weder die Antwort noch der sonderbare Ton, den der Wärter anschlägt.

»Sie werden philosophisch«, sagt Z. »Auf Ihre idiotische Art. Sagen Sie mir nicht, dass ich mir das nur einbilde. Sie denken nur nach, wenn es schlimm kommt.«

Häftling Z ist verblüfft über die Reaktion, die er bekommt. Er hat ziellos herumgestochert und nicht erwartet, einen Nerv zu treffen.

Der Wärter wird blass, und Häftling Z denkt, wenn jetzt jemand hereinkäme, hätte er Schwierigkeiten zu erraten, wer von uns beiden zuletzt im Tageslicht war.

Der Wärter greift in seine Tasche und holt Häftling Zs Brief heraus. Er legt ihn auf das Brett zwischen ihnen.

»Ich habe Ihnen zu sagen versucht, dass es eine Entwicklung gegeben hat.«

»In meinem Fall? Was dieses außerordentliche Scheitern der Gerechtigkeit betrifft?«

»In gewisser Weise«, sagt der Wärter. »Es geht um den General.«

»Hat er endlich einen meiner Briefe beantwortet? Geben Sie mir deshalb den hier zurück?«

»Er ist tot«, sagt der Wärter. »Er ist gestorben.«

»Wer ist gestorben?«, sagt Häftling Z mit völlig ausdrucksloser Stimme.

»Der General.«

»Das wäre was«, sagt Häftling Z, und er schließt die Augen wieder und versucht, es sich vorzustellen.

»Nicht wäre. Es ist tatsächlich geschehen.«

»Und wer von seinen zahllosen Feinden hat ihm endlich eine Kugel in den dicken, fetten Kopf gejagt? Stammt der Attentäter aus Israel oder dem Ausland? War es ein Araber oder ein Jude? Ich habe keine Vorstellung.«

»Er wurde nicht getötet, er ist einfach gestorben«, sagt der Wärter. »Das ist kein Witz. Am letzten Sabbat hat er seinen letzten Atemzug getan.«

Häftling Z starrt den Wärter an. Perplex.

»Am Wochenende?«

»An dem davor. Ich habe ein paar Tage gebraucht, um den nötigen Mut zu sammeln, es Ihnen zu sagen.«

Das ist eine Menge auf einmal für Häftling Z. Es klingt so, als sagte der Wärter, dass der General, der ihn hier eingesperrt und ausgelöscht hat, der Einzige, der ihn hier wieder herausbringen und befreien könnte, dass dieser Mann nicht mehr existiert.

»Das glaube ich Ihnen nicht«, sagt Häftling Z, der es nicht glauben will.

Der Wärter bleibt stumm, was auch eine Art Antwort ist.

»Woran ist er denn gestorben, wenn er tot ist und ihn niemand umgebracht hat?«

»Technisch?«

»Warum *technisch*?«

»Er ist an den Folgen eines Schlaganfalls gestorben.«

»Er hatte einen Schlaganfall? Wie können Sie mir nicht sagen, dass der Einzige, der weiß, dass ich hier bin, einen Schlaganfall hatte?«

»Ich sage es Ihnen jetzt.«

»Und wann hatte er ihn?«

»Vor einiger Zeit.«

»Was erzählen Sie da? Stand es in der Zeitung? Wussten die Leute davon? Oder hat es Ihnen Ihre Mutter im Bett zugeflüstert?«

»Leck mich«, sagt der Wärter. »Und ja, es stand in der Zeitung.«

»Verdammt«, sagt der Häftling. »Verdammt, verdammt.« Dann, die Augen voller Wasser, sieht er den Wärter an, persönlich. »Wann?«

»Wann es in der Zeitung stand?«

»Der Schlaganfall. Wann hatte er den Schlaganfall?«

Jetzt steht der Wärter auf und läuft nervös in der Zelle auf und ab, ganz wie Häftling Z es sonst tut. Als er stehen bleibt, hält er den Blick zu Boden gesenkt und kratzt mit dem Fuß an einem Fleck, den es nicht gibt.

Häftling Z hat etwas Ähnliches noch nicht erlebt. Es ist eine völlig neue Verhaltensweise, die er in all den Jahren nie registriert hat.

Wieder fragt Häftling Z: »Wann hatte er den Schlaganfall?«

Der Wärter drückt den Rücken durch. Er sieht dem Häftling mit echter Liebe in die Augen. Er hat ernsthaft immer nur versucht, ihn zu beschützen.

»2005. Ende Dezember, würde ich sagen. Der wirklich schwere kam dann 2006. Es war knapp vor und nach Silvester.«

»Was?«

»Vor acht Jahren. Der schwere, direkt nach Silvester.«

»Das verstehe ich nicht.«

»Das habe ich auch nicht angenommen.«

»Ich meine, Sie nehmen mich auf den Arm«, sagt Häftling Z. »Das ist ein Witz.«

»Er lag im Koma.«

»Der General hat die ganze Zeit im Koma gelegen?«

»So in etwa.«

»Im Koma?«

»Mehr oder weniger, ich meine, er lebte noch. Seit 2006.«

»Und das haben Sie mir nicht gesagt?«

»Ich wollte Sie nicht beunruhigen.«

»Der einzige Mensch außerhalb dieses Gefängnisses, der weiß, dass ich hier bin, hat einen Schlaganfall. Der eine Mensch, der mein Schicksal in der Hand hält, meine Freiheit, hat einen Schlaganfall, und Sie sagen mir neun Jahre lang nichts davon?«

»Acht.«

»Was?«

»Acht Jahre.«

»Scheiße! Wie konnten Sie mir das verschweigen?«

»Meine Mutter und ich. Nun, mehr meine Mutter. Sie betet. Und sie hatte Hoffnung. Für ihn. Für Sie.«

»Was soll das heißen?«

»Ich sage, dass wir gehofft haben, wir beide, und ernsthaft, wenn Sie es genau betrachten, auch die Nation! Wir alle haben gemeinsam gehofft, dass der General eines Tages … dass er vielleicht einfach wieder aufwachen würde.«

2002 | Berlin

Joshua sitzt im Sonnenzimmer und sieht auf den See hinaus. Er wippt mit einem Bein und reibt sich den Schlaf aus den Augen.

Die Küchentür öffnet sich, und der Junge, der dem Koch hilft, kommt mit einem Tablett und zwei Tassen Kaffee herein. Eilig stellt er sie auf den Tisch und läuft wieder hinaus. Sander tritt bereits durch die Tür. Seine Seidenweste ist offen und, was noch schockierender ist, das frische Hemd darunter ist ebenfalls nicht zugeknöpft.

Joshua kann Sanders sonnenbraunen, haarigen Bauch sehen und wendet sich der Fensterwand zu, durch die jeder mit einem Feldstecher diesen Bruch der Etikette beobachten kann.

Sander folgt Joshuas Blick und scheint seine Bedenken zu verstehen, doch offenbar ist es ihm egal.

Er lässt sich in den Stuhl neben Joshua sinken und nimmt sich eine Tasse. Der Kaffee ist sehr heiß, und er sagt: »Scheiße«, und dann: »Scheiße, ist der heiß.«

Er bläst in die winzige Tasse, Joshua hört die Luft tief aus ihm herauskommen, und nippt wieder daran. »Hast du je gehört, dass sich einer an einem Espresso verbrannt hat, nachdem er bis zum Tisch getragen wurde? Himmel«, sagt Sander, »dieser Junge.« Und dann kneift er die Augen zusammen, als deckte er eine Verschwörung auf. »Kann man an diesen Maschinen die Hitze höher stellen? Kann man den Kaffee absichtlich heißer machen?«

»Ich glaube nicht«, sagt Joshua, der ihm nervös zuhört, denn er versteht nicht ganz, warum Sander, sein reservierter, stoischer und im Allgemeinen leiser deutscher Hausverwalter, plötzlich vom Englischen ins Hebräische gewechselt ist.

»Dann muss der kleine Scheißer damit hergerannt sein, um mich zu ärgern. Er ist der gefährlichste Kerl unter diesem Dach und dabei der Einzige, der niemandem Schaden zufügen sollte. Selbst dieser üble kleine Koch macht seinen Job ohne Zwischenfälle.«

»Ich verstehe nicht.« Joshua spricht betont Englisch.

Er tut sein Bestes, um wieder zu Atem zu kommen, was ihm seit dem Anruf noch nicht ganz wieder gelungen ist. Joshua sieht aus dem Fenster und verfolgt ein Rennruderboot, das nicht weit entfernt vorbeizieht. Er konzentriert sich darauf und versucht, die Ruhe all der Ruder, die in gleichmäßiger Anmut ins Wasser stechen, auf sich zu übertragen.

»Was verstehst du nicht?«, sagt Sander, der jetzt voll im Hebräischen ist. »Ist es das, wovon ich rede, oder sind es die Worte?«

»Bitte, Sander«, sagt Joshua und bettelt ihn praktisch an. Er weiß, der Junge, der den Kaffee gebracht hat, kann sie in der Küche hören. »Ich verstehe es wirklich nicht.«

»Ist das alles, was du in deinem verdammten Repertoire hast?«, sagt Sander, verzieht das Gesicht und macht Joshua in einem Ton nach, den der für unfair weinerlich hält. »›Was? Was ist los? Ich verstehe es nicht!‹«

Langsam ernsthaft in Panik geratend, rutscht auch

Joshua ins Hebräische und bittet Sander, sich zu beruhigen. »Was, wenn der Junge uns zuhört?«

Sander schüttelt den Kopf, als wäre neben Joshua noch jemand anders da, der seine Enttäuschung mitbekommt. »Das war der letzte Kaffee von dem Burschen. Er ist schon weg. Worüber du dir Sorgen machen solltest, ist, wie wir das Fiasko in den Griff kriegen, das du angerichtet hast. Was, wenn die Deutschen zugehört haben? Was, wenn die Amerikaner, die die Deutschen abhören, zugehört haben, wie die uns abgehört haben? Sie sind möglicherweise schon unterwegs hierher. Und das zieht noch nicht mal in Betracht, was passiert, wenn die Hamas sich entschließt, das hier auszufechten. Du hast uns mit deiner großen Schnauze böse reingeritten.«

Joshua drückt das Kinn in die Handfläche und dreht es zur Seite, bis sein Nacken laut hörbar knackt. »Was ist da unten passiert? Auf allen Kanälen ist von einem Massaker die Rede. Es gibt Bilder von Leuten, die tote Kinder über den Köpfen tragen.«

»Ja«, sagt Sander. »Offenbar hat sich unsere Zielperson in einem größeren Gebäude versteckt, das auf ein kleineres gekippt ist, in dem eine unbeteiligte Familie wohnte. Eine große Familie, folgt man den Berichten.«

Joshua wird blass. Er spürt ein Kribbeln in den Fingerspitzen, als könnte er das Bewusstsein verlieren. »Das heißt also, dass wir das waren? Wir haben alle Kinder in dem Haus getötet?«

»Nicht wir. Das größere Gebäude ist einfach komisch zusammengebrochen. Es war die Schwerkraft. Ihre unvorhergesehene Wirkung.«

Sander kratzt sich die behaarte Brust, und Joshua wird bewusst, was für ein kräftiger Mann er ist. Unter seinen Kleidern sieht man die Muskeln nicht so.

»Ein kleines Mädchen«, sagt Joshua. »Zwei Monate alt.«

»Was willst du von mir hören? Entweder trifft es zwanzig unserer Kinder, mit Absicht, oder zehn von ihren, aber aus Versehen. Niemand hat unsere Zielperson gezwungen, Killer auf uns zu hetzen. Niemand hat ihn gezwungen, Bomben zu bauen.«

»Wir haben gerade eine tonnenschwere Bombe in ein Elendsquartier geworfen. Wir haben mit einem verdammten Kampfjet innerhalb unserer eigenen Grenzen zugeschlagen. Es ist nicht mal ein feindlicher Staat.«

»Nein, nein, nein. Da liegst du falsch. Palästina ist kein souveräner Staat, wenn es um die Definition des Staats geht. Wenn es ums Kriegführen geht, ist es sehr wohl einer. Die Palästinenser, sie leben in einem Land, das dem Zweck dient, Krieg zu führen.«

»Weißt du, wie irrsinnig das klingt?«

»Und weißt du, wie viele Israelis in der letzten Woche getötet wurden? Im letzten Monat? Ich weiß es nämlich. Ich kenne die Zahlen genau. Wenn du dir wegen der unglücklichen Menschen Sorgen machst, die heute umgekommen sind, dann denk an die fünf Israelis, die letzte Woche in Tel Aviv getötet wurden, und die neun am Tag zuvor in Emmanuel, die sieben im Monat davor in Giv'at Shapira und die neunzehn, die kaum einen Tag vorher in Gilo in die Luft gesprengt wurden. Denk an die siebzehn noch eine Woche früher in dem Bus in Megiddo. Und das ist nur der Juni. All diese Angriffe wurden durch diesen einen Mann ermöglicht, und finanziert wurden sie, und wahrscheinlich auch mit geplant, von seinem Bruder, deinem Freund.«

»Er ist mein Freund. Er war es. Wir sollten ihn weiter benutzen. Wenn Farid solche Dinge planen kann, kann er sie auch abblasen.«

»Du bist fertig mit Farid, und wahrscheinlich auch mit dem Mossad. Wir werden sehen, was für Konsequenzen es hat, dass du in dem Gespräch deine Tarnung aufgegeben hast.«

»Aber er wusste es. Er ist dahintergekommen. Er sagte, dass ich es war, der Deal mit den Telefonen.«

»Er kann sagen, was er will, du musstest es nicht bestätigen. Ich kann dir nicht sagen, welche Auswirkungen dieser Fehler hat, jedenfalls reichen sie weit über unseren begrenzten Auftrag hinaus.«

»Ich bin das Problem? Ich habe es verdorben, mit diesem Anruf? Was ist mit dem, was wir da gerade angerichtet haben, du und ich? Was ist mit der ermordeten Familie?« Als begriffe er das, was er da gesagt hat, erst nachdem er es aus seinem eigenen Mund gehört hat, vergräbt Joshua das Gesicht in den Händen und stöhnt. Sander bleibt unbeeindruckt. »Ich dachte, ich verkaufe Computer«, sagt Joshua. »Ich dachte, ich eröffne uns einen Zugang, damit wir sie abhören können. Das wäre ein Traum gewesen.«

»*Du*? Nein, *du* verkaufst nichts, und du eröffnest auch nichts. Du bist einfach nur ein Idiot, der ein einfaches Gespräch versaut hat. Es war Joshua. Joshua hat die Computer verkauft. Er war es, der den Job erledigt hat.«

»Und?«, sagt Joshua.

»Joshua ist für dich abgehakt.«

Joshua traut sich nicht zu sagen, dass er das nicht versteht. Es umschreibend, behilft er sich mit: »Ich versuche, dir zu folgen«, was Sander genauso in Wut bringt.

Er packt die Lehnen von Joshuas Stuhl und dreht ihn vom Tisch weg, heftig, die Stuhlbeine kreischen über den Boden.

Sander lässt die Lehnen nicht los, selbst als sich die beiden gegenübersitzen, Knie an Knie.

»Hör genau zu«, sagt er und beugt sich vor, als wollte er so seinem Verständnis nachhelfen. »Für dich ist Joshua vergessen. Der Gaza-Deal ist vergessen. Berlin ist vergessen. Und je nachdem, was die nächsten Stunden bringen, ist der Mossad vielleicht für uns beide vergessen.«

»Einfach so. Wegen eines einzigen Ausrutschers?«

»Ja. Wegen eines Ausrutschers, der einen Vertragsbruch zugibt, eine illegale Unternehmung auf ausländischem Territorium und womöglich auch die Verletzung der Genfer Konventionen. Und jetzt läufst du nach oben und holst mir Joshuas Pass, seine internationale Lizenz und seine Visitenkarten. Hol mir alles, worauf sein Name steht. Du willst deinen Zug nicht verpassen.« Bevor Joshua fragen kann, sagt Sander: »Wir haben dich auf den 7:46er vom Hauptbahnhof gebucht. In Hannover steigst du um, dann in Karlsruhe, und wenn alles glattläuft und du Glück hast, bist du heute Abend wieder in Paris, als wäre nichts gewesen. Morgen früh bist du an deiner alten Front, verkaufst Druckerpapier und Mousepads an Iraner, und die Menschen in Tel Aviv werden wieder ruhig schlafen können.«

»War es das wert – wegen eines einzigen Mannes die gesamte Operation platzen zu lassen? Wir hätten weitermachen können. Sie hätten alles gekauft. Drucker, Scanner, Laptops, Kopierer. Wir hätten uns da komplett einklinken können. Vollständiger Zugang zu sämtlicher Kommunikation«, sagt Joshua. »Ich hatte gerade mal den ersten Teil des Handels abgeschlossen!«

»Das Thema liegt hinter uns«, sagt Sander ungeduldig. »Heute Morgen ist bereits jemand anders Joshua. Jemand, der besser, klüger und weit gefährlicher ist als du. Ich bin sicher, er würde es gern selbst alles erklären, aber unglücklicherweise musste er schnell weg. Auf Joshua warten dringende Geschäfte in Shanghai.« Sander sah auf seine Uhr. »Mittlerweile ist er an Bord seines Flugzeugs in Tegel und erzählt seinem Sitznachbarn genauestens, was Joshua so alles macht.«

»Und du?«

»Welches Ich?«, sagt Sander.

»Egal.«

»Ich bin noch etwa eine Stunde lang der streitlustige, herrschsüchtige, Hebräisch sprechende Sander, und es tut mir leid, dass du nicht mehr hier sein wirst, um meine Verwandlung mitzuerleben und zu sehen, was für einen Typ ich als Nächstes geben werde.«

»Farid?«

»Mach dir keine Gedanken. Er ist längst das Problem eines anderen. Und lass dich von dem Mann, den du da kennengelernt hast, nicht täuschen. Er ist genauso schlimm wie sein Bruder. Der Unterschied ist nur, dass er im Anzug kämpft.«

Er denkt, er fängt an zu verstehen, was Sander, der nur noch für eine Stunde Sander ist, ihm erklärt. Er begreift, dass Farid der Feind ist. Er begreift, dass Joshua bereits den Sitzgurt angelegt hat und gerade mit einem Flugzeug abhebt.

Grübelnd begreift er auch, dass er im Schlaf an etwas Gewalttätigem, Schrecklichem, ja Tödlichem teilgenommen hat. Und mit einem kleinen verbalen Ausrutscher wieder er selbst geworden ist.

»Du solltest dich gut fühlen«, sagt Sander. »Der General tut es auch. Er hat bereits eine Pressemitteilung herausgegeben. Du hast einen Fehler gemacht, aber du bist auch ein Held. Es war eine sehr, sehr wertvolle Mission, was die Ausschaltung der Zielperson angeht. Das heißt, wenn dein Abgang hier glattgeht, liegst du heute Nacht in deinem warmen Pariser Bett, und morgen hockst du auf deinen Hämorrhoiden, machst lästige Anrufe und rettest die Juden.«

»Wie komme ich zurück? Nach dieser Sache? Was wir da gerade gemacht haben, war nicht das, wofür ich mich gemeldet habe.«

»Wenn du auch nur einen Moment darüber nachdenkst, war es auf seine Art *genau* das. Für nichts anderes hast du dich gemeldet.«

»Ich wollte Gewalt verhindern. Technologische Fortschritte, die zum Krieg führen, stören. Informationen sammeln, harmlose Informationen, indem ich unseren Gegnern die entsprechenden Maschinen verkaufe. Ich bin beigetreten, um Erkenntnisse über unsere Feinde zu sammeln.«

»Und was zum Teufel denkst du, machen wir mit den Erkenntnissen, die du sammelst?«

Sander greift hinter sich und holt einen einmal längs geknickten braunen Briefumschlag hervor. »Hier sind deine Tickets und ein neuer Pass von der Botschaft, noch warm wie frischer Toast.«

Z akzeptiert den Umschlag. Z akzeptiert, was er gerade gehört hat. Er öffnet den Pass, um zu sehen, wer er bei seiner Rückkehr nach Paris sein wird. Er blättert durch die Visa und die Einreise- und Ausreisestempel.

Währenddessen steht Sander auf, geht hinüber zur Wand und drückt einen großen metallenen Schalter. Mit dem knirschenden Summen einer alten Maschinerie fahren langsam die Rollläden vor Zs wunderbarem Ausblick nach unten.

»Das war's?«, sagt Z. »Wir sind fertig?«

»Wir waren in dem Moment fertig, als die Bombe das Gebäude traf. Aber deine Indiskretion setzt unseren Aufbruch leider ein bisschen unter Druck.« Sander starrt auf den See hinaus, und als ihm der Rollladen schließlich den

Blick versperrt, seufzt er tief. »In unserem Geschäft können wir uns vorbereiten, so viel wir wollen, wir arbeiten nun mal auf keinem sterilen Feld. Wir müssen jederzeit auf Änderungen gefasst sein. Geh jetzt nach oben, und pack deine Sachen. Ich mache dir unterdessen ein Erdnussbutter-Sandwich und schneide dir eine Gurke für den Zug.«

»Du machst mir ein Lunchpaket?«

»Das ist Plan A. Wenn du dich mit deiner Tasche und den Dingen, nach denen ich dich gefragt habe, beeilst. Wenn nicht, wechsle ich zu Plan B. Statt eines Sandwichs kriegst du was über den Schädel, und ich ziehe dich in die Küche, wo ich dich in Stücke schneide und in den großen Fleischwolf gebe. Den Rest des Morgens verbringe ich dann damit, den Nachbarn zuzuwinken, während ich dich Eimer um Eimer im Garten verteile und in den See kippe, wo sich all die glücklichen kleinen Fische an dir gütlich tun.«

2014 | Ein geheimes Gefängnis in der Wüste Negev

»Nehmen Sie es«, ruft der Wärter aus dem Korridor zu ihm herein. »Es sind null Komma fünfundzwanzig Milligramm. In Freiheit dürften Sie damit noch einen Bagger fahren. Es beruhigt Sie nur etwas.«

So wie es aussieht, ist Häftling Z im Moment nicht daran interessiert, beruhigt zu werden. Er steht auf seinem Bett und schreit den Wärter durch das Guckloch in seiner Zellentür an.

Häftling Z hat einen angesichts der Neuigkeiten sehr verständlichen Zusammenbruch.

Der Wärter hat bereits damit gerechnet und eine Wohlfühlpille mitgebracht, die er mal mit der einen, mal mit der anderen Hand durch die Klappe streckt. In der offenen Hand hält er sie und versucht, Häftling Z zu Sinnen zu bringen.

»Schwesterficker! Hurensohn!«, schreit Häftling Z. »Wenn du nicht aufpasst, Wärter, spalte ich dir den Schädel wie einen Sonnenblumenkern! Komm rein, dann zeig ich dir, *womit der Fisch pisst*!«

»Das ist ein Klassiker!«, sagt der Wärter bewundernd, respektiert aber auch die Schwere der Situation. »Atmen

Sie tief durch«, sagt er ernst zu Häftling Z. »Sie müssen Ihr Herz beruhigen.«

Häftling Z scheint die Aufforderung zu überdenken. Er atmet tief ein und aus und steigt schließlich von seinem Bett.

In den Augen des Wärters macht er einen widerspenstigen Eindruck, aber Häftling Z nähert sich der Klappe, öffnet den Mund und streckt die Zunge heraus.

Endlich nimmt Häftling Z die Kapsel, die der Wärter ihm hinhält. Anschließend tut er einen Schritt zurück, und der Wärter kann das gelatinierte Ding auf seiner Zunge liegen sehen, und dann, einfach so, schluckt er es herunter.

2002 | Karlsruhe

Z ruft von einem Münzfernsprecher im Bahnhof Karlsruhe an, während er auf seinen Anschlusszug wartet. Er kann es kaum glauben, dass Farid antwortet, und sagt: »Ich dachte, du wärst schon abgetaucht.«

»Und verpasse damit die Möglichkeit, mit dir und wem sonst noch in der Leitung zu reden?«, sagt Farid.

»Heute Morgen bin nur ich es. Die anderen sind damit beschäftigt, Fingerabdrücke wegzuwischen und Zelte abzubrechen. Wir sollten wahrscheinlich schnell reden. Ich kann nicht versprechen, dass sie nicht bald schon wieder zuhören.«

»Lass mich raten. Das ist jetzt der Anruf, mit dem du mich umzudrehen versuchst. An dem Tag, an dem du meinen Bruder getötet hast. Steht das so in deinem Trainingshandbuch?«

»Nein. Ich will dich nicht anwerben. Wenn überhaupt, rufe ich an, um mich selbst umzudrehen.«

Ein leises Lachen kommt von Farid, das sich kaum von seinem Weinen während ihres Gesprächs um vier Uhr morgens unterscheidet.

»Ich meine es ernst«, sagt Z. »Ich biete dir einen zweiten Handel an.«

»Mit einem Mann, dem ich trauen kann?«

»Ich will helfen, einen Ausgleich zu schaffen.«

»Wie willst du das tun, Joshua? Weil ich da schon meine eigenen Pläne habe.«

»Ich kann euch Dinge verschaffen, Farid. Nützliche Dinge. Ich habe Zugang zu vielem.«

»Du willst deiner Seite schaden, weil du dich schuldig fühlst?«

»Ich werde meine Seite schützen, indem ich ein Ungleichgewicht beseitige, das nicht erhalten bleiben darf und sollte.«

»Was ist meine Rolle dabei?«

»Deine Rolle ist keine. Ich verschaffe dir, was du brauchst, um deine Leute zu schützen. Alles, was ich will, ist, dass du nichts unternimmst. Beende den Kreislauf. So beschütze ich meine Seite.«

Farid braucht einen Moment. Z hört, wie ein Zug den Bahnhof verlässt.

»Ruf mich hinterher an«, sagt Farid dann. »Lass uns erst diese Runde beenden.«

»Bitte«, sagt Z. »Tu es nicht. Was immer es ist, sieh dir erst an, was ich für euch habe. Wie weit ich mich aus dem Fenster lehne. Gib mir ein paar Tage. So lange kannst du warten.«

»Danach«, sagt Farid. »Rede danach mit mir. Wenn du unsere Kinder ermordest, musst du bereit sein, den gleichen Kelch zu leeren.«

2002 | Paris

Z erzählt ihr von den schönen, reinen Jahren in Jerusalem, den Jahren des Friedensprozesses. Er erzählt der Kellnerin, wie wunderbar es sich anfühlte, dort zu leben, obwohl der Terror so viele Tage überschattete. Er lässt sie an seinen Erinnerungen teilhaben, wie es war, frisch eingewandert zu sein, und was es bedeutete, sich ohne Geld allein durchzuschlagen, und doch immer wie berauscht von der uralten Stadt.

Er hatte so viel zu tun, wollte fließend Hebräisch sprechen, studieren und sich bilden und schlug dabei einen Weg ein, der ihn schnell auf einen geheimen anderen brachte.

Während er sein Hebräisch verbesserte und für das Studium büffelte, fuhr er täglich mit dem Bus auf den Berg, selbst wenn der Unterricht unten in Givat Ram abgehalten wurde.

An der letzten Haltestelle stieg er aus und passierte die Sicherheitskontrolle, wo ihn einer der alten Männer (sie waren immer alt) filzte. Dabei drückten sie jedes Mal unten gegen seine Büchertasche, als wollten sie prüfen, ob sie reif war.

Z setzte sich in den vierten Stock der Bibliothek und

fühlte sich eingebettet in eine Vision Israels, wie sie leuchtender nicht sein konnte. Das versuchte er der Kellnerin gegenüber zum Ausdruck zu bringen – dass der Skopusberg für ihn verkörperte, was er sich für Israel erträumte.

Eng zusammen an den Tischen saßen religiöse wie weltliche Studenten, Araber und Juden, Reiche und Arme, Weiße, Braune und (manchmal) Schwarze. Die Zusammensetzung der Gruppen hing von den Themen und Kursen ab. Und das Hauptinteresse der Studenten galt, wie an allen Universitäten wo auch immer in der Welt, den beiden Säulen Lernen und Beischlaf.

Der Campus, das bedeutete Sex und Studium, eine Zuflucht vor der allgegenwärtigen Politik und dem Hass, der den Staat ohne Unterlass erschütterte. Es war, als würde der ganze Lärm dort weggefiltert, übrig blieb nichts als reine Hoffnung. Sie saßen da oben auf dem Berg und warteten darauf, dass die unvermeidliche Harmonie einsetzte, ein versprochener Wandel, der Z ursprünglich aus Amerika hergeholt hatte. Er war nach Israel gezogen, um seinen Beitrag zum Zeitalter des Glücks zu leisten, hatte seine Alija, seine Einbürgerung, in aller Eile vorangetrieben und war noch während seines Abschlusses an die Hebräische Universität gewechselt. Er hatte Angst, wenn er zu lange in Amerika blieb, würde er es verpassen.

Er hatte Angst, der Frieden könnte ohne ihn beginnen.

Z gibt auf die Frage der Kellnerin zu, dass es natürlich auch die jungen Politiker in der Studentenvertretung gab, die jungen Idioten und Verrückten auf dem Campus, die eines Tages ihre eigenen professionellen Idiotien und Verrücktheiten aufblühen sehen würden. Aber die allumfassende, alles beherrschende Menschlichkeit und der glückliche Idealismus der Uni übertönten alles andere.

Nichts demonstrierte die einzigartige Normalität dieser

Oase besser als die inoffizielle Möglichkeit, seine Tasche für ein paar Augenblicke auf dem Tisch liegen zu lassen und wegzugehen.

Tatsächlich wollte Z außerhalb der Universität im ganzen Land kein Ort einfallen, wo eine unbeaufsichtigte Tasche nicht sofort den Ersten, der sie sah, zu einem Aufschrei veranlasste, wo nicht unverzüglich ein Bombenentschärfungskommando gerufen und alles weiträumig abgesperrt wurde. So oft und immer wieder kam das vor, dass jemand, wenn er zu spät zum Essen oder einer Verabredung kam, nur »ein verdächtiges Objekt« sagen musste – jedermanns ständige und auf ewig wiederwendbare Entschuldigung. Z erinnert sich noch an das Gesicht eines Geschäftsmannes, der angerannt kam, um seine vergessene Aktentasche zu holen, und gerade noch sah, wie sie von den Pionieren in die Luft gesprengt wurde, all seine Papiere hoch aufwirbelten und auf dem Bürgersteig landeten.

Auf dem Campus erwartete niemand, dass du deine Bücher zusammenpacktest und von deinem Arbeitsplatz mitnahmst, bloß weil du dir einen Kaffee holen, eine Zigarette rauchen oder schnell aufs Klo wolltest.

Wenn Z Hunger hatte, und in jenen Tagen schlummerte in seinem etwas jüngeren Körper ein ständiger Heißhunger, lief er durch das absurd unübersichtliche Gebäude hinaus über die nach der Spenderin benannte Nancy Reagan Plaza in die Frank Sinatra Cafeteria, wo es das seiner Meinung nach beste Schnitzel der Stadt gab.

Tag für Tag, endlose Wochen lang, aß er das Gleiche: ein kolossales, staatlich subventioniertes Schnitzel mit Reis und Soße. Ein Essen, das ihm vom unterschiedlichsten Küchenpersonal serviert wurde, von Israelis aus West-Jerusalem und Palästinensern aus dem Nachbardorf. Er mochte sie alle. Es war die Art Zuneigung, die aus Anhänglichkeit und Gewohnheit entstand, und dem fördernden Element des Versorgtwerdens.

Auf die mit einem spöttischen Lachen gestellte Frage der Kellnerin gibt Z zu, ja, er verliebt sich leicht in Menschen, die ihm zu essen geben, und wenn er etwas findet, das er mag, isst er es jeden Tag.

Und er gibt auch zu, dass er ihr diese Geschichte so erzählt, weil ihm daran liegt, dass sie begreift, wie wichtig und besonders dieser Ort für ihn war, wie einzigartig in seinem Charakter. Sie soll verstehen, wie ungeheuer schlimm es war, ihn in die Luft gesprengt zu wissen.

»Verstehst du? Sie müssen mehr gekannt haben als nur die Anlage des Campus. Sie müssen seinen Geist verstanden haben, um das so zu planen. Der Killer ging an diesen immer lebendigen, wahrhaft bunten und einladenden Ort und stellte seine Tasche unter die jungen Leute. Er deponierte seine Bombe unter all den Menschen mit einer glänzenden Zukunft und ging davon. In dieser schrecklichen Zeit der Selbstmordattentäter brauchte es dazu nicht einmal einen Selbstmord. Für diese Bombe genügte der gute Wille der Betroffenen.«

»Du wusstest, dass Farid dahintersteckte?«

»Sofort. Noch bevor sich einer dazu bekannte. Noch bevor der letzte Tote gezählt war. Ich wusste, wer es gewesen war und warum er es getan hatte, als Antwort auf das, was … kaum eine Woche war vergangen. Und ich wusste auch, dass der Mossad Farid dafür ins Fadenkreuz nehmen und die Antwort zehnmal härter ausfallen würde, und zehnmal so gründlich. Es war nicht mehr der Bruder. Jetzt war er das Ziel. Jetzt war es Farid.«

»Ist das in gewisser Weise nicht gut? Angesichts der Umstände?«

»Nicht, wenn man ihn ganz anders eingeschätzt hat. Nicht, wenn man ihm in dem Versuch, das Ergebnis für beide Völker zu ändern, bedeutende Staatsgeheimnisse geschickt hat. Und selbst wenn man das ausdrücklich nur getan hat, um die Cafeteria zu schützen. Ich meine, wie lange würde es nach diesem Attentat dauern, bis sie die Sachen fanden, die ich ihm geschickt hatte? Wie lange, bis sie hinter mir her waren?«

»Was hast du also gemacht?«

»Ich habe meine Mutter aktiviert.«

»Deine Mutter?«

»Was sonst tut ein jüdischer Junge, wenn Ärger bevorsteht?«

2014 | Ein geheimes Gefängnis in der Wüste Negev

Häftling Z liegt zusammengerollt auf dem Bett seiner Zelle und wartet darauf, dass die Pille wirkt. Er weiß, er muss erst noch die nächste schreckliche Panikattacke durchstehen, bevor er Erleichterung findet. Er sieht hinauf zur Kamera über der Tür, hebt einen Arm und zeigt dem Wärter den Mittelfinger, richtet ihn auf die nächste Kamera und die nächste. Als er damit fertig ist, kehrt er zu seiner früheren Unterhaltung zurück und gräbt die Nägel in seinen Handteller.

Häftling Z schließt die Augen und lässt eine Kaskade angstgetriebener Gedanken los, an denen er endlich zu zerbrechen fürchtet. Er versucht sich an einer positiven Visualisierung, hofft, dass die Medizin ihre Wirkung tut.

Er stellt sich die Rezeptoren seines Gehirns vor, die einen Fluss Moleküle durchsieben und herauspflücken, was sie brauchen. Er müht sich, sein ganzes Ich daran zu beteiligen.

Aufs Bett gestreckt, wäscht Häftling Z geduldig, geduldig Gold aus dem Strom.

Der Wärter kommt herein, als Häftling Z wie ein Toter daliegt, stellt zwei feucht beschlagene Dosen Cola auf den

Boden neben dem Bett und schüttet zwei Portionen Pommes frites aus ihren fettigen Tüten auf ein Gefängnistablett.

»Ich habe auch Ketchup mitgebracht«, sagt er.

Er hält seinem empfindungslos daliegenden Häftling die Plastikflasche hin, dreht sie dann selber auf den Kopf und drückt eine blutige Pfütze neben die Pommes frites.

Häftling Z starrt unverwandt an die Decke, ein Arm hängt schlaff von der Matratze, die Knöchel auf dem Boden.

»Ich bin das ganze Stück zum Steakiya gefahren«, sagt der Wärter. »Da Sie nicht ansprechbar waren, hatte ich keine Angst, den Laden hier allein zu lassen.«

Als Antwort keine Antwort. Häftling Z rührt sich nicht.

»Ich weiß, Sie leben«, sagt der Wärter. »Es ist selbst noch auf den Monitoren zu erkennen. Ein Zombie-Ich sieht anders aus als ein totes Ich. Oder wenigstens denke ich das, nachdem ich noch nicht das Vergnügen hatte, die Realität kennenzulernen.«

Darauf nun gewährt der Häftling eine Antwort.

»Sie, Sir, haben mich derart unter Drogen gesetzt.«

»Normalerweise gebe ich Ihnen Null-Komma-Fünfundzwanziger, aber diesmal habe ich den Arzt ganz traurig angesehen, und er hat mir was für große Jungs verschrieben. Die Pille war etwa zwölfmal so stark wie sonst.« Der Wärter betrachtet Z, und da er es gut mit ihm meint, gibt er zu: »Nach den Bildern auf den Monitoren dachte ich fast schon, ich hätte Sie verloren, doch dann haben Sie die Sache mit Ihrem Mund gemacht, die Sie immer machen.«

»Ich mache nichts mit dem Mund.«

»Doch, das tun Sie. Jedes Mal, wenn ich Sie sediere,

fangen Sie, sobald die Wirkung einsetzt, das mit dem trockenen Mund an.«

Der Wärter ist ziemlich stolz auf sein Wissen. Er will Häftling Z klarmachen, dass er, Z, nicht der Einzige ist, der Leute zu lesen weiß. Auch der Wärter kann beobachten und sich Dinge merken.

Der Wärter taucht eine Fritte in den Ketchup und hält sie über Häftling Zs Gesicht. Häftling Z legt den Kopf zurück, öffnet den Mund. Bevor der Wärter reagieren kann, wartet Häftling Z mit geöffnetem Mund auf die nächste. Die dritte Fritte nimmt er sich selbst und hievt sich dazu in eine Sitzposition.

»War das jetzt so schwer?«, sagt der Wärter und fischt das Backgammonbrett aus seinem Rucksack. »Und warum trinken Sie Ihre Cola nicht, bevor sie warm wird? Wir könnten ein paar Partien spielen. Sie können Ihre Siegesserie fortsetzen.«

»Es ist egal, oder, wenn das Spiel doch nie aufhört?«

»Das können Sie nicht sagen«, antwortet der Wärter munter. »Sie können nicht wissen, was die Zukunft bringt. Vielleicht werden Sie morgen schon gerettet. Vielleicht erobern uns die Palästinenser endlich und machen Sie zu ihrem Botschafter in Frankreich. Warum würfeln wir bis dahin nicht etwas und schieben ein paar Steine hin und her?«

»Ich werde Ihnen das nie vergeben«, sagt Z.

»›Nie‹ ist eine lange Zeit.«

»Haben Sie meine Briefe überhaupt weitergegeben? All die Jahre, und ich bettele einen toten Mann an. Und Sie lassen mich schreiben.«

»Jeden einzelnen habe ich wie versprochen meiner Mutter gegeben. Und er war auch nicht tot. Er lag nicht mal richtig im Koma. Sie nannten es einen Dämmerzustand, das ist etwas anderes. Sie denken, dass er alles gehört hat. Meine Mutter hat ihm jeden einzelnen Brief vorgelesen.«

»Sie wollen mir also sagen, dass Sie ein Mann sind, der Wort hält?«

»Bin ich das nicht? Ich meine, wo liegt der Unterschied? Die Antwort des Generals, ob gesund oder krank, lebend oder tot, war für Sie in gewisser Weise die gleiche. Er hat Sie hergebracht, damit Sie hierbleiben.«

»Es ist nicht das Gleiche. Es ist etwas ganz und gar anderes. Sie hätten es mir sagen sollen, damit ich meine Strategie umstellen kann.«

Der Wärter schüttelt den Kopf. Es ist so traurig.

»Was hätten Sie denn von hier aus tun können?«

»Ich hätte mehr Druck auf Sie ausüben können, damit Sie mir eine Existenz erlauben.«

»Sie wissen, dass ich das nicht kann.«

»Und Sie wissen, dass das nicht stimmt. Sie könnten die Leute aufmerksam machen. Wenn nicht innen aus dem System heraus, so hätten Sie sich an die Presse wenden können. Das können Sie immer noch.«

»Wenn ich das tue, zensieren sie die Geschichte entweder oder bezeichnen mich als einen Verschwörungstheoretiker, einen Verrückten, einen Säufer. Entweder demütigen sie mich da draußen oder werfen mich mit hier herein. Dann sind wir Zellengenossen.« Der Wärter sieht sich in dem Raum um, der nicht mehr als ein Verlies ist. »Nun, nicht mit hier herein, aber vielleicht in eine richtige Zelle in einem richtigen Gefängnis. Sie würden mir ein paar Jahre geben, um über mein großes Mundwerk nachzudenken.«

»Was sind ein paar Jahre im Vergleich zu dem Versuch, ein lebenslänglich aufzuheben, das nie jemand gefällt hat?«

»Okay«, sagt der Wärter.

»Okay was?«

»Ich werde darüber nachdenken.«

»Das werden Sie?«

»Ja. Und vielleicht können Sie mir einen Rat geben, wie ich dabei am besten verfahre. Ich weiß es nicht mehr. Wie hat es sich für Sie ausgezahlt, einen idiotischen moralischen Standpunkt einzunehmen?«

2002 | Paris

Z sitzt im Büro seines Chefs, gegenüber vom leeren Stuhl seines Chefs, der hinter ihm steht, einen Plastikstab dreht und die Lamellen der Jalousie vor der Glaswand schließt, was alle auf der Etage auf ein weiteres geheimes Gespräch aufmerksam macht.

Falls es ein dümmeres und offensichtlicheres Verhalten als das seines Chefs gäbe, um ein diskretes Gespräch mit ihm zu führen, würde Z gerne wissen, welches.

Der Mann arbeitet für die Pariser Nebenstelle ihres globalen IT-Konzerns und ist gleichzeitig der Führer seines anderen Jobs mit seinen wechselnden Zielen und zwielichtigen Seiten. Sie betreiben ihre verdeckten Operationen aus der Firma heraus, was durch eine wohlwollende zionistische Seele in den oberen Rängen erleichtert wird.

Als sein Chef sich setzt, entschuldigt sich Z für die Dringlichkeit seines Gesprächswunsches und den persönlichen Charakter der E-Mail, die er am Abend zuvor geschickt hat. Aber er habe ihn sofort informieren wollen, kaum, dass er selbst davon erfahren habe, und, nun, wie es aussehe, brauche er eine ungeplante Freistellung.

Z will in die Staaten fliegen, um seiner Mutter beim Sterben zu helfen, oder, Sie wissen schon, dass sie eben nicht stirbt, sagt er. Das heißt, er hoffe doch sehr, dass sie nicht stirbt, nehme aber gleichzeitig an, dass es wahrscheinlich bald so weit sein wird.

»Sie ist voll damit«, ist der Ausdruck, den Z schließlich gebraucht.

»Das tut mir sehr, sehr leid«, sagt sein Chef mit vorgeblicher Anteilnahme.

»Es ist wichtig für mich … für sie … dass ich komme.«

»Natürlich.«

»Ich sollte Ihnen sagen, dass ich bereits ein Ticket gekauft habe, heute Morgen.«

»Ja«, sagt sein Chef. »Ich weiß.«

»Sie wissen das?«

»Wir wissen es. Er tauchte auf. Der Ticketkauf.«

»Ja«, sagt Z. »Das hatte ich mir schon gedacht«, sagt Z, was ganz und gar nicht der Fall war.

Den Vorwand selbst, den Krebs seiner Mutter und dass er so plötzlich und so schnell nach Hause musste, um ihr beizustehen, hatte er vor Jahren schon gekonnt, wie er dachte, vorbereitet. Für den Notfall. Allerdings hatte er nicht angenommen, dass er, sollte er je gezwungen sein, darauf zurückzugreifen, sich aus einer Situation befreien musste, in der es um einen von ihm gut gemeinten Verrat ging.

Bei einer seiner frühen Heimreisen nach Amerika, wo er offiziell und absurderweise seinen Namen ändern lassen sollte (was eine einfache Möglichkeit war, seine Auslandsexistenz neu zu starten), hatte er, müde vom Jetlag, einen Vormittag vor Gericht mitten unter lauter Irren warten müssen, die sich für ein Blütenblatt oder eine Mohnblume hielten, für einen Sunshine Daydream oder einen Batman-James.

Erfolgreich, aber völlig erschöpft, war er schließlich nach Hause gefahren, wo seine liebe Mutter in der Küche wartete und wissen wollte, wie seine Besprechung gewesen war.

Sie dachte, er wäre geschäftlich unterwegs (was auf eine Weise ja auch stimmte), und er sagte, vielen Dank, alles sei gut verlaufen.

Er nahm seine Krawatte ab, gab ihr einen Kuss auf den Kopf und ging ins Wohnzimmer. Als er dann auf der Couchgarnitur saß, die Fernbedienung in der Hand, erklärte er ihr so beiläufig wie nur möglich durch die Tür, dass er ihr eine wichtige Aufgabe, sehr wichtig sei sie für seine Arbeit, im Zusammenhang mit E-Mail und Computer übertragen wolle.

So verblüfft war seine Mutter, dass sie kurzzeitig vergaß, ihm das Obst anzubieten, das er nie nahm, mit dem sie ihn aber fortwährend traktierte. Mit einer schönen Schüssel Nektarinen stellte sie sich vor den Fernseher und versuchte ebenfalls, beiläufig zu klingen.

Von ihrem Sohn, dem genialen Computerexperten, mit einem derartig verantwortungsvollen Auftrag betraut zu werden, war ein Höhepunkt ihres Cyber-Lebens.

»Wie kann ich helfen?«, sagte sie, als wäre es absolut nichts Besonderes.

Z lobte ihre Fertigkeit, die Wettervorhersage auf www.weather.com abzurufen und digitale Bilder auszudrucken, die man ihr schickte. Er ließ sie wissen, dass er volles Vertrauen zu ihr habe, und sagte, das, worum er sie bitte, sei wirklich einfach. Einfach, aber wichtig.

Er habe einen neuen E-Mail-Account, sagte er, und er habe ihre Adresse als Standardadresse angegeben. Sie dürfe ihm aber nie über diese Adresse schreiben, und auch niemandem sagen, dass es sie überhaupt gab. Aber falls sie je eine Benachrichtigung in Bezug auf den Account bekomme, solle sie es ihn wissen lassen. Mehr nicht.

Es war eine Aufgabe, deren bloße Beschreibung sie schon nervös machte.

»Das schaffst du«, sagte er zu seiner Mutter. »Du bist ein Profi.«

Er sagte, und es klang fast wie ein nachträglicher Gedanke, dass sie keine Zeit damit verlieren solle, die Nummer anzurufen, unter der sie ihre wöchentlichen Gespräche führten, sondern dass es für diesen Fall eine besondere Notfallnummer gebe. Eine Nummer, die sie wie die E-Mail-Adresse sonst niemals benutzen dürfe.

»Wie soll ich dich dann anrufen, wenn ich sie nicht benutzen darf?«

»Nur«, sagte er, »in diesem speziellen Fall.«

Und er komplizierte es noch weiter. »Ich weiß, es klingt idiotisch«, sagte er, »aber du musst den Anruf, wenn er denn nötig wird, von einem anderen Anschluss machen, nicht von deinem hier.«

Da sie die Chance, ihm eine Hilfe zu sein, nicht vergeben wollte, stimmte sie ihm bereitwillig zu.

Und tatsächlich: Als er von der Bombe in der Universität hörte, verließ er sein Büro, kehrte zu seiner Wohnung in der Rue Domat zurück und klopfte bei den Nachbarn, um ihnen zu sagen, dass seine Internetverbindung zusammengebrochen sei.

Wenn es vielleicht möglich sei, falls es nicht zu große Umstände mache, sagte er in seinem schrecklichen Französisch.

Sekunden später loggte er sich in den jungfräulichen Account ein, änderte sein Passwort und loggte sich wieder aus. Keine E-Mail versandt, kein Kontakt aufgenommen, alles so sauber, wie es nur sein kann.

Er ging zurück in seine Wohnung, holte die nie benutzte SIM-Karte, die er immer mit ausreichend Guthaben versorgt hielt, aus einem seiner Verstecke und steckte sie in sein Ersatzhandy, das für diesen Zweck immer aufgeladen war.

Er ging in den hübschen Garten des Hauses und wartete auf das Klingeln.

Seine Mutter, Gott segne sie, es dauerte keine halbe Stunde, bis er sie in der Leitung hatte, und zwar, wie instruiert, ohne dass sie zunächst seine normale Nummer anrief.

»Alles in Ordnung, Schatz?«

»Mir geht's gut«, sagte er.

»Jemand hat dein Passwort geändert. Wusstest du das? Sie haben mir geschrieben, die Internetleute, um mir zu sagen, dass jemand das Passwort geändert hat.«

»Ist schon okay, Mom. Ich habe es geändert.«

»Fast hätte ich ihn heute Morgen nicht angemacht. Ich tu's jeden Morgen, aber heute gibt es viel zu tun. Ich wollte schon loslaufen, und jetzt bin ich froh, dass ich doch erst nachgesehen habe. Soll ich die Mail an dich weiterleiten?«

»Nein, Mutter. Schick sie nicht. Ich bin auch froh, dass du nachgesehen hast, und danke, dass du daran gedacht hast, als Erstes diese Nummer anzurufen.«

»Ich habe sie in meinem Adressbuch, innen auf dem Einband. ›Besondere Nummer anrufen.‹ Zuerst hab ich's bei den Erlbaums versucht, aber die waren nicht zu Hause, deshalb rufe ich vom Gemeindezentrum an. Sie haben mich ins Büro des Leiters gesetzt. Ich habe gesagt, sie sollen mir das Ferngespräch in Rechnung stellen, aber ich wette, sie tun's nicht. Die mögen mich hier.«

»Perfekt.«

»Geht es dir gut? Ist es heiß in Paris? Da wird es im Sommer oft unerträglich.«

»Heute ist es kühl.«

»Gut. Ich sorge mich wegen der Hitze. Die Leute sterben da drüben im Sommer.«

»Alte Leute, Mom.«

»Wie ich!«

»Ja, ihre Kinder sind keine guten jüdischen Kinder. Sie fahren in ihre Sommerhäuser, und die Omas müssen kochen.«

»Das ist ja schrecklich.«

»Das ist es, Mutter. Und wo wir schon davon reden …«

»Von kochenden Omas?«

»In gewisser Weise, ja. Du musst mich unter meiner normalen Nummer anrufen und mir sagen, dass du stirbst.«

»Was?«, sagte seine Mutter.

»Du musst einen Termin mit deinem Arzt machen, heute noch. Geh zu ihm und lass dich von ihm zur Mammografie schicken. Dann rufst du mich an, auch wenn es mitten in der Nacht ist. Du musst mich wecken und mir sagen, dass du Krebs hast.«

»Moment, habe ich Krebs? Ja? Oh, mein Gott! Wie kannst du das wissen?«

»Ich weiß es nicht, Mutter.« Als er ihre Panik hörte, sagte er nachdrücklich: »Du hast keinen Krebs!«

»Aber woher weißt du das? Warum sagst du es überhaupt, wenn ich nicht mal krank bin?«

»Du tust es für mich. Ruf mich an und sage, du hast Krebs. Und es muss schlimm sein. Sage mir, der Arzt will dich sofort ins Sloan Kettering schicken.«

»Was ist passiert?«, sagte sie, und ihre Stimme zitterte und erfüllte Z mit fürchterlichen Schuldgefühlen. »Was sagst du da? Habe ich Krebs?«

»Mutter, nein. Hast du nicht. Aber du musst mich anrufen und es mir sagen.«

Seine Mutter sagte eine Weile nichts und fing schließlich an zu weinen.

»Weine nicht, Mutter. Dir geht es gut.«

»Es ist nicht wegen mir«, sagte sie. »Es ist wegen dir. Es ist wahr geworden. Du bist psychotisch. Ich habe es immer gespürt.«

»Es geht mir gut, Mom. Es geht uns beiden gut.«

»Ach, eigentlich bist du ein bisschen zu alt dafür. Glaube mir, ich habe darauf gewartet. Allerdings dachte ich, mittlerweile bist du sicher. Aber du hast immer Merkmale gezeigt. Oje, oje.«

»Ich bin nicht psychotisch.«

»Dein Großvater war es auch.«

»Moment, was?«, sagte Z, der mit dieser Entwicklung des Gesprächs nicht gerechnet hatte. Überall gibt es Geheimnisse, dachte er. Geheimnisse im Überfluss.

»Wir haben dir das nie gesagt.«

»Welcher Großvater? Mike?«

»Der Vater deines Vaters. Zayde Reuben.«

»Warum habt ihr mir das nie gesagt?«

»Weil wir dem aus dem Weg gehen wollten. Dein Vater und ich, wir dachten, wenn wir nichts sagen, würde vielleicht …«

»Die medizinische Vorgeschichte seiner Familie zu kennen macht einen nicht psychotisch. Im Übrigen bin ich ziemlich sicher, dass solche Sachen eine Generation überspringen.«

Sie zögerte am anderen Ende und sagte dann: »Wenn es so ist, trifft es dich.«

Z überlegte. In dem Punkt hatte sie recht.

»Nun, ich bin nicht psychotisch. Trotzdem musst du

das für mich tun. Ich kann es dir erklären, wenn ich wieder zu Hause bin.«

»In Israel? Oder hier? Wenn du krank bist, kannst du zurück in dein Zimmer. Es ist wie immer. Wir beten jeden Abend, dass du aus diesem gottverlassenen Land wieder herauskommst.«

»Aus Frankreich?«

»Aus Israel.«

»Ihr habt euer ganzes Leben lang Geld nach Israel geschickt. Ihr marschiert in dieser dummen Parade mit. Ihr liebt Israel.«

»Das tue ich. Aber nicht für meinen Sohn. Und Frankreich ist noch schlimmer. Sag mir, was los ist! Mit wem hast du Ärger? Sag's mir, und ich tu, was du willst.«

»Das geht wirklich nicht, und versuch nicht zu raten. Aber du musst einen Termin machen, zur Mammografie und mich dann anrufen. Und sorge dafür, dass es auch gleich zur Versicherung geht.«

»Ich hasse diese Maschine, die das so zusammendrückt.«

»Entschuldige, Mutter, aber das solltest du sowieso jedes Jahr machen lassen. Wann warst du das letzte Mal?«

Sie antwortete nicht.

»Ich würde mit etwas anderem kommen, einer besseren Idee, wenn ich dächte, es wäre nicht wichtig. Eine Frau in deinem Alter sollte sich regelmäßig untersuchen lassen.«

»Was, wenn sie was finden?«

»Dann können sie dich vielleicht noch retten, und du klingst am Telefon noch authentischer.«

»Du bist ein schrecklicher Sohn.«

»Ich weiß. Aber wenn du es tust, kann ich endgültig nach Hause. Ich besorg mir was in der Nähe von dir und Dad, für immer. Keine Reisen mehr, versprochen.«

»Wenn ich dir das mit dem Krebs sage?«

»Ja, wenn du das alles heute noch machst. Und danach irgendwo hingehst und mich anrufst. Und sag niemandem was über das Gespräch jetzt. Lösche die Benachrichtigung und tu, was ich sage. Ich rufe dich dann immer wieder an und frage, wie es dir geht, okay? Sei ganz du selbst, so paranoid, negativ und hoffnungslos wie immer. Gib nur noch den Krebs dazu.«

»Weil du in Schwierigkeiten bist?«

»Weil dein Sohn etwas in Schwierigkeiten ist. Ja.«

Es ist der Gedanke an diese Schwierigkeiten, der Z so beschäftigt, als sein Chef sagt: »Ich hoffe, Sie halten das nicht für geschmacklos.« Sein Chef, der genau sieht, wie abgelenkt er ist, sagt: »Dass wir die Krankheit Ihrer Mutter so ausnutzen.«

»Natürlich nicht«, sagt Z.

»Wir müssen jede Gelegenheit ergreifen, selbst wenn es bedeutet, mit den Gefühlen einzelner Menschen zu spielen. Das ist der unglückliche Charakter unserer Arbeit.«

»Ich verstehe nicht«, sagt Z; diesen Satz hätte er sich eigentlich als persönliches Erkennungszeichen eintragen lassen können.

»Wir dachten, Ihre Reise, emotionsgeladen, wie sie sicher ist, stellt gleichzeitig eine perfekte Möglichkeit dar, Sie unter dem Radar durch nach Tel Aviv zu bringen.«

»Statt nach Amerika?«

»Auf dem Weg nach Amerika. Die wollen nur einen Tag von Ihnen, um sich über Berlin informieren zu lassen. Wir hatten bereits überlegt, wie wir Sie hinbringen könnten, und dann kam dieses unglückliche Alibi, und wir dachten, warum nicht?«

»Sie wollen, dass ich den Flug wechsle? Damit sie in Israel mit mir reden können?«

»Um von Ihnen alles über Berlin zu erfahren, ja. Aber nein«, sagt sein Chef. »Sie müssen Ihren Flug nicht ändern. Wir haben uns bereits die Freiheit genommen.« Mit diesen Worten greift er in eine Schreibtischschublade und gibt Z einen Flugplan und die dazugehörigen Tickets.

Z liest den Plan und gibt sich große Mühe, mehr als ruhig zu wirken.

Sein Chef beugt sich über den Tisch und deutet auf das Stück Papier.

»Da steht ein Direktflug nach New York, aber die Tickets sind das Ausschlaggebende. Die zeigen den Abstecher nach Tel Aviv.«

Es ist so clever und so einfach, denkt Z. Sie wissen längst Bescheid und wollen, dass er seinen Rücktransport selbst übernimmt, um seine gerechte Strafe anzutreten. Ohne Hektik und Geschrei. Es ist so einfach.

Z sieht seinen Chef mit einem Ausdruck auf dem Gesicht an, der klar von seinem Schrecken gezeichnet sein muss. Entlarvend, er weiß es. Trotzdem, was kann Z in diesem Moment anderes tun, als voranzupreschen?

»Das ist eine perfekte Idee«, sagt Z. »Eine tolle Möglichkeit, um mich unbemerkt ins und wieder aus dem Land zu bringen. Aber der Grund, aus dem ich um diese Unterredung gebeten habe, und entschuldigen Sie das Durcheinander, war genau das Gegenteil.«

»Wovon?«

»Von dem, was Sie vorschlagen«, sagt Z. »Ich wollte Ihnen erklären, dass nach meiner E-Mail an Sie und nachdem ich das Ticket gebucht hatte, was Sie, das wusste ich, natürlich sehen würden … dass da meine Mutter noch mal angerufen hat. Wir haben lange geredet, und jetzt sieht es anders aus.«

»Sie hat also keinen Krebs?«

»Doch, das hat sie. Einen sehr schlimmen. Es ist nur, dass es mit der Chemo und den Bestrahlungen wohl noch einige Zeit gehen wird. Und sie weiß, unter wie viel Druck ich bei meiner Arbeit stehe. Das heißt, der Arbeit, die sie als meine Arbeit kennt.«

»Okay«, sagt sein Chef.

»Kurz, es ist schon dringend, aber was sie sagt, ist, dass es dringend bleiben wird und ich mir meine Freistellung aufsparen soll. Dass es besser sei, wenn ich zu den jüdischen Feiertagen käme. Sie ist so tapfer, meine Mutter. Sie meint, und das ist typisch für sie, dass sie so Zeit habe, sich daran zu gewöhnen, eine Kranke zu sein. Sie sagt, ihren Sohn zu Rosch ha-Schana dazuhaben, und das seien ja nur noch ein paar Wochen, sei etwas, für das es sich zu leben lohne.«

Sein Chef dreht sich mit seinem Stuhl hin und her und denkt nach. Sein Gesicht lässt nichts erkennen, er hat sich im Griff.

»Ich verstehe, was Sie meinen«, sagt er. »Dennoch, warum nehmen Sie sich nicht jetzt schon inoffiziell frei? Bleiben Sie in der Nähe, tanken Sie neue Energie, und lassen Sie mich mit Tel Aviv reden.«

2002 | Paris

Sie sitzen auf dem Sofa ihrer Suite in einer Pose, die mittlerweile ihre Standardhaltung ist, die Kellnerin auf mehreren Kissen an die Armlehne gebettet, die Füße auf Zs Schoß. Z drückt einen Fuß, hebt ihn an und bewundert ihre Nägel, von denen der Lack weitgehend abgesprungen und der Glanz verschwunden ist. Er küsst ihre Zehen. Er liebt diese Zehen.

»Weißt du, wo du's verpatzt hast, jüdischer Junge?«, fragt die Kellnerin.

»Nein«, lautet Zs Antwort. Er vermag nicht zu sagen, wo auf seinem beklagenswerten Weg das geschehen sein mag.

»Es ist der Glaube, dass dich deine jüdische Mutter aus so großen Schwierigkeiten herausholen kann. Wenn sich die Welt tatsächlich in die andere Richtung drehen soll, musst du ein italienisches Mädchen bitten, ihren Vater zu fragen. Dann wirst du sehen, wozu ein überfürsorglicher Kalabrier fähig ist.«

»Ha!«, sagt Z. »Meinst du das ernst?«

»Ja, das tu ich. Du solltest meinen Dad kennenlernen. Er könnte helfen.«

»Weil er reich ist?«

»Nein, nicht *weil* er reich ist, sondern *wie*. Er besitzt ein kleines Medienimperium … das immer noch ziemlich groß ist.«

Z reibt ihren Fuß. Er antwortet nur mit einem lakonischen: »So?«

»Du weißt wirklich nichts über unser Land, oder?«

Offenbar stimmt das.

»Wenn du in Italien von den ›Medien‹ sprichst, ist das zu einem Gutteil Berlusconi. Mein Vater hat beim Premierminister Gehör und eine hübsche Summe seines Geldes.«

»Das ist der Plan? Dein Vater?«

Die Kellnerin zieht ihren Fuß zurück und richtet sich neben Z auf.

»Weißt du was Besseres, wenn wir nicht ewig in diesem Hotel hocken wollen?«

»Es gibt schlimmere Vorstellungen«, sagt Z über ihre prunkvolle Unterkunft.

»Wenn dir etwas Besseres einfällt, lass es mich hören. Was ich im Übrigen nicht verstehe, ist, warum du nicht einfach ein Taxi zum Flughafen nimmst und verschwindest?«

Z lächelt sie an und tätschelt ihr Bein.

»Ich fange langsam an zu hoffen, dass sie dich erwischen«, sagt die Kellnerin.

»Entschuldige«, sagt Z. Er will sie ernsthaft nicht von oben herab behandeln. »Ich fliehe nicht einfach so, weil ich keinen Diplomatenschutz genieße. Ich bin nur jemand mit einem zweifelhaften Pass, der etliche Gesetze gebrochen hat. Wenn Israel Frankreich einen Hinweis gibt und dann vorgibt, mich nicht zu kennen, verrotte ich hier im Gefängnis. Wenn sie mich festnehmen lassen und Anspruch erheben, werde ich ausgeliefert und lande da im

Gefängnis. In beiden Fällen verliere ich. Nur, dass auch Israel verliert, weil ein beträchtlicher internationaler Zwischenfall damit verbunden wäre. Also haben wir eine Art Pattsituation. Weswegen ich hier festsitze und versuche, meinen Kollegen keine Möglichkeit zu geben, mich in der Dusche ausrutschen oder die Treppe hinunterfallen zu lassen, damit ich mir den Hals breche. Meine einzige Chance ist Amerika, wo es sich aus einer Vielzahl von Gründen für uns alle lohnen würde, die Sache fallenzulassen. Vielleicht sähe ich mich auch zu Hause etwas öfter um, aber da passe ich hin, und die Israelis fallen auf. Aller Wahrscheinlichkeit nach gewinne ich da.«

»Aber du kommst nicht hin.«

Das ist die traurige Wahrheit, Z könnte schreien.

»Nein, komme ich nicht.«

»Dann scheint es das Beste, du kommst mit mir nach Italien und lieferst dich der Gnade meines Vaters aus. Das ist etwas, was er sehr mag.«

»Seit wann willst du nach Italien?«, sagt Z, wieder einmal überrascht, was ihm in seinem Beruf nicht so oft passieren sollte.

»Immer schon. Auf Capri ist Hochsaison. Das verpassen wir nie, meine Familie und ich«, sagt die Kellnerin. »Das ist nichts Neues, nur für dich.«

Sie steht auf, sieht zur Treppe hinauf ins Schlafzimmer und hält Z eine Hand hin, die er nimmt.

»Wolltest du mich einfach verlassen?«

»Würdest du das nicht?«

Nein, denkt Z und erhebt sich. Er würde sie bestimmt nicht verlassen.

Von all den Leuten, die Schlange stehen, um ihn zu retten, bietet ihm die Kellnerin die einzige echte Option. Zugang zu jemandem mit Zugang, das könnte helfen.

»Was, wenn wir ankommen, und dein Vater will nichts mit der Sache zu tun haben? Was, wenn er mich ausliefert?«

»An wen? Den Barmann des Hotels? Ein Fall wie deiner reizt ihn, sein Leben ist nicht besonders aufregend. Er wird begeistert sein. Im Übrigen hast du in Italien keine Gesetze gebrochen, weshalb du da sowieso besser dran bist als hier. Und wenn sie dich in einer Woche auf der Insel kriegen und nicht schon morgen hier? Dann bleibt uns wenigstens noch etwas mehr Zeit zum Vögeln, und das im schönsten Hotel, das ich je gesehen habe.«

Z kaut auf seiner Lippe.

»Schöner als das hier?«

»Viel schöner! Da gibt es mehr aus dem Fenster zu bestaunen als einen alten Obelisken. Hast du die Faraglioni schon mal aus der Nähe gesehen?«

»Nein«, sagt Z, das hat er nicht. »Aber dein Plan leuchtet mir irgendwie ein.«

»Wegen der Vögelei?«

»Ja«, sagt er. »Deswegen. Nur, wie soll ich dort hinkommen? Das Problem mit dem Pass bleibt das gleiche.«

»Du bist wirklich ein Desaster. Hast du überhaupt kein Training erhalten?«

»Logistik war nie meine Stärke. Am besten war ich immer darin, zu merken, wenn mir einer folgte. Paranoia, das ist mein Ding.«

»Wir können mit dem Auto fahren«, sagt sie. »Bis zur Fähre. Es gibt keinen Grund, warum sie uns anhalten sollten, wenn es dir gelingt, nicht so panisch auszusehen wie im Moment. Von Paris nach Neapel. Aus einem EU-Land in ein anderes. Mit etwas Glück müssen wir an der Grenze nicht mal langsamer werden, um zu winken. Ich wette, wir schaffen es in zwölf Stunden, nicht viel mehr.«

»Wie von New York nach Chicago?«

»Wenn du es sagst. Jedenfalls, *chi non fa non falla.*«

»Was heißt das?«

»Nur wer nichts tut, macht keine Fehler.«

»Das klingt nicht unbedingt beruhigend, wenn ich an die Folgen denke. Hast du nichts Besseres?«

»Vedi Napoli e poi muori«, sagt sie. »Neapel sehen und sterben.«

2002 | Paris

»Du hast gesagt, du kommst nach Hause! Du hast gesagt, du stehst mir bei.«

»Bitte, Mutter, bitte.«

»Ich sterbe, und du bist nicht hier.«

»Es gab Komplikationen, Mutter. Ich bin unterwegs.«

»Das sagst du immer wieder, aber du tust es nicht, und die Tage vergehen. Die Ärzte. Die Prognose. Ich werde nicht mehr lange hier sein. Und du, du weckst eine kranke Frau mitten in der Nacht auf.«

Z wartet und wartet, und er weiß es wirklich nicht, ist nicht länger sicher. »Stirbst du wirklich, Mutter? Sieht es wirklich so schlecht aus?«

»Wer würde solche Lügen erzählen? Was für ein Ungeheuer?« Sie fängt an zu weinen. »Ich sage meinem Sohn, dass ich sterbe, und er kommt nicht.«

»Ich bin unterwegs, Mutter. Du kannst dir nicht vorstellen, was hier schiefgegangen ist.«

»Sag's mir.«

Z sagt es ihr nicht. Er sagt kein Wort. Weder über das Hotelzimmer, in dem er steht, noch über den Wagen draußen oder die Frau, die ihn so bezaubert und ungeduldig an der Tür wartet.

Er schickt der Kellnerin einen Hundeblick und hebt einen Finger zum Zeichen, dass er noch eine Minute braucht, und läuft mit dem Telefon auf und ab.

Sollen seine Verfolger den Anruf doch zurückverfolgen. Sollen sie doch sehen, von wo er anruft. Wenn sie kommen, ist er längst weg.

»Hallo? Bist du noch da?«, sagt seine Mutter.

»Ja, Mutter, und ich tu, was ich kann, um nach Hause zu kommen. Du machst dir keine Vorstellung.«

»Was ich weiß, ist, dass mein einziges Kind nicht hier ist, und das in dieser Situation! Ich habe deinem Vater immer gesagt, wir sollten noch ein zweites bekommen. Damals in den Siebzigern, welche Familie hatte da nur ein Kind? Ich hab's ihm wieder und wieder gesagt, als ich noch jung und fruchtbar war. Was, wenn das erste ein faules Ei ist?«

»Bitte, beruhige dich, Mutter, ich tu mein Bestes.«

»Dein Bestes wird sein, hier aufzutauchen, um mich unter die Erde zu bringen. Du wirst einen Begrüßungskuss von deiner Mutter bekommen, deren Lippen längst blau sind.«

»Was sagst du da? Bist du wirklich krank?«

»Natürlich bin ich das. Ich habe Krebs. Ich sterbe, sterbe, sterbe. Und du mit deinen Geheimnissen. Was für ein Kind habe ich da großgezogen?«

Z will etwas antworten.

»Nicht«, sagt sie. »Verschone mich. Ich weiß. Es ist, wie ich es deinem Vater gesagt habe. Wir haben uns ein faules Ei eingehandelt.«

Die Kellnerin fährt, Z sitzt mit einer dunklen Sonnenbrille auf dem Beifahrersitz (die Brille gehört zu dem wenigen, was er in seine Tasche gesteckt hat). Z behält den Seitenspiegel im Auge und gibt sich Mühe, entspannt zu erscheinen, weiß aber, dass er steif und elend wirkt und aussieht, als hätte er nichts Gutes im Sinn. Er bekommt das deprimierende Gespräch mit seiner sterbenden oder nicht sterbenden Mutter nicht aus dem Kopf.

Sie war es, die ihn immer gewarnt hat: »Stiehl nie etwas. Und wenn, lass dich nicht erwischen. Du siehst wie ein Mörder aus, wenn du dich schuldig fühlst. Selbst wenn du unschuldig bist, mit dem Gesicht hängen sie dich.«

Er will die Kellnerin an seiner Erinnerung teilhaben lassen, doch irgendwie schämt er sich, und so sagt er stattdessen: »Im Gegenüberwachungsunterricht hatten wir eine wirklich brillante Trainerin, die egal, was wir machten, enttäuscht war. Sie sagte immer: ›Die größte Herausforderung in einem jüdischen Geheimdienst ist es, den Leuten beizubringen, nicht so schuldig auszusehen. Eine weniger nervöse jüdische Nation könnte tatsächlich, wie die Antisemiten glauben, die Weltherrschaft erlangen.‹«

Sie fahren über Autobahnen und kommen ungehindert voran. Das Wetter ist wunderschön, sie öffnen die Fenster, und als Paris ein paar Stunden hinter ihnen liegt, gelingt es Z, nicht mehr bei jeder Sirene und jedem Hupen zusammenzuzucken und sich nicht gleich zu verspannen, wenn ein Auto auf ihre Spur wechselt. Er beginnt wenigstens nach außen hin einem Menschen zu gleichen, der sich beruhigt.

Sie hören Radio und singen endlos die amerikanischen Klassiker der Achtziger mit, auch französische Songs wie *Elle, elle l'a* von France Gall.

Nach etwa vier Stunden halten sie, besorgen Wasser und Schokolade, gehen zur Toilette, tanken und kaufen eine Schachtel Zigaretten, die sie aus Langeweile rauchen. Kilometer um Kilometer ziehen die Straßen unter ihnen durch, der Tag schreitet voran, sie sind gut unterwegs.

Als sie sich der Grenze nähern, spürt Z, wie sich die Muskeln in seinem Nacken anspannen, im ganzen Körper. Die Kellnerin streckt die Hand aus und tätschelt sein Knie. Sie gurrt, wie sie es auch bei einem Kind oder Hund tun könnte. Z atmet tief durch und hält die Luft an.

Gemeinsam fahren sie nach Italien hinein, als gäbe es überhaupt keine Grenze, die Pässe in ihren Taschen, sie mit dem Fuß auf dem Gas.

2014 | Jerusalem

Ruthi lässt ihren faulen Sohn eine verrostete Badewanne heraufschaffen, die unten auf dem Platz zwischen dem wuchernden Unkraut steht. Sie sagt, er soll zusätzlich Löcher hineinbohren und sie in einem hübschen Blau anmalen. Auf dem Balkon ist ein perfekter Platz für sie, direkt bei der Tür, mit ausreichend, aber nicht zu praller Sonne.

Ruthi schickt den Wärter ins Gartencenter, um Erde, Dünger und Mulch zu holen. Als die Wanne voll und ein gesundes Bett bereitet ist, schickt sie ihn noch mal los, damit er junge Tomatenpflanzen kauft, und sagt, er soll sie von dem netten jungen Iraker, der dort arbeitet, aussuchen lassen.

Ruthi steckt einen Stab in beide Enden der Wanne und spannt Schnur als Spalier dazwischen. Sie pflanzt die Setzlinge ein, drückt die Erde an, wässert sie und verbringt den Tag damit, ihnen beim Wachsen zuzusehen. Als die Nacht hereinbricht, ist sie immer noch in ihrem Hausmantel, aber dafür sicher, dass sie schon größer sind. Die Jerusalemer Luft ist für alles von Gott Geschaffene wunderbar gesund.

Der Wärter sieht, wie perfekt die Pflanzen in den Blumenkästen am Balkongeländer beschnitten sind. Die Fliesen glänzen, und entlang der Mauer gegenüber der Wanne steht eine Reihe Dosen mit Kräutern, die kaum die Spitzen aus der Erde recken. Neben ihnen warten drei an Zahnstochern in Gläser gehängte Avocadokerne, dass sie ihre Wurzeln ins Wasser treiben können.

Bevor er sich schlafen legt, geht er noch einmal hinaus auf den Balkon, um zu rauchen, und trifft auf Ruthi, die, immer noch im Hausmantel, im Mondlicht steht und die Badewanne anstarrt. In der Hand hält sie ein Glas Wein.

Der Wärter tritt hinter sie, beugt sich hinab und legt ihr das Kinn auf die Schulter.

»Weißt du«, sagt er, »wir wohnen direkt beim Markt. Da bekommst du für ein paar Agorot die frischesten Tomaten. Es ist unsinnig, hier welche anzubauen.«

»Sie schmecken besser, wenn es die eigenen sind.«

»Und wenn du vorher betest, sind sie noch zehnmal so süß.«

»Du machst dich lustig über mich«, sagt sie, »aber das stimmt auch.«

»Flüchte dich nicht in verrückte Ideen, Ruthi, das ist alles, worum ich dich bitte.« Er nennt sie bei ihrem Vornamen, wie er es immer tut, wenn er vorlaut wird.

Der Wärter richtet sich auf und steckt sich seinen Joint an.

»Und warte nicht auf einen weiteren Premierminister, der ins Koma fällt. So einen Job gibt es kaum ein zweites Mal.«

»Was soll ich also tun, um beschäftigt zu bleiben?«

»Mach was Ehrenamtliches. Geh wieder zur Schule. Fang was Neues an. Stell dir eine Aufgabe, *Ima*. Tomaten zu beobachten fordert dich nicht.«

»Wer sollte mich einstellen, in meinem Alter? Was kann ich wirklich, außer mich um sterbende Männer zu sorgen, die ewig nicht loslassen wollen?«

»Du und ich, unsere Familie«, sagt er. »Das ist unser Geschäft.«

Sie nippt an ihrem Wein und mustert ihn, ihren erwachsenen Sohn, der nie aufgeblüht ist. Vielleicht hat die Luft hier doch nicht die Wirkung, wie sie dachte.

Ruthi hebt den Arm und kneift ihn in die Wange, fest genug, dass er ihre Hand wegstößt.

»Und du? Du hängst auch allein an einer Person. Ob Held oder Verbrecher, wenn sie weg sind, bleibst du ohne eigene Bedeutung zurück.«

»Sag das nicht, *Ima*. Nicht über dich. Der General hat dich eingestellt, aber du hast immer für Jerusalem gearbeitet. Kümmere dich um die Stadt. Geh spazieren. Sieh dir an, wie sich das, wofür du so geschuftet hast, verändert hat.«

Kluger Junge, denkt sie. Ein kluger Junge. Vielleicht ist er reifer geworden, als ich dachte.

2002 | Capri

Sie schlafen im Auto beim Molo Beverello und nehmen dann die frühe Fähre. Kaum, dass sich das Tragflächenboot aus dem Wasser hebt, erlaubt sich Z zu entspannen. Es fasziniert ihn zu sehen, wie Neapel hinter ihnen kleiner wird.

Auf der Insel angekommen, nehmen Z und die Kellnerin ein Taxi mit Sonnendach und fahren die sich windende Straße zur Piazzetta hinauf.

Die Kellnerin führt Z durch den Ort und die charmanten Gässchen, wo sie an allen Schaufenstern stehen bleibt. Sie müssen beide wieder herkommen, sagt sie, um sich passende Sachen zum Anziehen zu kaufen.

Ein Pfad über die Felsen führt sie zum Hotel mit dem wunderbaren Blick. Es steht, genau wie sie versprochen hat, über den Faraglioni und dem offenen Meer.

Es ist schon eine Weile her, seit Z etwas anderes als Angst den Atem genommen hat.

»So bist du aufgewachsen?«, fragt er sie.

»Ja, so bin ich aufgewachsen. Mit dem Crillon in Paris und der Punta Tragara hier auf Capri. Es gibt überall ein Hotel, das als *das* Hotel gilt, und da wohnen wir.«

»Trotzdem hattest du das Gefühl, vor mir bescheiden tun

zu müssen, mit ehrlicher Arbeit und zwei Mitbewohnerinnen.«

»Das ist ein Initiationsritus, auf dem wohlhabende Eltern bestehen, damit ihre Kinder nicht zu Ungeheuern werden. Oder wenigstens lernen, wie man so tut, als wäre man dankbar.«

Z geht ans Geländer der Terrasse vor, und die Kellnerin sagt ihm, er soll dort warten und mit der Natur Zwiesprache halten, während sie eincheckt.

Er nimmt die ihn umgebende Erhabenheit in sich auf, senkt den Blick auf die Bucht unter sich und all die riesigen Jachten. Zehnmal größer als die in Berlin sind sie. Er stellt fest, dass er das Segeln mit Farid vermisst. Das verwirrt ihn, ist Farid doch ein Mörder, wenn auch weit von den Geschehnissen entfernt. Und noch verwirrender ist die Einsicht, dass auch er selbst, ebenfalls weit entfernt von der Ein-Tonnen-Bombe, ein Mörder ist.

Z wird von diesen elenden Gedanken durch ein liebevolles Ziehen befreit. Die Kellnerin schiebt einen Finger durch eine seiner Gürtelschlaufen und zieht ihn zu sich heran.

Sie hat einen Zimmerschlüssel mit einem schweren Messinganhänger dabei, der am Zeigefinger ihrer freien Hand baumelt.

Er legt einen Arm um sie, fühlt sich umsorgt und zieht sie seinerseits zu sich heran. Es fühlt sich so wundervoll zweisam an. Z denkt, so könnte das Leben ohne dieses höllische Chaos sein.

»Gönnen wir uns etwas Burrata«, sagt sie, »und eine Schüssel Wodka. Wir vögeln, machen ein Schläfchen, und dann lege ich dich auf dieses Metalldings in einem der Pools. Es hat unzählige winzige Löcher, und aus jedem kommt ein winziger Strahl. Darauf kannst du dich von der Sonne wie eine Wurst rösten lassen, während das Wasser und die kleinen Bläschen deine Sorgen wegspülen.«

»Sollten wir nicht erst deine Eltern begrüßen? Oder ihnen wenigstens sagen, dass du einen flüchtigen Spion mitgebracht hast? Das wird eine ziemliche Überraschung für sie sein.«

»Du verstehst die Reichen wirklich nicht, oder?«

Z tut es offenbar nicht. Er weiß nicht mehr über sie als über Italien und seine Medienmogule.

»Wenn du alles Geld dieser Welt besitzt, ist es langweilig, noch mehr davon zu bekommen. Das Einzige, was dann noch interessant ist, sind Sex und Macht.«

»Und was heißt das in meinem Fall?«

»Ich kriege den Sex und mein Vater ein herrliches internationales Machtspielchen.«

Das Zimmer ist extravagant und erstreckt sich über zwei Etagen, mit einer offenen Treppe hinauf in ein Loft-Schlafzimmer. Um den Wohnbereich unten ragt ein Rundumbalkon hinaus in die Unendlichkeit. Z hat es nicht für möglich gehalten, doch das Ganze ist noch aufwendiger als ihre Pariser Suite.

Wenn man nicht wüsste, dass alles über ihm zusammenbricht, müsste man annehmen, nach seiner Seeresidenz in Berlin bis hin zu dieser unglaublichen Unterkunft mit dieser unglaublichen Frau zu urteilen, dass Z etwas richtig macht.

Sie essen und trinken und schlafen miteinander, ruhen aus und breiten sich nackt auf den Liegestühlen auf ihrem Balkon aus, um die Sonne untergehen zu sehen.

Als das Zimmertelefon klingelt, lässt sich die Kellnerin Zeit mit dem Abheben. Sie sagt *»Pronto«* in den Hörer, und Z hat das Gefühl, er könnte vor Liebe sterben.

Die Kellnerin hört zu, bedeckt die Muschel mit der Hand und flüstert viel zu laut: »Geh duschen und mach dich so präsentabel wie nur möglich.« Nachdem sie aufgelegt hat, sagt sie: »Wir hätten wirklich noch mal zurückgehen und uns etwas Anständiges zum Anziehen kaufen sollen.«

Sie warten an einem von Kerzen erleuchteten Tisch ein paar Stufen unterhalb des unteren Pools. Es ist ein etwas abseits gelegenes Stück der Hotelterrasse, von dem sie aufs schwarze Wasser und die endlose, unermessliche Welt hinaussehen.

Der Vater der Kellnerin hat graue Schläfen, ist stattlich und gut gebaut und vor allem jünger und kräftiger, als Z gedacht hätte. Er nimmt sich einen Moment Zeit, um Z die Hand zu schütteln, bevor er sich erneut seiner Tochter zuwendet, sie an sich drückt, lacht und mit großer Geschwindigkeit auf Italienisch mit ihr redet. Z kann sich nicht vorstellen, wie jung ihre Mutter sein muss, wo ihr Vater schon aussieht, als hätte er sie mit zehn bekommen.

Irgendwann dann, als Z sich denkt, dass schon einige Zeit seit seiner Ankunft verstrichen ist, sagt die Kellnerin auf Englisch zu ihrem Vater: »Wir sind unhöflich.«

Sie setzen sich, und sie sagt zu Z: »Typisch Mutter.« Sie schüttelt den Kopf, worauf ihr Vater, der einen zu seinen Haaren passenden silbergrauen Anzug mit einem weißen, aber einen Knopf zu weit geöffneten Hemd trägt, sagt: »Meine Frau wird in ein paar Tagen zu uns stoßen. Offenbar gibt es in Mailand noch etwas, das sie noch nicht gekauft hat.«

»Sie ist so egoistisch«, fügt die Kellnerin als Erklärung hinzu.

»Bitte, mein *porcospino*, das ist nicht nett«, sagt ihr Vater.

Dann klopft er Z mit einigem Nachdruck auf die Schulter. »Wissen Sie, was sie so aufbringt, Ihre Freundin?«

»Nein, Sir«, sagt Z und fühlt sich selbst wie ein Zehnjähriger.

»Sie ist aufgebracht, weil ihr beide mich jetzt am Hals habt, da ihre Mutter mich nicht ablenken kann. Das wird ein üppiges Dreier-Rendezvous.«

»Ein Alptraum!«, sagt die Kellnerin und klingt ernst, während ihr Vater sie voller Stolz anstrahlt.

Erst als die Teller abgeräumt sind und das Dessert gebracht wird, kommt die Kellnerin, auf sehr politische Art, mit der Wahrheit über Z heraus.

Ihr Vater studiert seinen Gast wie einen aufgespießten Schmetterling und sagt ziemlich laut: »Ein Spion?«

»Ja«, sagt die Kellnerin.

Die Desserts werden von mehreren Angestellten zum Tisch getragen und serviert, und der Vater der Kellnerin hält eine der Bedienungen fest.

Er sagt zu Z: »Das verlangt nach einem Whiskey«, und bestellt bei dem Kellner, den er festhält, eine Runde.

Während sie in der Nachspeise herumstochern, umreißen sie Zs Probleme.

Der Vater der Kellnerin nickt wissend und mustert seine Tochter, dann Z. »Was für eine Geschichte«, sagt er ausgesprochen gelassen.

»Sie nehmen das ziemlich gut auf«, sagt Z. »Meine Schwierigkeiten und so weiter. Und dass ich so ernsthaft und dringend Ihre Hilfe brauche. Das ist wirklich nett von Ihnen.«

»Ob Sie's glauben oder nicht«, sagt ihr Vater und legt eine Hand auf Zs Unterarm, »das Mädchen hier ist ein

Monster«, worauf er Zs Arm loslässt und mit dem Handrücken zärtlich über die Wange seiner Tochter streicht. »Sie ist netter als ihre Mutter, aber trotzdem eine fürchterliche Nervensäge. Das? Ihre Probleme? Die sind nicht so schlimm. Selbst als flüchtiger Spion sind Sie bei weitem nicht der schlimmste Freund, den sie je hatte.«

2002 | Tyrrhenisches Meer

Beim Frühstück sagt der Vater der Kellnerin: »Ein Platz auf einem Privatflug, wo sich keiner darum schert, wer mit an Bord ist. Ist das alles, was Sie brauchen?«

Z nickt zurückhaltend.

»Sie haben einen Pass?«

»Ein paar«, sagt er mit einem traurigen Lachen. »Aber ja, ich habe einen bei mir.«

»Das ist also Ihre große Katastrophe? Sie brauchen jemanden, der schlecht sieht und eine Seite abstempelt, und der Zoll sollte durch die Kabine gehen, während Sie auf dem Klo eingeschlossen sind und pinkeln?«

»Ja, Sir«, sagt Z. »Das wäre traumhaft.«

»Ich dachte, es ginge um einen großen Gefallen? Dafür hätten Sie nicht bis zu mir kommen zu brauchen, Neapel hätte gereicht. Wissen Sie, wie viel Tonnen Schmuggelware da allein heute Morgen schon durchgeschleust worden sind? Ein netter jüdischer Bursche könnte leicht dazwischen verschwinden.«

»Soll ich die Fähre zurück nehmen? Wenn es da jemanden gibt, der das einrichten könnte …«

»Vielleicht morgen«, sagt ihr Vater und tätschelt Z die Hand. »Ich muss auf ein paar Anrufe warten. Wir sind in Italien, mein Sohn, und es ist Sonntag. Sie hätten sich ein weniger katholisches Land aussuchen müssen, wenn Sie heute etwas erreichen wollten. Im Übrigen sollten Sie, wenn Sie Hilfe von mir erwarten, sich auch an Ihre eigenen Verpflichtungen erinnern. Ich habe uns eine hübsche Segeljacht gechartert, und ihr zwei habt versprochen, mir Gesellschaft zu leisten.«

Z spürt, wie er blass wird.

»Was ist?«, sagt ihr Vater, dem offenbar nichts entgeht.

Die Kellnerin, die damit beschäftigt ist, sich die Arme mit der Sonnencreme ihres Vaters einzureiben, meldet sich zu Wort: »Er ist ein schrecklicher Segler. Was mit schuld an den Schwierigkeiten ist, in denen er steckt. Ich glaube, es ist ein Trauma.«

Sein Vater nimmt seine Sonnenbrille vom Tisch und setzt sie auf, ganz offensichtlich, um sie gleich wieder abzunehmen und so seinen überraschten Ausdruck zu unterstreichen.

»Ich bitte ihn nicht, den Käpt'n zu geben, *porcospino*. Es reicht, wenn er nicht über Bord geht.« Und zu Z sagt er: »Es gibt ausgezeichnetes Essen und einen ebenso ausgezeichneten Service, und für heute Abend habe ich einen Tisch in meinem Lieblingsrestaurant bestellt, das beste auf der Welt. Allerdings kommt man dort nur übers Wasser hin.«

Dann holt er seine Brieftasche hervor und gibt Z eine Kreditkarte.

»Warum lauft ihr zwei nicht los und besorgt euch Badesachen und was ihr sonst noch braucht. Meine Tochter sagt, Sie reisen mit leichtem Gepäck.«

Z nimmt die Kreditkarte und starrt sie an. Er versucht zu lächeln, bringt jedoch nur ein gequältes Grinsen zustande.

»Was?«, sagt ihr Vater. »Ich dachte, dass Sie als Spion problemlos mit dem Namen anderer Leute unterschreiben. Bitte«, sagt er und beugt sich vor. »Tun Sie's für mich. Vergessen wir mal das ganze Drama und machen uns einen schönen Tag.«

»Es ist nur das Telefon«, sagt Z und versucht, nicht zu betteln. »Wenn jemand anruft. Sollten wir nicht hier sein, damit wir besser erreichbar sind?«

Der Vater der Kellnerin beugt sich vor, zieht einen korallenfarbenen Pullover aus einer Tasche zu seinen Füßen und fischt mit einigem Trara ein beeindruckend aussehendes Satellitentelefon hervor. »Wenn wir kein Handynetz mehr haben, wird uns der Sputnik finden. Ich gehe nie ohne Lawinen-Beeper Schi fahren, und ich segle auch nie ohne eins von diesen Dingern aufs Meer hinaus. Sie, James Bond, können ganz ruhig sein.«

»Er hasst solche Witze«, sagt die Kellnerin und reibt sich die Creme oben auf die Ohren.

»Das sagtest du schon. Aber es ist mir egal. Das ist das Vorrecht eines Vaters. Ich werde jeden jungen Mann quälen, den du mit nach Hause bringst.«

Den Tag verbringen sie segelnd auf einem mächtigen Zweimaster und essen und trinken an einem langen, hölzernen Tisch. Es ist ein wahrhaft dekadentes Mittagessen. Später schwimmen sie vor einer Insel, die einmal Rudolf Nurejew gehört hat, und der Vater der Kellnerin, der leicht betrunken wirkt, ruft der Mannschaft aus dem Wasser mit fröhlichem Elan Befehle zu. Für Z wechselt er zwischendurch ins Englische, zum Beispiel, als er beim erneuten Segelsetzen Sachen sagt wie: »Ich hab ihnen gesagt, sie sollen uns mal zeigen, wozu dieser Kahn imstande ist.«

Die Mannschaft hört auf ihn, und sie nehmen ein ziemliches Tempo auf, vorangetrieben von einem ziemlichen Wind, und die Kellnerin zieht Z von ihrem Vater weg auf den Bug, wo sie ihn unter einer Decke umarmt, während das Boot über die Wellen ditscht.

Zs nackte Füße werden kalt, denn sie ragen unter der Decke hervor. Der Rest von ihm fühlt sich behaglich, an die Kellnerin geschmiegt, das Gesicht in ihrem Haar verborgen.

Als folgten sie dem Puls des Tages, werden sie langsamer, als die Sonne Richtung Horizont sinkt. Sie ändern den Kurs, um, wie der Vater der Kellnerin erklärt, zum Restaurant zu fahren. »Sie werden ausflippen«, sagt er, steht über ihm und hält einen weiteren Whiskey in der Hand. »Es ist eine private Bucht mit einem privaten Strand. Sonst gibt es da nichts.«

»Es ist zu seicht für ein Boot wie dieses«, sagt die Kellnerin. »Wir gehen vor Anker, und sie schicken ein kleineres Boot, um uns abzuholen.«

»Bevor Sie eine Serviette auf dem Schoß liegen haben, stehen schon Platten voller Seeigel da, die noch zucken, weil sie den Zitronensaft nicht mögen, den man über ihnen ausgedrückt hat.«

»Das ist Prinz Charles' Lieblingsvorspeise«, sagt die Kellnerin.

»Stimmt«, bestätigt ihr Vater, »Aber wer weiß, ob er überhaupt was schmeckt.«

Es ist gut, reich zu sein, denkt Z. Gut, Macht zu haben. Ohne ihren Vater auch nur eine Spur mehr zu mögen, beginnt er zu glauben, dass ein so selbstsicherer, schrecklicher Mann ihm tatsächlich einen Platz in einem privaten Flugzeug besorgen kann, in dem der Komfort der Passagiere Vorrang vor ihrer Kontrolle hat.

Darüber denkt er nach, als er sich aus den liebenden

Armen der Kellnerin befreit und von Steuerbord aus die Lichter des Restaurants in der Dunkelheit auszumachen versucht.

Z kann bereits den Motor des Boots hören, das sie abholen will. Er sieht seine Beleuchtung, doch dahinter nur Finsternis. Das Restaurant und die Bucht scheinen weit weg.

Ihr Vater tritt neben ihn, und Z sagt: »Es sieht aus, als hätten wir noch eine lange Fahrt bis zum Essen vor uns. Ich kann nichts von einer Küste erkennen.«

»Weil es eine Bucht ist«, sagt ihr Vater. »Sie liegt in der Küste versteckt. Sie werden es sehen, wenn wir um die Biegung kommen. Im Übrigen, Seemann, müssen Sie wissen, dass es nicht einfach ist, gerade übers Wasser zu blicken. Wenn Sie etwas weit Entferntes sehen wollen, blicken Sie in die Höhe. Der Mond, das verspreche ich, ist weit weg.« Während er das noch sagt, wird sein Gesicht vom Scheinwerfer des sich nähernden Bootes erleuchtet, und Z sieht, dass er das Satellitentelefon in der Hand hält. »Holen Sie Ihre Freundin«, sagt ihr Vater. »Unser Boot ist da.«

Einer von der Mannschaft kommt mit einer riesigen Taschenlampe, die er hinaus in die Nacht richtet. Z kann die schwarzen Rohre des Schandecks näher kommen sehen.

Eine Leine wird hinübergeworfen, eine Leiter heruntergelassen.

Wie ihm gesagt wurde, geht Z zur Kellnerin hinüber, die Jeans über dem Bikinihöschen trägt. Sie hat sich eine Decke gegen den kalten Wind um die Schultern gehängt.

Die beiden stehen nebeneinander, sein Arm fährt unter die Decke und streicht über ihren nackten Rücken, während sie zusehen, wie ihr Vater dem Mann an Bord hilft, der gekommen ist, um sie abzuholen.

Seltsam, denkt Z, dass er zu ihnen an Bord kommt, wo

sie doch zu ihm hinuntersteigen sollten. Seltsamer noch ist es, wie sehr dieser große Mann in seiner Windjacke dem Kellner aus dem Restaurant in Paris ähnelt. Als hätten alle derart stämmigen Männer im Servicebereich das gleiche Gesicht.

Während Z sich das Schreckliche zusammenreimt, hat er das Gefühl, etwas zur Kellnerin neben sich sagen zu wollen, die inzwischen ihre Decke hat herunterrutschen lassen.

Aber bevor er ein Wort herausbringt, sieht er, dass sie einen nass aussehenden Jutesack in der Hand hält, kratzig und zerschlissen. Er fragt sich, wo sie den plötzlich herhat, und stellt sich vor, dass er während der ganzen Fahrt schon dort unter der Taurolle gelegen haben muss.

Er sieht zu dem Hugenotten hinüber, der dem Vater der Kellnerin auf Hebräisch etwas sagt und eine Reihe Kabelbinder in der Hand hält.

»Siehst du?«, sagt Z zur Kellnerin, und jetzt spricht auch er Hebräisch, denn er weiß nun, dass seine Geliebte es besonders gut sprechen muss. »Ich habe es doch gesagt. Ich bin Profi, ich habe ihn gleich durchschaut. Selbst, was deinen Vater angeht – er sieht viel zu jung aus, und wie er dich anstarrt. Da stimmt was nicht, so was entgeht mir nicht.«

»Aber bei mir ist dir was entgangen«, entgegnet die Kellnerin.

»Vielleicht wollte ich es so.«

»Das ist süß. Sehr romantisch. Trotzdem, eine *fashla* sondergleichen. Am Ende hast du es gründlich verpatzt.«

»Bekomme ich keine Punkte dafür, dass ich den da in Paris durchschaut habe?«, sagt er und deutet mit dem Kinn zu dem Hugenotten hinüber.

»Denkst du nicht, dass das so geplant war?«

Die Kellnerin gibt ihm Zeit, das zu überdenken. Der Hugenotte sieht herüber, zeigt auf seine Uhr, und der Mann, der nicht ihr Vater ist, sagt: »*Nu*, Shira!«, und treibt die Kellnerin an.

Shira nickt und führt Z zu einem Stuhl, der wie herbeigezaubert plötzlich dasteht. Er setzt sich und fragt sich, was geschähe, wenn er sich traute zu fliehen. Wie weit er käme. Er versucht sich vorzustellen, wie es aussähe, den Stuhl wegzutreten und mit einem Platschen ins Wasser zu hechten.

»Selbst wenn ich dir Paris schenke«, sagt die Kellnerin, »selbst wenn wir dir den Kellner zugute schreiben, was ist mit all den anderen Dingen, die dich hier haben landen lassen?«

»Unglücklicherweise hat das Spionagegeschäft viel mit Bauchgefühlen zu tun«, sagt er. »Es ist neben allem anderen keine exakte Wissenschaft.«

Das scheint die Kellnerin zu akzeptieren, und Z, auch wenn er gern weiter darüber reden würde, sagt: »Und das Restaurant am Strand?«

»Oh, das gibt es, und es ist ehrlich ausgezeichnet. Ein Traum.«

»Und Prinz Charles?«

»Der mag es wirklich. Das stimmt.«

Z sieht die Männer an, die ihn ansehen, und er sieht die Kellnerin an, die hinter ihn getreten ist, und dann aufs dunkle Wasser hinaus. »Das Mittelmeer«, sagt er, »sogar so ist es schön.«

»Dieser Teil hier«, sagt sie, »das ist das Tyrrhenische Meer.«

Z pumpt die Seeluft in sich hinein, tief und ausgiebig, und wendet den Blick nach vorn. Er sieht hinauf zur nutzlos schmalen Sichel des Mondes, die so gut wie nichts erleuchtet, und hinaus in die Nacht, die man üblicherweise pechschwarz nennen würde. Aber natürlich ist diese Düsternis nichts, verglichen mit dem, was sich über ihn senkt, als seine Geliebte ihm den Sack über den Kopf zieht, nichts im Vergleich mit der Finsternis, als ihn die Kapuze umschließt.

2014 | An der Grenze des Gazastreifens, auf israelischer Seite

Morgens geht Shira durch den Kibbuz. An der Cafeteria, der Krankenstation und der Wäscherei vorbei zu den Gewächshäusern, in denen sich die Thai-Arbeiter plagen. Sie wandert an einer Halde mit riesigen Reifen und alten Traktorteilen und an der Plastikfabrik entlang, die Packschaum und Luftpolsterfolie ausspuckt und damit das Landwirtschaftskollektiv über Wasser hält.

Sie geht zurück zu ihrer gemieteten Hütte und bewundert eine robuste Wüstenrose, die sich an einem sonnenverblichenen Haus hinaufrankt. Gegenüber ist der Kindergarten, und Shira verweilt ein wenig davor. Sie liebt seine so perfekte, unvereinbare Vereinbarkeit. Es ist ein bunkerartiges Betongebäude, das auch einen direkten Treffer aushält. Die Türen stehen weit offen, drinnen üben zwei Kindergärtnerinnen mit den Kleinen ein Lied ein.

Viele der Familien mit Verwandten im Norden sind weggezogen. Sie weiß, dass die Kinder, die noch hier sind, zu den Unerschütterlichen, Sturen gehören, Gelernten wie Ungelernten, deren Jobs von ihnen verlangen, dass sie hierbleiben. Dass sie die Kinder derer sind, die keine andere Option haben.

Shira weiß auch, dass zwei oder drei der hübschen kleinen Knirpse Eltern haben, die ganz einfach und verblüffenderweise ahnungslos sind. Eltern, die unter einer fortgeschrittenen Form von Israelismus leiden. Ganz gleich, wie ernst die Bedrohung, sie sind grundsätzlich unfähig, Schlüsse daraus zu ziehen. Sie führen ihr Leben, Tag für Tag, als wäre alles, was um sie herum geschieht, ganz normal.

Shiras Gedanken werden vom Klingeln eines Fahrrads unterbrochen. Shira steht im Weg.

Sie tritt zur Seite, und kaum, dass die junge Frau an ihr vorbei ist, tritt sie auf die Bremse und springt vom Sattel. Hinten am Rad ist ein Anhänger voller Peperonipflanzen befestigt, so zumindest sehen sie aus.

Shira weiß bereits, was jetzt kommt. Es ist der Dank, den man ihr entgegenbringt, weil sie hierhergezogen ist, wo doch so viele verständlicherweise weggegangen sind.

»Wir wissen es zu schätzen, dass du gekommen bist, um uns zu unterstützen«, sagt die Frau.

Sie bringt ein Pedal in Position und will weiterfahren.

»Was ist mit dir? Du bist auch noch hier.« Shira sagt das mit einer gewissen Nachdrücklichkeit, weil sie die Frau in ein Gespräch zu verwickeln versucht. Sie kann den Klang großer Einsamkeit in ihrer eigenen Stimme hören.

»Das hier ist mein Zuhause. Ich kann mich schlecht selbst unterstützen.«

»Trotzdem, es kommt mir mutig vor, wie du hier mit den Peperonipflanzen herumfährst. Es sind doch welche? Ich meine, bei dem, was im Moment geschieht.« Shira vollführt eine Handbewegung, die alles umfassen soll, vom Kreischen der Raketen über die jungen Israelis, die vermisst werden, bis hin zum sich zusammenbrauenden Krieg und den auf den Feldern an der Grenze aufgefahrenen Panzern. Mit in ihre Geste eingeschlossen sind aber auch die spielenden Kinder, das Haus mit den Rosen und diese beeindruckende, freundliche junge Frau mit dem Fahrrad, die da mit ihr in der trockenen Morgenbrise redet.

Die Frau ist voller Wärme, denkt sich, was sie mag, und beantwortet die direkteste von Shiras Fragen. »Es sind Chilcostlechilis«, sagt sie über ihre Fracht, »keine einheimischen Pflanzen, aber sie gedeihen hier sehr gut.«

Die junge Frau zieht an den Ärmeln ihres T-Shirts und schafft mehr Raum für ihre Muskeln. Sie führt das Pedal erneut zurück, eine volle Umdrehung, und bereitet sich ein weiteres Mal auf ihre Weiterfahrt vor.

Sie hat es eilig, denkt Shira. Sie will ihre Chilis pflanzen.

»Macht es dir keine Angst, was da kommt?«, sagt Shira. »Die mögliche Invasion? Die Raketen, die bereits abgeschossen werden?«

»Wovor soll ich Angst haben? Es ist ein wunderschöner Tag, und wir haben die beste Armee der Welt, direkt hier, um uns zu beschützen. Und da ist auch Gottes Wille.«

»Das verlangt ziemlich viel von der Armee … und von Gott. Weiter weg wäre es viel weniger.«

»Wenn dieser Kibbuz nicht hier wäre, gäbe es eine andere Barriere, weiter im Inneren, und das Heim von jemand anderem stünde auf dem Spiel. Es ist eine Pflicht und ein Privileg, hier zu leben …«

»An der Front?«, sagt Shira.

»Im Paradies.«

Damit hebt die junge Frau ihr Gewicht auf den Sattel, steigt in die Pedale und fährt davon.

Shira sieht ihr hinterher und weiß, sie hat diese Leute auf ihrer Liste vergessen. Die überzeugten jungen Altruisten, die sich wissend der Gefahr in den Weg stellen.

Shira denkt darüber nach, während sie dem Weg der jungen Frau mit ihrem Fahrrad folgt. So gelangt sie zum westlichen Rand des Kibbuz bis an den Sicherheitszaun. Dort bleibt sie stehen und sieht durch ihn hindurch zu seinem Zwilling, dem Sicherheitszaun hinter einer unbefestigten Straße, und dem dahinterliegenden Gazastreifen.

Zwischen den beiden Zäunen, zwischen ihr und ihrem Kartografen, rumpelt ein israelischer Jeep vorbei, dreht seine obligatorische Runde. Eingesperrt, wie sie sind, wirken die Soldaten auf Shira eher wie Gefangene und nicht wie eine Grenzpatrouille.

Die Jungs hinten winken, als sie vorbeikommen, das heißt, sie heben auf freundliche Weise ihre Waffen an. Shira winkt zurück und wünscht, sie könnte ihnen sagen, was für einen tollen Job sie machen. Sie würde ihnen auch gern ein Geheimnis ins Ohr flüstern. Sie würde ihnen gern sagen, dass sie ein sinnloses Ziel verfolgen.

Sie brausen dahin, aufmerksam, und beobachten sorgsam beide Seiten ihrer staubigen Route.

Und unter ihnen, weiß Shira, verlaufen die Tunnel.

2002 | Ein geheimes Gefängnis in der Wüste Negev

Es war nach seiner Gefangennahme und seinem Transport. Nachdem man ihn wie die menschliche Fracht, die er war, übers Mittelmeer verschifft hatte. Nachdem er Tage angekettet dagestanden hatte, bis er sein Leben dafür gegeben hätte, sitzen zu können. Dann tagelang hatte sitzen müssen und sich nach den Ketten zurücksehnte. Nachdem er verhört worden war, bis er zugab, was er getan hatte, und weiter verhört wurde, bis er gestand, wovon er niemals auch nur geträumt hätte – erst da wurde Häftling Z erlaubt, eine Weile zu schlafen. Dann wurde er wieder verlegt.

Es war still in seiner neuen Zelle. Er saß da, die Hände auf dem Rücken gefesselt, erstickend blind in seinem Sack. Er versuchte seinen Atem zu kontrollieren, der ohrenbetäubend geworden war. Er mühte sich, irgendein Geräusch um sich herum auszumachen.

Zeit verging. Große Schwaden davon, da war er ziemlich sicher. Er beschloss, mit dem, was als Nächstes kam, müsste er zumindest eine Art Ende erreichen. Dann würde er seinen Anwalt treffen. Dann würde er seine sich sorgende Mom anrufen können. Würde öffentlich seine

Schande anerkennen. Und die Uhr der Sühne würde zu ticken beginnen, was die gigantische, ihm zugeschriebene Schuld der Gesellschaft gegenüber betraf.

Als nichts geschah, als er dachte, er werde womöglich verdursten oder verhungern. Als er dachte, vielleicht saß er gar nicht in einer Zelle, sondern sie hatten ihn bereits grausam verurteilt und lebendig begraben, da hörte er, wie sich die Tür öffnete. Da kam der Wärter zum ersten Mal herein.

Diese Erinnerung, nimmt Häftling Z an, mag durch seine verlorene Orientierung ausgeschmückt sein, eines jedoch glaubt er felsenfest: Dass er es sofort wusste. Allein der Klang der schweren Schuhe auf dem Gang, die Art, wie die Zelle ihr erstes Echo hören ließ, das Tempo dieser Schritte und die zeitliche Spanne zwischen Eintreten und Handlung. Da war etwas, das bereits die ganze Hoffnungslosigkeit von Zs Situation enthielt.

Er begriff, dass das, was er sich als ein Ende vorgestellt hatte, erst der Anfang war, ein ewiger Beginn.

Er spürte den Wärter dort stehen. Er spürte genau, wie er über ihm aufragte. Es fiel kein Wort. Kam zu keiner Berührung. Nicht mal zu einem guten, liebevollen Tritt in die Rippen.

Dann, einfach so, änderte sich die Wirklichkeit plötzlich auf einfache Weise. Der Falkner streckte die Hände aus und zog die Haube vom Kopf seines Falken.

Häftling Z wird dieses qualvolle Bild nicht los. Die Erinnerung an diesen ersten Moment in seiner Zelle, da er von einer Finsternis in die andere wechselte.

2014 | An der Grenze des Gazastreifens, auf israelischer Seite

Oh, wie sie ihn auf der anderen Seite dieses Zaunes vermisst. Irgendwo da drüben unter den zwei Millionen sitzt ihr Kartograf fest, die unverhoffte Liebe ihres Lebens. Hätte Shira bei ihrem Kennenlernen gewusst, wie sich dieses Warten anfühlt, hätte sie sich nicht erlaubt, von einem Wiedersehen zu träumen.

Dann lacht sie. Scheiß auf unser Kennenlernen, denkt sie und erinnert sich stattdessen an das erste Mal, als sie miteinander im Bett waren. Und sie weiß, dass sie es nicht so meint.

Sie kann es immer noch nicht glauben. Abenteuerlustig war sie von jeher, doch Spontaneität lag ihr weniger. Und auf einmal findet sie sich, begehrt und begehrend, in einem Hotelbett wieder, wo sie engumschlungen mit ihrem sexy Gegner ringt.

Hinterher haben sie geduscht, es noch einmal miteinander gemacht und das Bad unter Dampf gesetzt, bis sie dachten, die Tapete könnte herunterkommen. Sie schickte ihn zurück ins Hotelbett und folgte ihm, in ein Badetuch gewickelt. Der Kartograf lag auf dem Rücken, auf dem Bettzeug, und grinste übers ganze Gesicht.

»Das ist der Grund, warum die Friedensgegner keinen Frieden wollen«, sagte er in seinem perfekten Hebräisch. »Sobald wir einander kennenlernen …«

Er konnte seinen Satz nicht beenden, da sich Shira auf ihn legte und ihn in die Nase biss.

»Ja«, sagte sie. »Lass uns los, und schon fangen wir an, uns gegenseitig zu schänden.«

Sie warf das Handtuch auf den Boden und legte ihren Kopf auf seine Brust. Ihre nassen Locken waren kalt, sie spürte, wie er erschauderte. Er legte die Arme um sie, und gemeinsam starrten sie zu der komplizierten gläsernen, museumsreifen Leuchte an der Decke hinauf. Er hatte beim Zimmer für ihr Rendezvous nicht gespart.

So aneinandergeschmiegt, stellte der Kartograf in einem Ich-lerne-dich-langsam-kennen-Ton fest: »Ich nehme an, du bist eine Spionin.«

Sie griff nach einem Kissen und schlug ihn damit. »Du hast bis nach dem Sex gewartet, um das jetzt zu sagen?«

»Dass ich an den Frieden mit den Juden glaube, heißt nicht, dass ich ein totaler Esel bin.«

»Meinst du, weil ich zur israelischen Delegation gehöre und mit dem Feind schlafe? Dir ist schon bewusst, dass du auch mit mir schläfst?«

»Das ist keine Antwort«, sagte der Kartograf, nahm ihre Hand und drückte sie liebevoll.

»Du hast mir keine Frage gestellt, sondern es wie einen Vorwurf formuliert.«

»Ich bin sicher, du kannst es wörtlich wiederholen. Und ich wette, du kennst die Nummernschilder sämtlicher draußen geparkter Autos auswendig.«

»Der Trick ist, die Autos ausfindig zu machen, die sich von den anderen abheben«, sagte sie. »Es wird zu viel, wenn du die Auswahl nicht einengst.«

»Ist das ein Eingeständnis?«

»Ich bin nur albern, nicht sauer. Und Spion oder nicht, ich glaube nicht, dass du das nur wegen meinem scharfen Blick fragst.«

»Wie wäre es damit, dass du als Beraterin zum Nationalen Sicherheitsteam gehörst? Alle von eurer Gruppe haben den gleichen nebulösen Hintergrund im diplomatischen Dienst. Ihr seid die verdächtigsten Leute am Tisch.«

»Und wie bist du dazu gekommen, Grenzen einzuzeichnen und zu verhandeln? Hast du einen Abschluss von der Kartografieschule? Hast du schon viele Länder geformt?« Sie drückte ihre Zehen auf seine. »Alle Teilnehmer an diesen Verhandlungen haben eine Vergangenheit.«

»Ich bin und war Anwalt meines Volkes. Etwas für meine Leute durchzusetzen bedeutet ausnahmslos, erst etwas für deine zu tun. So habe ich mir meinen Sitz verdient. Ich bin gut darin, mit Juden zu feilschen.«

»Warum wolltest du ihn … den Sitz?«

»Wegen meines tiefen Glaubens, dass die Palästinenser, nachdem sie es bereits geschafft haben, euer Land aufzubauen, wahrscheinlich auch ihr eigenes, unser Land, aufbauen können.«

»Glaube mir, das möchte ich gern sehen. Es ist höchste Zeit, dass wir unser Land für uns haben.«

»So fängt es an!«, sagte er und begann mit ihr spielerisch zu ringen, wobei Shira nur zu gern mitmachte.

Sie rollten herum, und am Ende saß sie auf ihm und drückte ihm die Schultern auf die Matratze.

»Und?«, sagte er. »Bist du eine Spionin?«

»Denkst du, wenn ich eine wäre, würde ich hier im Bett mit dir liegen und mit dir schlafen? Denkst du ernsthaft, das würde ich für meinen Job tun?«

Der Kartograf antwortete nicht.

»Sei ehrlich«, sagte sie. »Oder nicht. Lüge ruhig, denn es gibt nur eine richtige Antwort.«

Er schwieg noch etwas länger. Es schien ihm ein gute Möglichkeit.

»Ich bin auf dem besten Weg, mich schwer verletzt zu fühlen«, sagte Shira. »Du kannst es wirklich nicht sagen?«

Sie packte eine Handvoll seiner Brusthaare und zog wütend daran.

Der Kartograf sagte nicht, dass es schmerzte, was es, wie sie beide wussten, tun sollte, sondern jaulte nur leise auf.

»Niemals würde ich das«, sagte sie, von einem Zorn erfüllt, dessen Ausmaß er nie verstehen würde. Wütend und bereits verrückt vor Liebe, sank sie zurück an seine Seite und drückte ihren Kartografen fest an sich. »Nicht, solange ich lebe«, sagte sie, um ihre Versicherung noch einmal zu unterstreichen. »So bin ich nicht.« Doch so sehr das, was sie sagte, aus dem Herzen kam und auch wenn es sich so wahr anfühlte wie noch nie zuvor, sie wusste, dass sie nur wegen der Dinge, die sie damals getan hatte, zu der Frau geworden war, die sie heute war.

Wenn es, aus Häftling Zs Sicht, einer Vergeltung bedurfte, wurde sie ihm damit zuteil. Denn Shira war klar, dass sie am Beginn von etwas stand, das sie nie aufgeben würde, und sie kannte die unglaublichen Herausforderungen, denen sie und der Kartograf entgegensahen. Wenn irgendwem die Schuld an dieser so unerwarteten wie verheerenden Dosis Glück gegeben werden konnte, dann zweifellos Häftling Z. Er hatte sie einen Weg einschlagen lassen, der ebenso unausweichlich war wie der, auf den sie ihn geschickt hatte.

Mehr als ein Jahr hatte sie Zeit gehabt, den Kartografen zu verstehen, seit sie ihn zum ersten Mal gesehen hatte, wie er ernst und gesetzt hinter Abbas stand, ein Bild von einem Mann mit Anzug und Krawatte. Der palästinensische Präsident hatte bereits mit seinen engsten Vertrauten zusammengesessen, als Shira hereingekommen war.

Sie muss auch selbst seriös und gesetzt gewirkt haben. Es war das höchstrangige Treffen, an dem sie je teilgenommen hatte, und geheimer als alles in ihrer Laufbahn.

Sie kamen in Premierminister Olmerts Residenz in Jerusalem zusammen und wollten den Frieden endlich ernsthaft verwirklichen. Es war der Höhepunkt nach drei Dutzend solcher Treffen, es gab nichts mehr zu diskutieren, sondern es galt nur noch, die Kreuzchen auf der Karte mit ihren Initialen zu versehen, und Abbas musste seinen Namen daruntersetzen.

Sie erinnerte sich, wie seltsam ruhig sich der Raum angefühlt hatte, als sie eintrat. Wie behaglich. Es gab Kuchen und Saft, Wasser mit und ohne Kohlensäure. In einer Schale lagen Clementinen, die Olmert, wie sie gesehen hatte, vorher von den Bäumen entlang des Hauses gepflückt hatte.

Als er merkte, wie Shira ihm zusah, hatte er gesagt, so beruhige er sich vor Treffen von dieser Wichtigkeit.

Jetzt stand sie bei der Tür und sah, wie Olmert mit der Karte vortrat und sie nach einer angedeuteten Verbeugung auf dem Tisch vor Abbas ausrollte.

Olmerts Assistent kam mit einem Moment Verzögerung gelaufen und legte vier lederne Briefbeschwerer auf die Ecken, um sie am Platz zu halten.

So ehrfürchtig wie ungläubig hatte sie die Karte angesehen. Da lag ein unabhängiges Palästina auf dem Tisch. Der uralte, blutige Streit fand sein Ende. Abbas musste nur noch unterschreiben.

Dann betrachtete Shira, was die palästinensische Delegation sehen musste. Nicht nur die Karte, sondern auch Olmert, den Mann, mit dem sie diesen Frieden schlossen. Den Ersatz für den durch seinen Schlaganfall ausgeschiedenen General und den, in Shiras Augen, am wenigsten premierministerhaft wirkenden Mann, den sie je gesehen hatte. Mit dem schattendünnen, quer über den Kopf gekämmten Haar, seiner drahtigen Läuferfigur und den erschöpften, der Situation kaum gewachsenen wässrigen Augen. Und doch. Die Karte. Das war mutig. Selbst wenn die Palästinenser mehr wollten, als Olmert ihnen gab, war er doch bereit, mit ihnen zu einem Ergebnis zu kommen, auch wenn er mit den eigenen Leuten aneinandergeriet. Auf jüdischer Seite würde der Teufel los sein.

Es kam, das wusste sie, sehr nah an das heran, was sie forderten. Die große Lösung, da lag sie. Die Territorien, die ausgetauscht werden sollten, waren mehr oder weniger vergleichbar, und es gab einen Korridor, um vom Gazastreifen zum Westjordanland zu fahren, einen futuristischen Tunnel, der die Palästinenser hin- und herbringen sollte.

Die Tunnel, wie hätten sie da schon von ihnen wissen können?

Hier wurde Geschichte geschrieben, wenn Abbas es denn erlaubte. Davon hatte sie Teil sein wollen, nachdem sich ihre Träume geändert hatten.

Jetzt drehte sich Abbas, der flüsternd auf das eine und andere zeigte, um und blickte über die Schulter zu dem eleganten, gut aussehenden Mann hin. Es war ihr Kartograf, der herangeholt wurde, um die endgültig eingezeichneten Grenzen zu studieren.

Sie sah ihm an, dass er diesen Handel wollte. Dass er, wie sie, die Tragweite spürte, die Flüchtigkeit und unglaubliche Außergewöhnlichkeit dieses möglichen Friedens.

Er, wie sie, arbeitete für die über ihm. Er war nicht der, der etwas akzeptierte, er half Abbas sehen, was er selbst sah.

Der Kartograf formulierte seine Meinung, und auch die anderen Berater kamen an die Reihe und besprachen die Karte in ihren Einzelheiten.

Abbas sagte, er müsse nachdenken. Sich beraten. Es mit den Jordaniern besprechen. Den Amerikanern zeigen. Sein gesamtes Kabinett müsse konsultiert werden, bevor er unterschrieb. Das sei mehr Land, als er zu verlieren bereit sei.

Die Reaktion ihres Mannes war stumm. Es war die Art, wie er sich hielt, wie sein Gesicht offen seiner Sehnsucht Ausdruck gab. Seit seiner ersten Stellungnahme hatte er sich nicht mehr geäußert, doch jetzt strahlte er eine einzige Botschaft aus, die sie als Hoffnung verstand. Lass es zwei Völker sein, die den Blick in die Zukunft richten statt in die Vergangenheit.

Sie wusste, es war wahrscheinlich ihre Projektion, ihr Romantisieren und der eigene verzweifelte Wunsch nach einem Kompromiss. Sie wollte Olmert am Ärmel fassen und sagen, seht euch diesen Premierminister an, er wird nicht lange im Amt bleiben. Als wüsste Olmert das, griff er in die Tasche und bot seinen eigenen silbernen Füllfederhalter an.

»Es gilt nur, wenn Sie es akzeptieren«, sagte er.

Abbas hob den Blick. Abbas nahm den Füllfederhalter nicht. Es war ihr Kartograf, der ihn nahm. Ihr Kartograf, der die Kappe entfernte und ihn seinem Führer hinhielt. Er hielt ihn Abu Mazen hin, der vor der Landkarte ihrer Nation saß. Er bot ihn mit solcher Würde an, dachte Shira, doch der Mann unterschrieb nicht.

Und schon war die Karte wieder vom Tisch. Schon war

das Treffen vorüber. Als Abbas von seinem Stuhl aufstand, um zu gehen, setzte sich ihr Kartograf, nahm ein Blatt Regierungspapier und skizzierte, aus der Erinnerung, das verlorene Land. Er faltete das Blatt zusammen, steckte es in seine Tasche und gab dem Premierminister seinen Füllfederhalter zurück, als ihre Delegation den Raum verließ.

Darauf musste ein Anruf folgen, da war sie sicher. Es würde eine weitere Runde geben, so konnte nicht jedermanns strahlende Zukunft verloren gehen. Sie würde ihren Kartografen wiedersehen.

Aber Abbas rief nicht an, stattdessen kam es zum Einmarsch in den Gazastreifen. Danach wollte niemand mehr verhandeln, nicht nach dem Tod von vierzehn Israelis und tausendeinhundert Palästinensern. Auch Olmert war nicht mehr da.

Länger als ein Jahr änderte sich nichts am ausbleibenden Fortschritt. Und dann, mit Bibi am Ruder, der mal dies, mal jenes sagte, gab es plötzlich ein Hinterzimmertreffen in Genf, das von der grauhaarigen amerikanischen Außenministerin geleitet wurde, die Shira so mochte. Sie war eine harte, klar denkende Verhandlerin, sehr professionell und stark genug, um sich in ruhigen Pausen nicht vor Freundlichkeit zu fürchten.

Während der Gespräche saß Shira dem Kartografen am langen Verhandlungstisch gegenüber, und der geheime Gipfel entwickelte sich zu einem geheimen Rendezvous.

2014 | An der Grenze des Gazastreifens, auf israelischer Seite

Es ist das Land Israel selbst, das Shira liebt. Dem, der noch nie da war, ist schwer zu erklären, dass es trotz all der Leuchtkugeln und Leuchtspurgeschosse, trotz all der Attacken und Explosionen in den Abendnachrichten einer der schönsten und vielfältigsten Orte der Welt ist.

Die Wüstenpfade in diesem Teil des Landes sind wild und schön und überraschend, die Wasserfälle und der nubische Sandstein, die großen, staubigen Berge mit ihren spektakulären Ausblicken. Machtesch Ramon, den riesigen Krater, mag sie besonders, aber der liegt eine gute, lange Autofahrt entfernt. Wo sie sich gerade befindet, nun, da gibt es nicht viel Wundervolles nahebei. Auf der Landkarte ihres Handys hat sie, etwa eine Stunde zu Fuß die Straße hinunter, etwas gefunden, das wie ein kleines Wäldchen aussieht und von der Naturschutzbehörde als Wald gekennzeichnet wurde. Was immer es ist, es liegt ein Stück weiter von der Grenze entfernt und außerhalb der militärischen Blase, in der sie gegenwärtig lebt. Sie will sich allein und nicht einsam fühlen, will sich unter Äste auf den Boden legen und durch sie hindurch zum Himmel hinaufsehen.

Einer der alten Männer, den sie bereits aus dem Kibbuz kennt, kommt ihr entgegen, als sie ihren Ausflug mit dem Rucksack über den Schultern und einem Tuch über den Haaren antritt. Er meint, es sind gefährliche Zeiten, um sich so weit aus dem Schutz des Kibbuz hinauszubewegen.

Sie sagt, sie will sich die Beine vertreten und frische Luft schnappen. Worauf er sagt, die Luft im Kibbuz ist auch frisch, und wenn sie Bewegung will, warum schwimmt sie nicht ein paar Bahnen im Pool?

Shira weiß nicht, warum sie sich lange erklärt. Sie wandert lieber, als dass sie schwimmt, sagt sie, und kommt nicht auch er von einem Spaziergang zurück?

»Ich bin alt«, sagt er. »Wenn ich sterbe, ist das traurig. Bei Ihnen wäre es tragisch.«

»Ich riskiere es«, sagt sie. »Wenn mich eine Rakete trifft, trifft sie mich. Lieber werde ich in der Natur als unter meinem Bett versteckt in die Luft gesprengt.«

Darauf schnieft der Alte und sagt mit krächziger, weiser Stimme: »Mutige Reden klingen immer gut, nur trägt die Logik dahinter im Allgemeinen nicht. Sie könnten genauso gut in einen unserer hübschen, armierten Schutzräume gehen, wenn die Sirenen erklingen, und die Rakete trifft Sie nicht.«

»Verstehe«, sagt sie.

»Innerhalb der Tore ist es sicherer als außerhalb. Wir machen uns Sorgen um unsere Gäste.«

»Okay«, sagt sie. »Danke.«

Shira stöpselt sich den Kopfhörer in die Ohren und wählt alten israelischen Hiphop aus den Neunzigern, ihre Lieblingsmusik, wegen der sie endlos aufgezogen wird. Sie gibt zu, dass sie einen ausgefallenen Geschmack hat.

Als sie den traurigen kleinen Wald erreicht, sucht sie sich ein hübsches Fleckchen zwischen zwei größeren Bäumen aus. Sie holt die Wasserflasche hervor und benutzt ihren Rucksack als Kissen, sorgfältig darauf bedacht, ihre Sandwiches nicht zu zerdrücken. Sie hofft auf ein wenig Schlaf. Dabei muss sie an den biblischen Jakob denken, der sich einen Stein unter den Kopf legte. Sie kann nicht anders. Diese Bezüge im Heiligen Land herzustellen ist ein Leiden, das sie alle befällt. Sie könnte solche Gedanken nicht ausblenden, selbst wenn sie es versuchte.

Erfrischt geht sie zurück, und Shira hat eben das Eingangstor passiert, als sie den Mann vom Beginn ihres Spaziergangs vorm Kibbuzladen stehen sieht. Sie hebt die Arme, als wollte sie sich ihm präsentieren, sieh doch, ich lebe und habe mich nicht umbringen lassen. Sie ist stolz.

Aber er wirkt längst nicht mehr so glücklich. Wie alle, die in diesem Land aufgewachsen sind, kennt Shira den Ausdruck auf seinem Gesicht.

»Der General«, sagt er, als sie näher kommt. »Er ist gestorben.«

Es ist ein Schock für Shira, das zu hören. Sein Tod genauso wie die Tatsache, dass er bis dahin irgendwie noch gelebt hat. Kann es tatsächlich sein, dass sie in all den Jahren diese Nachricht noch nicht gehört hat? War er die ganze Zeit noch bei ihnen?

Aus einer Art Reflex heraus will sie sagen: »Ich habe ihn persönlich gekannt«, aber sie befinden sich in Israel, und da sind solche Behauptungen an der Tagesordnung. Wenn sie es sagt, wird dieser ehrwürdige Grenzbewohner ihr erklären, dass er in hundert Kriegen an der Seite des Generals gekämpft hat. Dass sie Brüder sind oder Cousins, dass er ihm eine Niere gespendet oder von ihm eine bekommen hat oder sie seit ihrer Kindheit die besten Freunde waren.

Sie entschuldigt sich und stolpert von ihm weg, verpasst buchstäblich einen Schritt und hat Mühe, sich aufrecht zu halten. Sie sieht über die Schulter und hebt noch einmal die Arme.

Ist es das, was die Welt von ihr will?, denkt Shira. Dass sie die Knie beugt? Klagt und jammert?

Wenn, dann wird es als Schmerz wegen des Todes des Generals missverstanden, den sie nicht betrauert. Sie läuft zu ihrer Hütte und wehrt ab, was sie bereits getroffen hat, die über ihr zusammenschlagende Welle, die Orientierungslosigkeit, als Shira wieder ganz bei Häftling Z ist.

Sie ist stärker, sagt sie sich. Sie ist anders als die anderen. Sollen sie sie doch verurteilen, wie es die, die sie kennen, oft tun – sie wird sich durch ihn nicht noch mehr nach unten ziehen lassen, als es bereits geschehen ist.

Sie hat dafür gesorgt, dass Häftling Z auf Befehl des Generals zurückgeholt wurde, ein Verräter. Was sie nicht weiß, wovon sie nichts gehört hat, ist, was mit ihm nach seiner Ankunft geschehen ist.

Wenn der General all die Jahre durchgehalten hat, was ist dann mit dem Häftling?

Sie hat oft schon gebetet, tatsächlich dafür gebetet, dass er nicht mehr lebt. Denn er hat es nie in die Zeitung oder die Abendnachrichten geschafft. Auch in Geheimdienstkreisen redete niemand über ihn. Sie hat keine Akte über ihn finden können, keinen Namen, der mit ihm verbunden wäre, keine Nummer. All ihre Nachfragen sind unbeantwortet geblieben, bis man ihr klarmachte, dass sie da nicht weiterbohren solle. Und doch tat sie es, bis sie bei allen schlecht angeschrieben war. Sie gab nicht nach, bis sie spürte, dass die Institution den Druck erwiderte und sie hinausdrängte.

Sie geht zu ihrer Hütte und rechnet. Zwölf Jahre. Gott

helfe ihm. Er konnte doch nicht so lange in einem Zwischenreich gehalten werden.

Hier im Kibbuz, mit dem Kartografen im Herzen, ihrem diplomatischen Geliebten, der im Gazastreifen festsitzt, weil er eine undiplomatische Wahl getroffen hat, kehrt sie zu ihrem Mantra für den, den sie betrogen hat, zurück.

Das sind die Dinge, für die sie in den Wochen und Monaten, nachdem sie und der Kellner in ihrem SeaRider losgezischt waren und Häftling Z seinem Schicksal entgegensegeln ließen, gebetet hat. Sie betete für einen Unfall schon früh während der Verhöre, betete für einen übereifrigen Vernehmungsoffizier und dass er Z das Genick gebrochen hatte. Sie hoffte, dass er in einem Eimer ertränkt worden war oder sein Herz dem Stress nicht mehr standgehalten hatte. Sie wünschte sich sehnlichst, dass Häftling Z zu fliehen versucht und kurz den Traum von Freiheit geträumt hatte, ohne die Kugel zu spüren, die hinten in seinen Kopf drang.

2014 | Lifta

Veränderung. Sie erfüllt Ruthi mit einer Mischung aus Staunen und Furcht. Ruthi hat sich den Rat ihres Sohnes zu Herzen genommen, zunächst. Sie hat ihre Pflanzen gegossen, die bequemen Schuhe angezogen und ist in ihr Viertel gegangen, nicht um einzukaufen oder Dinge zu erledigen, sondern einfach, um dort zu sein.

Die alte Stadt ist das, was sie auf ihrem Rundgang vermisst. Nicht den Teil mit den türkischen Festungsanlagen und heiligen Stätten, der Klagemauer und der goldenen Kuppel. Sie meint das alte neue Jerusalem, das schlichte, staubige, wundervolle Dorf ihrer Kindheit, in dem sich einfach leben ließ. Ehrbar und arm.

Wohin sie auch geht, kommt sie an hoch aufragenden neuen Gebäuden vorbei, und Ruthi weiß, durch die Lücken dazwischen öffnet sich der Blick auf Anhöhe um Anhöhe voller Häuser, wo einmal Terrassen angelegt waren, und die dünnstämmigen Wälder in den Tälern sind von Villen und den Bändern neu asphaltierter Straßen durchzogen. Das alles bedeckt die Orte, zu denen Ruthi und ihre Freundinnen zogen, als sie noch ein Mädchen war. Sie gingen auf Schatzsuche und fanden mitunter auch etwas. Alte Münzen und gerundete Glasscherben, die wie Muscheln zwischen den Steinplatten alter römischer Seitenstraßen steckten. Wie oft liefen sie den Pfad nach Lifta hinunter, und wenn dort keine Jungs lauerten, sprangen sie in ihrer Unterwäsche in die Quelle und ließen sich anschließend in der Sonne trocknen. In den verlassenen, verfallenen Häusern des alten arabischen Dorfes am Rand der Stadt spielten sie Verstecken.

Warum nicht?, denkt Ruthi jetzt. Wie lange ist das her?

Ruthi wendet sich zum Eingang der Stadt. Sie geht langsam, schlängelt sich zur *trampiada* hinunter, der Hitchhikerstation, wo die Soldaten auf die Erde zeigen, um mitgenommen zu werden, und die Chassidim das Gleiche tun, alle in den Uniformen ihres Stammes.

Sich wieder unartig und kleinmädchenhaft fühlend, verlässt sie die Straße, folgt demselben alten, steilen Pfad in die Schlucht hinunter und flieht in eine Zeit, die sie schmerzlich vermisst hat.

Es ist, wie es war. Die arabischen Häuser stehen noch. Und sie sieht, es ist ein Erinnerungsblitz, wie schnell die Gazellen davonsprengten, wenn sie und ihre Freundinnen hier ankamen. Religiöse Mädchen, die ohne große Anstrengung so taten, als wären dieser grüne Ort und seine Quelle der Garten Eden und sie selbst die ersten Menschen auf dieser Welt. Die Häuser blendeten sie aus ihrem Blick aus.

Der General, der zu seinen Lebzeiten immer bei ihr war, hat sich seit seinem Tod nicht weit wegbewegt. Sie steht am Fuß des Teichs, in dem sie geschwommen sind, und erinnert sich an einen der zahllosen bis in den Abend hineinreichenden Tage in seiner offiziellen Residenz. Bis auf sie und seine Leibwächter waren alle längst nach Hause geschickt worden.

Er kam vom Hof herein und fand sie in seinem Büro

beim Aufräumen des Schreibtischs. »Es kommt noch ein Besucher«, sagte er. »Das ist jetzt alles sehr plötzlich, ich weiß, aber ich will niemanden wecken, damit er noch etwas kocht.«

Sie schimpfte und sagte: »Wenn Sie etwas von mir wollen, sagen Sie es einfach.«

»Könnten Sie etwas zusammenstellen … mir den Gefallen tun? Etwas Einfaches für einen Gast.«

»Einfach wird es sein müssen«, sagte sie frustriert, da sie wusste, dass die Vorratskammer so leer war wie selten, morgen sollte eine große Bestellung eintreffen.

Sie sah in der Küche nach, fand Eier und Paprika und verschiedene Gemüsedosen. Es gab Obst und eine Wassermelone, etwas Käse und einen guten Laib Brot. Einen Becher Hummus. Sie würde zurechtkommen.

Sie machte sich an eine Schakschuka, wärmte einen Tag alte Burekas auf und schnitt eine Gurke für einen schönen israelischen Salat. Schade war nur, dass sie keine Petersilie oder Minze zum Darüberstreuen hatte.

Sie gab eingelegte Gürkchen und Oliven in Schälchen, und wenn das Ganze eine Überschrift hätte bekommen sollen, hätte sie es einen spätabendlichen Frühstückstisch genannt.

Während sie noch kochte, kam der General herein, und hinter ihm, sie konnte es nicht glauben, war Arafat.

Da stand er in seiner Uniform und seiner berühmten Kefije, das Ende des Tuchs sorgfältig in Form von Großisrael hindrapiert, Palästina auf dem Revers. Sie wusste, was selten war, nichts zu sagen, aber er … Sie hatte Arafat nie persönlich getroffen.

Der General stellte sie gutgelaunt einander vor. Er sagte: »Mein Lieblingsfeind ist zu einem informellen Gespräch hier.«

Dann sprach Arafat sie mit der hohen Stimme an, die sie nur aus Radio und Fernsehen kannte. Von den vollen Lippen des Mannes klang sie genauso: »Schön, Sie kennenzulernen.«

Die Männer gingen nicht ins Büro des Generals, ins Esszimmer oder den Hof, wo so viele Besucher bewirtet wurden. Nein, sie setzten sich an den Küchentisch, und der General sagte: »Wir haben auf beiden Seiten genug Zeit verschwendet, Ruthi. Wir sind hier, um Fortschritte zu erzielen, und wo lässt sich besser essen als in der Küche?«

Sie bot an, sich zu entschuldigen, noch bevor alles fertig war.

Dem General schien sehr an ihrer Bewirtung gelegen, und er bestand darauf, dass sie blieb.

So blieb sie, kochte und servierte, lief hin und her, stellte fertig Angerichtetes auf den Tisch, schenkte ein und nach. Eine unbeachtete Beobachterin.

Zunächst ging es nicht um Geschäfte, Politik oder die Zukunft ihrer Völker. Während Ruthi die Schakschuka verteilte, erinnerten sich die beiden an die Zeiten, da sie sich gegenseitig zu töten versucht und es nicht geschafft hatten, an all ihre Unfälle und die Situationen, in denen es sie beinahe erwischt hätte, an all die Male, da sie nicht gestorben waren.

»Als mein Flugzeug in der Wüste abstürzte«, sagte Arafat, »und ich kam davon.«

»Als ich als junger Mann in Latrun in den Bauch getroffen wurde.«

»Als Sie mich in Beirut im Fadenkreuz Ihrer Scharfschützengewehre hatten.«

»Das wissen Sie?«, sagte der General strahlend.

»Ich habe das Foto gesehen, und das heißt, dass Sie wollten, dass ich es sah.«

»Wir hätten abdrücken sollen.«

»Es hätte Ihnen den Preis für ein Abendessen erspart«, sagte Arafat und nahm eine eingelegte Gurke. »Warum haben Sie's nicht getan? Das wollte ich immer schon wissen. Haben die Russen Druck gemacht? Die Amerikaner?«

»Nun, weil es nicht richtig gewesen wäre«, sagte der General. »Dem Teufel gefällt es viel zu gut, uns beide hier zu haben.«

Sie war erfahren darin, ihren Chef zu durchschauen, wirtschaftete weiter in der Küche herum und half ihm, den informellen Ton zu halten. Sie hörte zu, während sich die beiden langsam dem Thema näherten, das zu diesem spätabendlichen Treffen geführt hatte.

Die Palästinenser sind bereit, vieles zu opfern, sagte Arafat, aber sie müssen ihr Gesicht wahren können. Was das Rückkehrrecht angeht, brauchen sie ein Symbol. Nicht nur einen Staat außerhalb der Grenzen, sondern auch einen Rückkehrbereich irgendwo innerhalb.

Welche Bevölkerung könnte Israel leichter wieder aufnehmen, welcher Ort ließe sich besser wiederaufbauen als das winzige Dorf Lifta, diese Perle, über deren Verlust sie nie hinweggekommen sind?

Woran sonst soll sich Ruthi erinnern, als sie zwischen den leeren steinernen Häusern steht, die links und rechts an den Hängen hinaufwachsen?

Gegen Ende des Treffens, gegen Ende des Essens kam Ruthi mit Feta und einer Wassermelone auf einer Servierplatte. Süß-salzig war bis zum Beginn seines endlosen Endes eine der liebsten Geschmacksrichtungen des Generals.

Er sperrte sich klar gegen Arafats Bitte. Mehr Territorium würde er schon tauschen, auch näher an der Grenze, und auch darüber reden, mehr Flüchtlinge aufzunehmen, eine mutigere Zahl, aber an einem weiter entfernten Ort.

Da wandte sich Arafat an sie. Er berührte ihren Arm, als wäre sie die ganze Zeit schon Teil der Unterhaltung gewesen. »Ist es nicht schön, unser Lifta? Sie waren doch schon da?«

»Das war ich«, sagte sie und antwortete nicht auf Hebräisch oder Englisch, sondern auf Arabisch, und Arafat lächelte. »Es ist sehr schön«, sagte sie und stellte die Platte vor ihn hin.

Und dann stritten sie über Lifta. Wiederholten, wie kompromissbereit sie seien, wollten in dem Punkt aber beide keinen Zentimeter nachgeben.

»Ein Rückkehrrecht«, sagte Arafat. »Ein paar Häuser, die es bereits gibt und die leer am Fuß Jerusalems stehen, weit unten. Da haben Sie den Vorteil von Höhe und Position, sollte es je wieder zu einem Krieg kommen.«

»Lifta liegt nicht am Fuß der Stadt, sondern im Zentrum Israels, und das wissen Sie. Jerusalem ist der jüdische Kopf, und Lifta sitzt ihm an der Kehle.« Der General legte sich einen Finger an den Hals und musste ihn nicht mal theatralisch quer darüberziehen.

»Geben Sie es uns«, sagte Arafat. »Wir sollten nicht um das bitten müssen, was uns gehört.«

»Wenn es Ihnen schon gehörte«, sagte der General, »müssten Sie nicht an meine Tür klopfen.«

2014 | An der Grenze des Gazastreifens, auf israelischer Seite

Wie vorsichtig man sein muss, in einer Beziehung keine Dinge zu sagen, die sich nicht wiedergutmachen lassen. Das letzte Mal, da sie ihn von Angesicht zu Angesicht sah, hat sie ihren Geliebten sehr verletzt.

Sie hatten in Amsterdam zu Abend gegessen, und er sagte, er werde von dort direkt in den Gazastreifen fliegen. Er flog als Abgesandter mit der Aufgabe, das Kriegsbeil zu begraben und das palästinensische Volk wiederzuvereinigen. Diesmal sollte er ein anderes Abkommen als das aushandeln, dem sie beide ihr Leben gewidmet hatten. Der Kartograf wollte einen haltbaren Frieden zwischen Palästinensern und Palästinensern erstreiten, zwischen Fatah und Hamas.

Als er das sagte, benutzte sie das T-Wort, etwas, was sie untereinander nicht taten. Sie sorgte sich in so vieler Hinsicht um seine Sicherheit. Und vielleicht nannte sie die Hamas, alle zusammengenommen, den militärischen wie den politischen Arm, vielleicht hatte sie sie offen »Terroristen« genannt.

Was, wenn es danebengeht?, war alles, was sie hatte sagen wollen. Was, wenn er von seinen Gastgebern verhaftet und in eines ihrer Gefängnisse gesperrt wurde? Was, wenn Israel ihn nicht wieder herausließ? »Sie wollen die Hamas nicht als weiteren Verhandlungspartner«, erklärte sie ihm. »Du spielst mit dem Feuer, und sie werden es nicht gut aufnehmen.«

Sie spürte noch die Wut, die angriffsbereite Kraft in ihm.

Dann sagte er, in Reaktion darauf und wieder gefasst: »›Sie‹, weißt du, das bist ›du‹.«

Das wusste sie sehr gut. Sie war eine ehemalige Spionin, gegenwärtig im Nationalen Sicherheitsteam und verfocht den Vertrag, den sie nicht unterzeichnet hatten. Deshalb gab sie ihm ihren abgeschmackten Rat.

Natürlich hatte sie recht gehabt. Beide hatten sie recht gehabt, auf ihre Art. Als er die erste Runde seines Vorhabens hinter sich gebracht hatte und den Gazastreifen wieder verlassen wollte, lachten die Israelis über seinen Diplomatenstatus und nahmen ihm seine Papiere ab. Bis heute halten sie ihn in Gaza fest. Aber ihr Mann! Ihr Kartograf, er hat etwas bewegt. Sie haben ihn dort festgesetzt, aber er verfolgte sein Ziel weiter, und Israel hat das Gegenteil von dem erreicht, was es beabsichtigte – wie es mit allem in der Region geht.

Hafuh al hafuh, das ist die Regel.

Es hat ein Jahr gedauert, ein Jahr der Trennung, ein Jahr, in dem er nicht nachgelassen hat, Tag und Nacht. Am Ende hat er seine palästinensische Einheitsregierung geschaffen. Aber was würde ihnen das in Gaza bringen, wenn Israel, wenn das »sie«, das Shira war, einmarschierte und alles zerschlug, was dort aufgebaut worden war?

Nach dem Essen war sie neben ihm gegangen und hatte es in ihm gären lassen. Sie versuchte, eine seiner gemessenen Antworten abzuwarten, die aus der epischen Tiefe seines zurückhaltenden, verschlossenen Selbst heraufkommen musste.

Schließlich blieb der Kartograf stehen und sah sie an. Sie wusste, ihm fielen solche Dinge nicht auf, aber sie standen mitten auf einer kleinen Brücke. Er würde etwas Bitteres sagen, da war sie sicher, ohne dass ihm bewusst gewesen wäre, dass der Ort weit eher dazu geeignet war, einander einen Heiratsantrag zu machen.

»Ich gehe so oder so«, sagte er. »Mit oder ohne deine Unterstützung.«

Sie sieht diese Brücke vor sich, während sie allein in ihrer Hütte sitzt und ihn vermisst. Und sie hält sich an dem fest, was er gesagt hat, wobei sie anfangs nicht sicher war, was er damit meinte.

»Unsere Probleme«, hatte ihr der Kartograf erklärt und schien den Tränen so nahe, »sind unüberwindlich, es ist völlig hoffnungslos.«

»Deine und meine«, sagte sie, bereits trauernd. »Oder eure und unsere?«

»Ich weiß nicht, ob es die Mühe wert ist, es noch länger zu versuchen«, sagte er, und sie folgte seinem Blick über die spiegelschwarze Fläche der Gracht.

Der Verzweiflung nahe, sagte sie: »Mit mir oder mit uns? Meinst du die Völker oder meinst du Personen? Womit willst du aufhören?«

»Mit euch, den Israelis«, sagte er und nahm ihre Hände. Er zog die Möglichkeit nicht mal in Erwägung, die sie fürchtete. »Mit Bibi zurück im Amt kommen wir niemals weiter, und er wird die Macht nicht wieder verlieren. Es ist an der Zeit für uns zusammenzugehen, Fatah und Hamas. Israel zu vergessen und zu einer wahren Einheit zu finden. Vielleicht ist es das Beste, zunächst unser eigenes Haus in Ordnung zu bringen.«

Wenn sie nur daran dachte, schämte sie sich jetzt darüber, wie unendlich erleichtert sie war. Es war so egoistisch, sich daran zu klammern. Wie glücklich sie gewesen war zu hören, dass ihr Kartograf sie noch liebte und es nur die gemeinsame Zukunft zweier Völker war, die er für verloren hielt.

2014 | Ein geheimes Gefängnis in der Wüste Negev

Er läuft zu viel auf und ab und kaut seine Nägel zu tief herunter. Er hat aufgehört zu essen und schlägt mit dem Kopf gegen die Wand … Nicht fest, nicht fest, sagt er dem Wärter. Über die Kameras sieht es schlimmer aus, doch wenn es so heiß wird, wenn uns die Jahreszeiten an diesen Punkt bringen, kühlt das Klopfen gegen die Betonsteine ab.

Der Wärter, denkt Z, der Wärter muss sich Sorgen machen. Denn er besorgt Tabletten, stärkere, bessere, und das regelmäßig. Häftling Z glaubt zumindest, dass es so ist, denn er läuft zwar weniger auf und ab, dafür hat er Probleme aufzustehen.

Es geht den Wärter nichts an, hat Häftling Z das Gefühl, und er streitet es ab. Aber der Wärter kommt ständig und sagt: »Dann stehen Sie schon auf, wenn Sie können.« Und wenn Häftling Z es probiert, fängt sich der Raum an zu drehen. Das ist neu, ein Schwindel, wie er ihn nie hatte.

Auf der Matratze geht es ihm gut. Und auf dem Boden. Aber der Wärter lässt ihn nicht in Ruhe. Häftling Z sagt, es ist eine Innenohrentzündung oder ein geplatztes Trommelfell, weil er den Kopf vielleicht einmal zu fest gegen die Wand geschlagen hat.

Der Wärter, der keinerlei ärztliche Fähigkeiten besitzt, meint: »Ich glaube, es liegt daran, dass Sie den Verstand verlieren.«

Häftling Z hasst es, wenn der Wärter recht hat, aber nach ein oder zwei Beruhigungstabletten wird der Raum um ihn herum langsamer und kommt zum Stehen. Manchmal kriecht Häftling Z zum Klo und richtet sich mit zitternder Hand auf, damit die Kameras ihn nicht verraten und seinem Folterer die Befriedigung schenken.

Immer öfter jedoch ist es so schlimm, dass es keine Befriedigung mehr darstellen kann, und dann kommt der Wärter herbeigeeilt.

»Atmen Sie«, sagt er, »Sie haben eine Panikattacke.«

»Mir geht's gut«, antwortet Häftling Z und sieht überhaupt nicht so aus.

Bei solchen Gelegenheiten hält der Wärter Häftling Z schon mal und wiegt ihn hin und her, solange die Bewegung nicht alles noch schlimmer macht. Oder er reibt ihm in großen Kreisen über den Rücken.

»Versuchen Sie zu weinen«, flüstert der Wärter. »Ich mache das nur als Ersatz. Versuchen Sie traurig zu sein, und Sie fühlen sich besser.«

»Scheiße«, sagt Häftling Z vielleicht auch keuchend. Und mit mehr Anstrengung: »Fick dich, Mann.«

»Okay, mache ich«, verspricht der Wärter im gleichen gelassenen Ton. »Sobald Sie sich beruhigt haben. Das ist gut. Das ist ausgezeichnet. Seien Sie wütend. Es hilft. Wütend ist so gut wie traurig.«

Wenn sich Häftling Z zu beruhigen beginnt, wenn er seine gewohnte Farbe oder Farblosigkeit wieder annimmt – wobei er sich aber immer, ausnahmslos klamm fühlt –, wenn die Ordnung wiederhergestellt ist, gibt keiner mehr zu, was sich zwischen ihnen abgespielt hat.

Beim letzten Mal, als er Häftling Zs schwindeligen Kopf auf seinem Schoß hielt, war der Wärter so weit gegangen, wie sie es sich beide gerade trauten. Er hatte Häftling Z, sich selbst und den Kameras eine Frage gestellt, als richte er sich an eine Macht, die größer war als sie beide.

Wie, oh, wie nur ist es so weit gekommen?

Nachdenklich kam er dem Häftling da vor, nicht wie der gewohnte Dummkopf.

Und dort in seiner Zelle, lange nachdem der Wärter wieder gegangen war, widmete Häftling Z viele Stunden der Formulierung einer Antwort.

Es wäre einfach zu sagen, dass es an der Kellnerin oder Sander lag, dem Hugenotten-Kellner oder Farid. Er gibt jedoch weder der Spionage noch der Gegenspionage die Schuld, nicht dem Landesverrat oder seiner Teilnahme an einer Operation, die so viele Kinder das Leben gekostet hat. Er führt es weder auf sein Training noch auf die Rekrutierung durch einen Freund an der Hebräischen Universität zurück, der ihm eine Nummer gab und sagte: »Ruf da an, wenn du auf besondere Weise einen Beitrag leisten willst.«

Dass es so weit gekommen ist, dachte Häftling Z, hat seinen Ursprung sehr viel früher. Sein Jerusalem, sein Israel, sein Ende. Sein Geburtsrecht. Vor so langer Zeit wurde ihm das eingetrichtert, daheim in der Vorstadt, daheim in Amerika, im Klassenzimmer seiner jüdischen Schule, ihm, dem kleinen Jungen mit dem schweren Gebetbuch und der Jarmulke, die ihm wie ein umgedrehter Suppenteller auf dem Kopf saß.

In der zweiten Klasse rennen sie herum, die Kinder, und strecken die Arme weit aus. Sie fliegen. Die Tische werden zusammengeschoben, die Lehrerin hat's gesagt, ihre entzückende achtzehnjährige Lehrerin, die bald schon schwanger werden und verschwinden wird.

Sie wissen genug, die Jungen und die Mädchen, um diese schwarzhaarige Frau zu lieben, deren sogar noch schwärzeres, schöneres Haar unter der Perücke hervorlugt, als sie den großen Tisch, das Lehrerpult, näher an ihre Pulte heranschiebt. Sie kleidet sich züchtig, aber es gibt kein »züchtig«, wenn du eine schöne blutjunge Grundschullehrerin mit rabenschwarzem Haar bist, das Gesicht gerötet, weil du, wann immer es die Zeit erlaubt, schwanger zu werden versuchst.

Ihre Liebe zu ihr war anders als das, was sie für die übrigen Lehrer empfanden. Sie wollten sie heiraten, wollten ihr gehören, es war eine heiße Lehrerinnen-Liebe, und sie hätten alles für sie getan, wirklich alles. Nach dem Morgengebet, nachdem sie mit ihren großen grünen *siddurim*, ihren Gebetbüchern, in die Klasse gekommen waren und sich gesetzt hatten, als ihre Lehrerin vor ihnen stand, das Kinn vorschob und sich die Haare aus den Augen blies, als sie da sagte: »Aufgestanden, auf, auf«, als sie die Hände hob und die ganze Klasse einfach aufstand … Häftling Z ist nicht mehr sicher, ob sie überhaupt »Auf, auf« gesagt hat.

»Wir verreisen heute und sind schon spät dran«, sagt sie.

»Wohin reisen wir?«, fragt Batja, deren englischer Name Beth ist.

Die Lehrerin lächelt, es glitzert in ihren Augen. »Wir fliegen nach *Jerushalajim*, meine kleine *jidelach*. Jetzt gleich fliegen wir nach Israel. Der *Moschiach* kommt, und dann müssen wir da sein. Wir müssen helfen, ihn willkommen zu heißen.« Wieder winken die Hände, und wir folgen ihr alle. »Und jetzt schiebt! Schiebt die Tische zusammen, damit wir hoch in den Himmel steigen können.«

Und als die Tische in der Klasse einen großen Kreis bilden, nimmt die Lehrerin einen der winzigen Stühle, hebt den Rock, so dass wir ihre in einen kratzigen grauen Strumpf gehüllte Fessel sehen können, und stellt den Fuß auf den Stuhl. Sie klettert auf einen der Kindertische. Eine Lehrerin! Eine Lehrerin auf dem Tisch! Es ist wunderbar.

Sie geht ein wenig in die Knie, beugt den Kopf vor und breitet die Arme weit aus. Sie sagt: »Ich bin in einem Flugzeug. Ich *bin* ein Flugzeug. Wir fliegen alle zusammen nach Israel, zur Alija. Wir ziehen nach Jerusalem. Wir müssen uns beeilen, schnell, schnell, es ist ein langer Flug, und der Messias ist schon unterwegs.«

Und sie hebt ab, fliegt von Tisch zu Tisch durch den Raum und neigt in den Kurven die schönen, bedeckten Arme.

»Kommt«, sagt sie. »Kommt. Ihr wollt doch nicht im *galus* zurückbleiben, vergessen im ägyptischen Exil, wenn der Messias kommt. Unser Land wartet auf ihn.« Und es ist der pummelige Bentzi, der als Erster oben bei ihr ist, auf ihn folgt Meir Aryeh mit seinem Affengrinsen, dann kommen Devorah, Yocheved, Susan und Zev. Und schließlich stehe auch ich auf dem Stuhl ... Häftling Z spürt, wie er aufsteigt. Aber mit all den wedelnden, sich neigenden Armen, dem Rennen, Heulen und Fliegen habe ich zu viel Angst mitzumachen. Da plötzlich packt mich jemand, und ich werde hochgehoben, die Lehrerin hat mich gepackt, hält mich und setzt mich auf dem Tisch ab, alles in einer Bewegung. Das ist Liebe, das ist Sorge.

Sie hält mich, bis sich meine Beine bewegen und meine Arme ausbreiten, bis auch ich es fühle und ich hinuntersehe auf unser Klassenzimmer, auf New York und Amerika, bis alles wie eine Wüste aussieht, wie Ödland, die Leere der Welt außerhalb dessen, was Gott uns gegeben.

2014 | An der Grenze des Gazastreifens, auf israelischer Seite

Sie und der Kartograf waren wie Teenager in ihrer Hingabe. Sie spielten so viele Spiele an ihren heimlichen Wochenenden. Eines hatte sie von ihren Eltern, ihrem italienisch-israelischen Vater und ihrer marokkanisch-israelischen Mutter. Es bot eine Möglichkeit, die verschiedenen Weltsichten zu verstehen, die sie mitbrachten.

Das Spiel bestand darin, dass sie und ihr Kartograf einzelne Menschen nannten, die ihrer Meinung nach die Geschichte verändert hatten. Nicht die Stalins und Hitlers, sondern normale Akteure, ohne die dieser Planet anders aussähe.

Beim ersten Mal hatte sie »Yigal Amir« gesagt, weil er Rabin ermordet und ihrer Meinung nach ganz allein den Frieden torpediert hatte, für den sie kämpften.

Er sagte: »Baruch Goldstein«, wegen dessen Massaker im Grab des Patriarchen, das nach Ansicht des Kartografen die Welle der Gewalt auslöste, die sie in diesen elenden Zustand gebracht hatte.

Ihr hatte das Spiel besser gefallen, wenn ihre Eltern es spielten. Schon gleich zu Anfang regte sie sich auf.

»Das würde ich bestreiten«, sagte sie.

»Du bestreitest alles.«

Sie setzte sich auf, um ihn besser betrachten zu können, da sie wie immer im Doppelbett eines Hotels lagen. Er sah sie über seine Brille hinweg an, während er das Buch mit dem Finger an der Stelle zuklappte, an der sie ihn nicht weiterlesen lassen wollte.

»Wir dürfen nicht beide Israelis nennen, meine ich«, sagte sie. »Das ist nicht fair.«

»Nein? Es ist dein Spiel.«

»Nimm jemand anderen. Ich habe eine lange Liste Palästinenser, die ich dir ausleihen kann.«

»Nein, nein«, sagte er. »Ich lasse mir selbst jemanden einfallen.« Und er überlegte und überlegte, sagte schließlich: »Katherine Harris«, und sah ganz stolz aus.

Shira hatte absolut keine Ahnung, wer das war.

»Die Amerikanerin«, sagte ihr Kartograf. »Von der Wahl im Jahr 2000. Sie war die in Florida, wo sie die Löcher in den Stimmzetteln gezählt haben. Oder die halben, die nicht ganz ausgestanzt waren. Sie war es, die entschieden hat, den Staat George Bush zuzuerkennen, obwohl sie an seiner Kampagne beteiligt war. Voreingenommen. Politisiert. Korrupt. Danach fielen die Dominos. Durch den Irak, Syrien und bis nach Palästina hinein warfen sie alles um. Wer weiß, wann es endet, vielleicht mit dem Ende all dessen, was wir kennen?«

Shira musste lange darüber nachdenken.

»Wow«, sagte sie schließlich. »Das ist eine verrückte Wahl, aber genauso spielt man dieses Spiel. Du hast die erste Runde gewonnen. Ich gebe mich geschlagen.«

Er war stolz, sie küssten sich flüchtig auf die Lippen (es war diese Art Nacht), und jeder rollte auf seine Seite. Der Kartograf ließ sein Buch auf den Boden fallen und schaltete das Licht aus.

Als sie aus ihrer Hütte hinaus in die glühende Morgensonne tritt, bedauert Shira jeden Kuss, der länger hätte sein können. Sie bedauert jede kleine Intimität, die nicht ausreichend erwidert wurde. Sie hätten die Regeln dieses Spiels so einfach ändern können. Sie hätten statt der Leute, die Geschichte geschrieben haben, die beiden Menschen nennen können, die sie selbst für immer verändert hatten.

Betrachtet sie ihr eigenes Leben, weiß sie, dass sie wegen Häftling Z hier in diesem Kibbuz gelandet ist, unter Vortäuschung falscher Tatsachen und darauf wartend, dass ihr palästinensischer Geliebter ihr ein Signal schickt, bereit, ein verrücktes Risiko einzugehen, um ihn noch einmal zu sehen.

Die Pfade des Lebens, sie sind unendlich verwoben.

An dem Tag geht sie nach Osten, lässt sich den Großteil des Weges mitnehmen und will um den Shokeda-Wald wandern. Die Sommerhitze ist brutal, und sie weiß schon unterwegs, dass sie die blühenden roten Anemonenfelder um Monate verpasst hat.

Dennoch ist es eine schöne Wanderung. Es gibt einige gut gewachsene Kiefern, viel Eukalyptus und hier und da eine uralt wirkende Tamariske.

Früher ist sie ganz zu Ende des Winters in den Süden gefahren, wenn dort alles blüht. Einmal hatte Shira das Glück, nach einem ausgiebigen Regen in der Negev zu sein. Da stand die Wüste in voller Blüte. All die Blumen, die sich im Sand verstecken.

Als die Sirenen ertönen, denkt sie, ihr Klang dringt aus weiter Ferne bis hierher. Erst als die Raketen heranskreischen, begreift sie, dass der Lärm nicht aus einer der großen Städte kommt, sondern aus den Kibbuzim und Moschawim in der Nähe.

Es ist gut möglich, dass sie und die Bäume unter Beschuss stehen. Sie legt sich flach auf die Erde und zieht sich ihre treue Tagestasche über den Kopf, was ein eher nutzloser Schutz ist. Sie drückt das Gesicht in die Erde.

Sie fühlt ihn, den Druck, eine Salve, die nahe einschlägt, die trunkenen, verqueren Raketen, die auf sie zufliegen.

Es würde ihr recht geschehen, dieses Schicksal. Sie ist so weit weg von dem, was sie sich einst unter ihrem Leben vorgestellt hat, dass es tatsächlich einen Sinn ergäbe, zufällig von einer Rakete getroffen zu werden, die alles und jeden verfehlen und sich in den Schmutz graben sollte.

Sie sind unglaublich furchteinflößend, die Einschläge, die Explosionen. Shira weiß nicht, ob sie den Angriff überleben wird, und wartet darauf, dass die Sirenen zu heulen aufhören. Sie bleibt reglos liegen, mit der Tasche auf dem Kopf und Erde zwischen den Zähnen, die auch in ihren geschlossenen Mund dringt. So heftig ist der Druck.

Wie oft haben sie leise telefoniert, bis tief in die Nacht hinein, sie mit dem Kopf unter den Kissen, ein irgendwie sicheres, geschütztes Gefühl, und dem Wunsch, der Kartograf läge an ihrer Seite.

Sie sagte Dinge wie: »Könntest du nicht mit einem Boot kommen?«, »Wie wäre es mit einem Gleitschirm?«, »Mit einer Taucherausrüstung?«, »Was, wenn ich durch die Wüste Sinai käme?«, »Wenn ich einen Hubschrauber stehlen würde, wie sie es im Kino machen?«, »Was, wenn ich den Präsidenten der Vereinigten Staaten um Hilfe bitte?«

Bei dem Spiel machte der Kartograf nicht mit. Wenn es einen Weg gäbe, aus dem Gazastreifen herauszukommen, hätte er ihn längst gefunden.

Und doch, trotz aller Widrigkeiten und ihrer beider so erschöpfenden Obsession mit der misslichen Lage ihrer

Völker, trotz des endlosen Drucks, den ihre Trennung bedeutete, wuchs ihre gegenseitige Hingabe nur noch. »Und warum nicht?«, fragte sie ihn. Angesichts all der unfassbaren Dinge, an die nie jemand geglaubt hatte, der unmöglichen Träume von Ozeanüberquerungen, Bergbesteigungen, Menschen auf dem Mond… Warum sollte ihre Beziehung da nicht triumphieren?

»Ja«, sagte er. »Sie haben Schafe geklont.«

»Und ein menschliches Gesicht transplantiert!«

»Im Internet habe ich einen Hund gesehen, der so klingt, als sagte er: ›Hallo.‹ Sehr deutlich.«

»Wunder überall«, sagte sie. »Warum können wir keines sein?«

Sie zählten all die großen, legendären Liebespaare auf, die durch die Geschichte getrennt und gegen alle Wahrscheinlichkeit wiedervereint worden waren.

So lange schon ging es so, und die Anrufe schlossen immer mit dem Schweigen des Kartografen und der Frage Shiras: »Wenn du nicht herauskannst und ich nicht hinein, was machen wir dann?«

Darauf gab es keine Antwort. Es gab keine größere Liebe als die zwischen ihnen, kein größeres Sehnen als ihres, das sie, jeden für sich, leiden und gemeinsam klagen ließ. Dann eines Tages rief er sie früh schon an, als sie in einem Café im Florentin-Viertel in Tel Aviv saß und las. Noch bevor sie »Hallo« sagen konnte, sagte er zu ihr: »Ich würde dafür sterben, dich zu sehen. Das würde ich.«

»Wie romantisch«, antwortete sie.

»Ich würde ernsthaft dafür sterben, dich zu sehen, meine ich.«

»Ich auch«, sagte sie.

»Wirklich?«

»Wirklich«, sagte sie.

»Das würde ich nicht ertragen.«

»Es ist mein Recht, so gut wie deins. Wenn du mich respektierst.«

»Dann stell mir deine Frage«, sagte er. »Wie immer.«

Sie tat es. Sie wusste, welche Frage er meinte.

»Was, wenn du nicht herauskannst und ich nicht hinein?«

Und diesmal antwortete er.

»Dann treffen wir uns in der Mitte«, sagte der Kartograf.

»Was soll das bedeuten?«

»In den Tunneln. Wir treffen uns unter der Erde. Zu einem Rendezvous.«

Shira ging nach draußen. Sie lächelte, warf das Haar zurück und machte ein Gesicht, als säße er ihr gegenüber und könnte sie betrachten.

»Okay«, sagte sie. »Sicher.«

»Ich meine es ernst.«

»Zum einen ist das wahnsinnig, und zum anderen sind die Tunnel geschlossen. Die Tunnel nach Ägypten sind dicht.«

»Ich sagte, wir treffen uns in der Mitte. Ägypten liegt nicht in der Mitte. Ägypten liegt auf der anderen Seite.«

»Was ist dann in der Mitte?«

»Es gibt andere Tunnel.«

»Wo?«

»Tunnel zwischen dem Gazastreifen und Israel. Militärische Tunnel. Tunnel, die von deiner Tür zu meiner reichen.«

Shira weiß noch, wie sie sich daraufhin umdrehte. Sie drehte sich einmal um die eigene Achse, um zu sehen, ob da womöglich jemand in der Nähe war.

»Ernsthaft?«

»Ihr bereitet euch auf den nächsten Krieg vor, genau wie wir. Ihr müsst doch wissen, dass es sie gibt.«

»Ich glaube nicht.«

»Treffen wir uns.«

»In einem Tunnel?«

»Ja.«

»Muss ich es nicht jemandem sagen? Sie müssen es wissen.«

»Sie müssen es nicht wissen.«

»Menschen könnten zu Tode kommen. Sie werden zu Tode kommen.«

»Ehrlich, wenn etwas passiert, wessen Leute werden dann sterben? Denkst du, unsere Tunnel werden die Sache auf den Kopf stellen? Dass sie sich öffnen und Israel wie ein riesiges Maul verschlingen? Nein, sie produzieren nur Märtyrer, die neue Märtyrer inspirieren. Denkst du, Jerusalem fällt, weil da ein Loch in der Erde ist?«

»Was, wenn sie sich wieder einen Soldaten schnappen? Was, wenn sie es zum nächsten Kibbuz schaffen?«

»Ich habe dich nicht gefragt, was in einem Krieg passiert. Ich frage dich, ob du mit mir zu Abend essen willst.«

»In einem Tunnel? Unter der Erde?«

»Du musst es nicht so trostlos klingen lassen.«

»Wie denn sonst?«

»Denk an Kerzenlicht. Eine weiße Tischdecke. Und, für dich, eine Flasche Wein.«

»Das klingt tatsächlich besser.«

»Ja, nicht wahr? Stell es dir vor, wir zwei im Niemandsland, auf der unklaren Grenze weder unter dem einen noch dem anderen Land. Du und ich, wie wir zwischen den Welten speisen. Ein Dinner am Mittelpunkt der Erde.«

2014 | An der Grenze des Gazastreifens, auf palästinensischer Seite

Der Kartograf sitzt in einem Büro, das kein Büro ist, sondern das Wohnzimmer im Haus dieses sehr grobschlächtigen Mannes. Sein Gastgeber, ein kahlköpfiger Kerl mit Hängebacken, scheint stark wie ein Ochse, hat ein breites Kreuz, einen mächtigen Bauch und Unterarme, so dick wie die Schenkel des Kartografen.

Der Mann entschuldigt sich immer wieder, um hinaus auf die Gasse zu treten, wo er einen Grill anheizt. Kommt er zurück, sitzt er kaum eine Minute, bevor er in der Küche verschwindet. Jedes Mal sagt er: »Marinieren«, statt: »Entschuldigung«, und leckt sich bei der Rückkehr den Finger, immer denselben, mit dem er offensichtlich etwas Gutes probiert hat.

An der Wand hängt ein Ungeheuer von einem Flachbildfernseher, in dem Kinderprogramme laufen, und das verstörend laut. Der Boden liegt voller Spielzeug, aber Kinder sind keine zu sehen. Ein Mann, der dem Kartografen als »mein idiotischer Sohn« vorgestellt wurde und der dreißig oder fünfunddreißig Jahre alt ist, lehnt an der Wand gegenüber vom Fernseher, raucht eine Zigarette und starrt den Besucher kalt und argwöhnisch an.

Als sich der Gastgeber endlich länger auf der anderen Seite des Tisches niederlässt, sagt er zu seinem großen, starken, den Kartografen argwöhnisch musternden Sohn, er soll hinausgehen und die Kohlen weiter anfachen.

Zum Kartografen sagt er: »Es ist eine Ehre, Sie in meinem Haus zu haben. Ich danke Ihnen für die Dienste, die Sie unserer Nation erweisen.«

Bescheiden antwortet der Kartograf, dass er es ist, der sich geehrt fühlt, und fährt fort: »Man sagt, Sie sind der Beste.«

»Worin? Wenn's ums Grillen geht? Das ist nachweislich wahr.«

»Ich meine das Tunnelgraben«, sagt der Kartograf so offen wie nur möglich. »Die Routen zu berechnen und Dinge hindurchzuschmuggeln. Keiner kann das so wie Sie, heißt es.«

Der Mann beugt sich vor und deutet mit einem bedrohlichen, fetten Finger auf ihn: »Sie sind doch nicht zufällig ein Spitzel, der dafür sorgt, dass ich von einer israelischen Drohne getötet werde, wenn ich das Kompliment annehme?«

»Hätten die, die uns zusammengebracht haben, mich dann geschickt?«

Der Mann betrachtet seinen Gast und sagt nach einigem Nachdenken: »In meinen besten Tagen habe ich alles gemacht. Sie würden es nicht glauben.«

»Ja«, sagt der Kartograf. »So heißt es.«

»Was haben Sie denn gehört, wenn Sie schon Bescheid wissen?«

»Man sagt, Sie bekommen herein, was hereinmuss, und hinaus, wer immer hinausmuss. Man sagt, Sie haben schon genug Zement für einen Wolkenkratzer und genug Stahl für eine Brücke hereingebracht – oder für tausend Raketen, um gegen die zu kämpfen, die uns unterdrücken. Man sagt, Sie beschaffen Essen für die Hungrigen und Medizin für die Kranken.«

»Nicht nur Essen«, sagt der Mann. »Auch die Tiere, von denen das Essen stammt. Ich habe Ziegen und Hühner hergebracht, und mehr Kühe, als ich zählen kann.«

»Das muss ein Spektakel sein, unter der Erde.«

Der Sohn, der zurück ist, sagt von der Tür aus: »Das Verrückteste war es ganz sicher nicht.«

»Was war denn das Verrückteste?«, fragt der Kartograf so einschmeichelnd wie nur möglich.

Ob er nun ein Idiot ist oder nicht, der Vater sieht seinen Sohn an, bevor er entscheidet, ob er's sagen soll, dann: »Ein reicher Kunde wollte einen Oldtimer. Einen Mercedes 300 SL, den mit den Flügeltüren«, und wie aus einem Reflex heraus heben Vater und Sohn die Arme, um es zu illustrieren. »Aber er war zu breit für einen Tunnel. Es ist unmöglich, so was da unten durchzukriegen. Wochenlang habe ich mir den Kopf zerbrochen, wie ich breiter graben könnte, ohne dass die Sache einstürzt. Dann hatte ich eine Idee. Ich hatte einmal einen Film über das Empire State Building in New York gesehen. Um Reklame für die Ford Motor Company zu machen, wollten sie einen Mustang oben aufs Dach schaffen. Aber wie ihn hundert Stockwerke hochbekommen? Einfach so die Treppe hinauffahren ging nicht.«

»Okay«, sagt der Kartograf.

»Was sie gemacht haben? Sie haben das Auto in Stücke geschnitten, mit den Aufzügen hochgefahren und oben wieder zusammengesetzt. Und ich dachte, was ist der Unterschied, senkrecht in die Höhe oder waagerecht von A nach B? Wenn der Wagen in einzelnen Teilen durch den Tunnel passt, warum nicht?« Er lehnt sich zurück und verschränkt die Arme vor der Brust, als wollte er bewundert werden. »Es war Zentimeterarbeit, aber wir haben ihn durchgekriegt.«

»Ich wette, das hat sie nebenbei auch noch reich gemacht.«

Der Mann hustet, und es klingt wie eine Mischung aus Lungenentzündung und Lachen.

»Ich habe kaum die Kosten wieder hereinbekommen. Aber wie schon bei den Ford-Leuten: Eine gute Reklame ist unbezahlbar. Selbst Schwarzmarkthändler brauchen Publicity.«

»Die hat offenbar funktioniert. Ich komme mit einem sehr besonderen Anliegen zu Ihnen.«

»Das freut mich, aber die Ägypter haben alles zerstört. Und wir hatten gerade erst eine neue Verbindung fertig, mit kleinen, von Motorradmotoren angetriebenen Ladeflächen auf Schienen, die hin- und herzischten.«

»Das tut mir leid für Sie«, sagt der Kartograf, als ginge es um einen Trauerfall in der Familie.

»Ja, wie alle Gazatunnelmillionäre musste ich frühzeitig in den Ruhestand.«

»Wir kennen uns zwar noch nicht lange«, sagt der Kartograf, »aber Sie kommen mir nicht wie jemand vor, der aufgibt und einfach dasitzt.«

Sein Gastgeber tippt sich an die Schläfe und kneift ein Auge zu. »Hier oben bin ich gut beschäftigt und arbeite an der nächsten Welle. Ob es nun fünf oder zehn Jahre sind, bis es wieder lockerer wird, ich bin bereit, wenn es da unten eine Möglichkeit gibt. Ich entwerfe gerade einen Mikrotunnel, mit einem PVC-Rohr. Mit Sonar nicht zu entdecken, nicht zerbombbar. Und der Trick? Wir arbeiten mit Druck. Verstehen Sie? Mit Luftdruck, damit schießen wir Kapseln hin und her. Für kleine Sachen. Geld.

Medikamente. Das geht schneller, als in den nächsten Laden zu laufen.«

»Genial.«

»Nicht meine Erfindung. Ich verfolge, wie es die Mexikaner machen. Online tu ich das. Die veranstalten erstaunliche Dinge unter der Grenze nach Amerika. Mein Job ist es nicht, Neues zu erfinden, sondern Sachen weiterzuentwickeln.«

Der Kartograf räuspert sich. »Wenn Sie etwas weiterentwickeln wollen ... Ich komme mit etwas zu Ihnen, das es so noch nicht gab.«

»Wenn ich Ihnen nur helfen könnte«, sagt der Mann mit einem mitfühlenden Stirnrunzeln, und seine Backen sacken auf beeindruckende Weise weg.

»Ist es in Ordnung, wenn ich mich dafür entscheide, Ihnen nicht zu glauben?«, fragt der Kartograf.

»Glauben Sie, was Sie wollen. So machen es heute alle.« Er zuckt mit den Schultern. »Aber sagen Sie schon, wenn ich noch im Geschäft wäre, was sollte ich dann für Sie transportieren?«

»Eine Frau«, sagt der Kartograf.

»Deswegen kommen Sie zu mir, so hochdramatisch? Sie wollen eine Cousine nach Ägypten bringen? Warum haben Sie das nicht gleich gesagt? Wenn sie auf keiner Liste steht und ihre Akte sauber ist, etwas medizinischen Tourismus betreiben wir noch.«

»Bestechung und Urkundenfälschung sind rein technisch kein Schmuggel«, sagt der Sohn. »Medizinischer Tourismus ist für uns eine Art Nebenerwerb.«

Der Vater wendet sich seinem Sohn zu, und seine Gemütslage ändert sich mit einem Schlag. »Was machst du hier? Welche Farbe haben meine Kohlen?«

Der Sohn verschwindet in die Küche und dann mit

einem Tablett voller Fleisch hinaus zum Grill. Als sich die Tür hinter ihm schließt, sagt der Kartograf: »Die Frau ist keine Verwandte, und ich sagte zwar, ich brauche Hilfe, aber ich will sie nicht hier hinausbringen.«

»Welche Richtung ist egal. Die Wege sind zu, die Tunnel überflutet oder eingestürzt.«

»Das weiß ich«, sagt der Kartograf. »Aber sie soll aus Israel hier herein. *Das* sind die Tunnel, die mich interessieren.«

Der Gastgeber des Kartografen läuft dunkelrot an. Er springt auf, packt die Fernbedienung und schaltet den Fernseher aus. Sein Sohn steckt den Kopf herein, und er bellt ihn an, beim Grill zu bleiben und die Tür zuzumachen.

Voller Wut wendet er sich wieder dem Kartografen zu und sagt: »Wovon reden Sie da? Solche Tunnel gibt es nicht.«

»Ich will eine Frau hereinbringen, eine Jüdin, aus Israel.«

»Das ist ein Todesurteil! Für Sie, für die Frau und für mich. Wahrscheinlich reicht das Reden darüber schon.«

»Das habe ich ihr auch gesagt«, antwortet der Kartograf und stimmt ihm auf ganzer Linie zu. »Weshalb ich sie auch nicht ganz herbringen will. Ich will sie nur treffen, unter der Erde.«

»Wie meinen Sie das? Sie unter der Erde treffen?«

»Ich möchte sie sehen. Ganz gleich, welchen Durchgang Sie für uns haben.«

»Es geht um eine … ›Verabredung‹? Sie wollen jemanden in einem Tunnel vögeln?«

»Vorsicht«, sagt der Kartograf. »Aber ja, es ist eine Art Verabredung. Sehen Sie es als eine Mietsache. Ich möchte für einen Abend einen Tunnel nach Israel mieten.«

Der Mann geht zu einem Seitentisch, sucht in einer

Schublade herum und holt eine Schachtel Zigaretten mit seitlich darinsteckenden Streichhölzern hervor. Er zündet sich eine an und inhaliert heftig.

Als das Nikotin seine Wirkung zeigt und er wieder sprechen kann, sagt er: »Das ist ein echter Irrsinn.« Und dann: »Warum um alles in der Welt denken Sie, es gibt einen Tunnel nach Israel hinein?«

»Für den nächsten Krieg, der sicher kommen wird. Ich weiß, dass es sie gibt. Und ich weiß, dass Sie sie gegraben haben.«

Der Mann geht zur Tür. Er schließt sie ab und lehnt sich dagegen.

»Tun wir mal so«, sagt er, »als hätte ich statt einer Zigarette eine Pistole aus der Schublade geholt.« Er zielt mit seiner Zigarette auf das Gesicht des Kartografen. »Tun wir mal so, als wäre es eine Neun-Millimeter-Pistole, mit der ich zwischen Ihre Augen ziele.«

»In Ordnung«, sagt der Kartograf.

»Spüren Sie es?«

Der Kartograf antwortet mit einem Blick und wagt nicht zu nicken.

»Gut«, sagt der Mann, »und jetzt sagen Sie mir, ist das irgendeine fingierte, hinterfotzige Schweinerei, die Sie uns da bringen? Denn ich habe Sie in mein Haus gelassen, Ihnen erzählt, wovon ich lebe, und ich werde Ihnen Dinge zu essen geben, die ich mit Hingabe vorbereitet habe.«

Der Kartograf tut alles, um nicht in Panik auszubrechen, will aber auch niemanden beleidigen, indem er zu ruhig wirkt. Er sagt vorsichtig: »Es ist eine tatsächliche, ehrliche Bitte.«

»Denn das, was Sie da wollen, rührt an eine gewichtige, von ganz oben bestellte und vom Iran bezahlte Geschichte. Diese nicht existenten Tunnel sind so geheim und wichtig, wie nur je etwas geheim und wichtig sein kann.«

»Worum ich Sie bitte, ist eine persönliche, private Sache. Ich will mich da nicht hinausschleichen oder eine Selbstmordaktion starten. Ich versuche nur die Frau zu sehen, die ich liebe.«

»Ist Ihnen nicht klar, dass sie eine Spionin sein muss, die den Eingang finden und Sie vielleicht da unten töten will?«

Der Kartograf sagt: »Ich verspreche, das ist sie nicht«, was im Moment weit einfacher ist, als zu sagen: *ist sie nicht mehr.*

»Und Sie sind kein Dreckskerl, der uns auffliegen lassen will wie Scheich Yousefs Junge?« Er spuckt auf den Boden, um den Verräter zu verfluchen.

»Nein«, sagt der Kartograf.

»Einen Juden, eine Jüdin, in die Tunnel zu bringen, ist die schlimmste ihrer schlimmsten Ängste.«

»Noch einmal, ich bringe sie nirgendshin. Sie will mich nur sehen, so wie ich sie sehen will. Wir wollen zusammen essen. Am selben Ort sein. Uns berühren.«

Es ist der kritischste Augenblick, den er je erlebt hat. Wie soll er ihm sagen, dass sie diejenige ist, auf die er, ohne es zu wissen, sein Leben lang gewartet hat? Dass die Vorsehung die unwahrscheinlichste Wahl für ihn getroffen hat und er ohne sie nicht sein kann?

Der Kartograf sagt: »Ich bin hier gefangen. Ich liebe diese Frau.«

Sein Gastgeber, das sieht der Kartograf, kann weder glauben, was er da hört, noch, was er in Betracht zieht. Er schüttelt den Kopf, kreist durch den Raum, hustet und lacht wieder und bleibt zwischendurch mehr als einmal stehen, um den Kartografen in Augenschein zu nehmen. Er pafft an seiner Zigarette und stößt einen Finger in Richtung des Kartografen.

»In Ordnung«, sagt er. »Ja, in Ordnung. Ich mache es.«

»Ja? Wirklich?«

Der Mann zuckt ein weiteres Mal mit den massigen, breiten Schultern.

»Wer kommt schon gegen die Liebe an?«

2014 | Ein geheimes Gefängnis in der Wüste Negev

Der Wärter bringt dem Häftling, was er am liebsten mag: ein Falafel in einer Lafa, ein Eagle-Malt-Bier und, ganz amerikanisch, ein Eis. Er hofft, dass sein Häftling etwas isst. Der Wärter holt noch eine Flasche aus dem Rucksack, es ist Wodka. Er hatte ihn in seiner Kühlbox im Kofferraum. Dickflüssig wie Sirup fließt er in die Pappbecher.

Während Häftling Z das Brett vorbereitet, sagt er: »Heute verwöhnen Sie mich richtig. Das ist unsere beste Vorfeiertagsparty bisher.«

»Es gibt noch etwas!«, sagt der Wärter mit Erregung in der Stimme.

Häftling Z lächelt schwach, er weiß es bereits. Jedes trübe Jahr in dieser Zelle bringt ihm der Wärter zu einem der drei großen Feiertage ein Geschenk, und es ist immer das gleiche.

Der Wärter holt es aus dem Rucksack, in Geschenkpapier verpackt. Häftling Z bedankt sich und legt es, in seinem festlichen Papier, zur Seite.

Sie spielen Backgammon. Sie trinken, bis sie mehr oder weniger betrunken sind. Der Häftling scheint so sehr bei sich wie schon lange nicht mehr.

Als der Wärter geht, fragt der Häftling: »War es ungehörig, es nicht aufzumachen? Ich kann es auch vor Ihnen öffnen, wenn Sie mögen.«

»Nein, nein. Das würde uns beide nur verlegen machen.«

Der Wärter wirft den Müll in den Plastikbeutel, in dem die Lafa war. Er verstaut die Wodkaflasche und das Backgammonspiel im Rucksack und nimmt den getragenen Bademantel des Häftlings vom Haken bei der Dusche.

»Den alten nehme ich mit«, sagt er und tritt in die offene Tür.

»Ja«, sagt der Häftling. »Und genießen Sie die Feiertage mit Ihrer Mutter. Ich denke, ich bin noch hier, wenn Sie zurückkommen.«

»Das denke ich auch«, sagt der Wärter und schließt die schwere Tür hinter sich ab.

Da er sich zu alkoholisiert fühlt, um Auto zu fahren, und seine Schicht außerdem noch zwei Stunden dauert, setzt er sich in die Dunkelheit der Vorratskammer, die all die Jahre schon sein Büro ist.

Er tippt auf seine Tastatur, greift nach der Maus und sucht aus, welche Kameraperspektive er vergrößern will.

Die über der Tür bietet den besten Blick. Es ist, als schwebte der Wärter selbst über dem Häftling in der Zelle und sähe auf ihn hinab.

Er sieht seinen Freund allein auf dem Bett sitzen. So wie die Schultern des Häftlings nach vorn gebeugt sind, fragt er sich, ob er still in sich hineinweint oder nur seine Zehen betrachtet.

Dann richtet sich Häftling Z auf, greift zur Seite und nimmt das hübsch eingepackte Päckchen. Er macht es vorsichtig auf, als wollte er das Papier für ein anderes Geschenk wiederverwenden.

Der Wärter sieht den Häftling ausnahmsweise einmal lachen. Es ist sein jährlicher neuer Bademantel.

Häftling Z hält ihn vor sich hin. Eine neue Farbe. Er steht auf, zieht ihn an, schließt ihn um seinen Körper und greift nach unten …

Häftling Z greift nach unten, nach hinten und wundert sich, dass er die Gewohnheit über all die Jahre nicht verloren hat. Oder liegt es daran, dass er unterbewusst bereits registriert hat, was ihm noch nicht bewusst ist. Es kann nicht sein.

Der Gürtel ist noch am Bademantel. Der Gürtel ist noch da, er hängt in seinen Schlaufen.

Häftling Z schlingt ihn sich zunächst locker um die Hüften. Dann bindet er ihn noch einmal, diesmal fester.

Er kann sich einfach nicht vorstellen, dass der Wärter es vergessen hat.

Der Wärter bleibt im Dunkeln an seinem Schreibtisch sitzen und sieht zu, wie Häftling Z den Gürtel bindet und löst, bindet und löst. Und ihn dann aus den Schlaufen zieht.

Häftling Z hält ihn mit beiden Händen, die Enden hängen nach unten.

Der Wärter beobachtet, wie der Häftling, sein Freund, langsam den Blick hebt und in die Kamera über der Tür blickt. Sie kennen einander gut.

Aus der Perspektive des Wärters scheint nichts zwischen ihnen zu sein, kein Bildschirm, keine Kamera, keine Wand, keine Eisentür, kein in Wellen rollender Code, der das Bild produziert, das er sieht. Für den Wärter ist es einfach nur der Häftling, der zu ihm hinaufblickt und ihm schwermütig direkt in die Augen sieht.

Verwirrt sieht er ihn an, aber er versteht. Was der Wärter nicht erkennen kann, ist, ob da auch Dank mitschwingt.

Doch das will der Wärter als offene Frage mitnehmen. Es gibt Dinge, die ein Freund nicht sehen sollte.

Schon geht der Häftling in Richtung Dusche, in den Teil der Zelle, die die Kamera über der Tür nicht erfasst. Der Wärter ändert daraufhin nicht die Einstellung, sondern greift hinter die Monitore und schaltet sie zum ersten Mal seit Jahren aus. So selten geschieht das, dass es scheint, als bekämen die Geräte selbst einen Schreck. Sie lassen ein seltsames, knisterndes Seufzen hören, als der Strom aus ihnen weicht.

Mit dem Fuß schaltet der Wärter den leuchtenden Schalter auf der Steckerleiste am Boden aus, greift nach dem Computerturm und zieht auch das Bildkabel heraus.

Das alles ändert natürlich nichts an der Situation selbst. Es hält die Zeit für den Wärter an, verlangsamt jedoch nichts in der Zelle des Häftlings.

Der Wärter hat nur die eigenen Augen auf drei verschiedene Weisen geschlossen. Er hat die Aufnahme für eine bestimmte Zeitspanne unterbrochen. Die Kameras sehen immer noch zu, auch wenn sie nicht länger weiterleiten können, was sie da sehen.

Das ist der Gedanke, den der Wärter in seinem Kopf trägt, als er für die Feiertage nach Hause fährt. Er tritt aufs Gas, um dem Stau in Motsa zuvorzukommen. Er soll mit seiner Mutter auf dem Balkon zu Abend essen und möchte nicht zu spät kommen.

2014 | Im Zwischenreich

Der General steht oben auf dem Tempelberg, wo der Heilige der Heiligen einst stand. Er wartet auf ein Zeichen von Gott, ein Zeichen, ob er Frieden machen oder in den Krieg ziehen soll. Ob er etwas anderes als einen weiteren müden, politischen Schritt machen soll.

Es gibt kein Signal, keine Prophezeiung, kein Omen, kein Wunder. Es war genau hier, an diesem Ort, dass Abraham, dem glücklichen Mann, ein Widder geschickt wurde, den er an Isaaks statt opfern konnte. Der General wurde als Vater nicht geschont.

Er lauscht und hört sie plötzlich, die Melodie. Diese Stimme, die das Lied singt, das er so mag. Er blickt auf die Streitmacht um ihn herum, tausend Köpfe stark, weil er wissen will, ob es noch jemand hört. Den Männern ist nichts anzusehen, und der General ist verwirrt, denn sie alle tragen das Gesicht seines verlorenen Sohnes.

Die Söhne Israels, sie gehören alle ihm.

Dort oben auf seinem heiligen, umkämpften Ort versteht der General es endlich. Er sieht geradewegs hinauf in den Himmel, dann hinaus zum Tal von Gehenna, über die alte Stadtmauer, wo die perversen Könige Judas ihre Eigenen opferten.

Der General, der Krieger, Friedensstifter, Mörder und Heilige, weiß, dass seine Zeit auf Erden abgelaufen sein muss. Er steht da und lauscht dieser Stimme, und schließlich dem Geräusch der Nadel, während sich die stumme Platte immer weiterdreht.

Der General, der nicht in Panik gerät, der sich nie vorm Tod versteckt hat, sorgt sich nicht einmal jetzt.

Er sieht ein weiteres Mal hinaus über seine mächtigen Truppen, sein vereintes Jerusalem und die judäischen Berge, die alle Geschichte enthalten, die ihm je wichtig war. Der General steht auf dem erhöhten Ort in Gottes geliebter Stadt, die Er über Wasser hielt, als Er, im Zorn, die Welt überflutete.

2014 | Darunter und dazwischen

Granatenfeuer krachen und Raketen schlagen ein, die Wände um sie herum zittern. Der Tunnel, solide, wie er ist, gut gebaut, wie er ist, hält stand. Der Teil, den Shira sehen kann, kräuselt sich über ihnen, als befänden sie sich im Bauch einer Schlange, und sie überlegt, ob sich das Ganze vielleicht mit ihnen beiden in sich davonschlängeln wird. Aus den Fugen zwischen den Betonteilen regnet der Staub, und wenn es ruhig wird, schmiegen sich die Teile wieder aneinander.

Die Laternen brennen weiter. Die Kerze, die er ihr versprochen hat, bleibt an ihrem Platz auf dem Tisch und brennt ebenfalls noch.

Der Kartograf schenkt Wein nach, als gäbe es keine Sorgen auf der Welt. Meine Liebe, meine Süße.

»Da haben wir uns einen schlechten Abend zum Essen ausgesucht«, sagt er.

»Wobei, für uns ist es der beste.«

Immer positiv, immer das Gute sehend, deshalb hat er sich in sie verliebt. Obwohl er trotzdem fragen muss: »Wie kann das sein?«

»Vielleicht töten sich unsere schrecklichen, selbstzerstörerischen Völker, unsere schwankenden, feigen Nationen, unsere mutigen, dem Tod entgegensehenden Soldaten heute Nacht allesamt und sorgen für das Ende dieses Konflikts. Es ist an der Zeit, ganz im Stil der alten Welt die blutrote Flagge der Gnadenlosigkeit zu hissen und zu kämpfen, bis keiner mehr übrig ist.«

»Und wie könnte das unser Vorteil sein?«, fragt er sehr lieb.

»Dann verlassen wir den Tunnel auf einer Seite, treten in die Zukunft und leben in der übrig gebliebenen Welt, so schrecklich sie auch sein mag.«

»Das meinst du nicht so«, sagt er.

»Das meine ich nicht so«, sagt sie.

Sie essen, während sich die Stützen um sie herum biegen und ächzen. Grausige, gottlose Geräusche dringen zu ihnen herunter, als litte das Land selbst.

Und obwohl sie füreinander gemacht sind, bereit, füreinander zu sterben, und überglücklich, gemeinsam an einem Ort zu sein, können sie nicht so tun, als ignorierten sie den über ihnen ausbrechenden Krieg. Es ist zu viel.

Shira sagt: »Zum ersten Mal in meinem Leben habe ich echte Angst.«

»Komm her«, sagt er und klopft sich auf den Schoß.

Shira klopft auf ihren. »Es wäre schön, getröstet zu werden, aber nicht für den Preis der Macht. Warum kommst du nicht zu mir?«

Der Kartograf steht auf, doch statt zu ihr zu gehen, zieht er die Tischdecke vom Tisch. Er tut es ungeschickt, er ist ein sehr schlechter Zauberer. Alles fliegt durch die Luft.

In das Klirren hinein sagt er: »Sollten wir uns nicht in der Mitte treffen?«

»Ja«, sagt sie. »In der Mitte unserer Mitte. In der Mitte unseres Dinners am Mittelpunkt der Erde.«

Sie setzen sich auf den Tisch und legen die Arme umeinander, eine tiefe, befriedigende Umarmung.

Die Kerze ist beim misslungenen Abräumversuch des Kartografen erloschen, ebenso die umgestürzte elektrische Lampe. Es gibt nur noch ein Licht, das an einem aus der Wand ragenden Stahlträger hängt und sie an diesem sehr rauen Ort in ein sehr weiches Licht taucht.

Und so sitzen sie da wie ein Liebespaar am Rand des Meeres, im Sand ineinander verschlungen. Sie drücken sich fester aneinander und fühlen das volle Gewicht des Krieges über sich, beide in diesem Augenblick unsicher, aus welcher Richtung der Sieg kommt.

Danksagung

Ein herzliches Dankeschön geht an Jordan Pavlin, die sich ohne Wenn und Aber für diesen Roman eingesetzt hat. Für ihre brillanten Ratschläge kann ich mich gar nicht genug bedanken. Vielen Dank auch an meine Agentin Nicole Aragi (die das Buch gelesen hat, als es sich noch in einem anderen versteckte). Ganz besonderen Dank an Lauren Holmes für ihre unermüdliche Unterstützung, was sich auf jede dieser Seiten niedergeschlagen hat. Ihre Hilfe war ein Akt wahrer Freundschaft.

Mein Dank geht an Joel Weiss, weiser Ratgeber und Gesprächspartner, inzwischen schon mehr als ein halbes Leben lang.

Für seine unschätzbare Hilfe bei meinen Recherchen danke ich Darragh McKeon, einem Hunter College Hertog Fellow. Den Seefahrern Louis Silver und Ari Haberberg, weil sie ihr Wissen mit den Erdverbundenen teilten. Allen Freunden und feinen Menschen, die bei einer großen Bandbreite von Themen mit entscheidenden Fakten zur Stelle waren, vor allem Dr. Daniel, Wendy Sherman, Isabella Hammad, Kevin Slavin, Mieke Woelky, Silvia Pareschi (die das Buch bereits ins Italienische übersetzt) und Farmer Steve.

Bei Knopf möchte ich der erstaunlichen Jordan Rodman danken, beeindruckend vom ersten Treffen an, ebenso Nicholas Thomson, Betty Lew, Claire Ong, Victoria Pearson, Sara Eagle und all den vielen wundervollen Leuten dort, die an diesem Buch beteiligt waren. Dasselbe gilt für Duvall Osteen und Grace Dietshe bei Aragi, Inc.

Meine tiefe Dankbarkeit gilt auch Chris Adrian und Merle Englander, weil sie stets lasen und glaubten. An John Wray für seine Großzügigkeit und das Pingpong. An Deborah Landau an der NYU für alle Arten selbstverständlich gewährter Hilfeleistung.

Ich möchte außerdem die Stadt Zomba in Malawi erwähnen, wo ein Großteil dieses Romans geschrieben wurde.

Und danke, Rachel und Olivia, denen all meine Liebe gehört und die allem Bedeutung verleihen.

Die Originalausgabe erschien 2017 unter dem Titel
Dinner at the Center of the Earth bei Alfred A. Knopf, New York.

MIX
Papier aus verantwortungsvollen Quellen
FSC® C014496

Verlagsgruppe Random House FSC® N001967

1. Auflage

Luchterhand Literaturverlag, München,
in der Verlagsgruppe Random House GmbH,
Neumarkter Straße 28, 81673 München
Umschlaggestaltung: buxdesign | München
Coverillustration: © Ruth Botzenhardt
Satz: Uhl + Massopust, Aalen
Druck und Einband: GGP Media GmbH, Pößneck
Printed in Germany
ISBN: 978-3-630-87407-4

www.luchterhand-literaturverlag.de
facebook.com/luchterhandverlag